はなれがたいけものかわいいほん

八十庭(やそにわ)たづ

Cover Illustration 佐々木久美子(ささきくみこ)

この物語はフィクションであり、
実際の人物・団体・事件等とは、いっさい関係ありません。

CHARACTER

ユドハ

ディリヤを愛する金狼族最強のオス。国王代理。姿を消したディリヤを六年間ずっと探し求めていた。怖い顔をしているが、お世話好きで良いイクパパ

ディリヤ

元・敵国の兵士。強く、厳しく、優しい男。金狼族の王を暗殺するために差し向けられて、当時兄王の影武者をしていたユドハに抱かれ、彼の子供を身ごもる。卓越した身体能力を持つ赤目赤毛のアスリフ族の出身

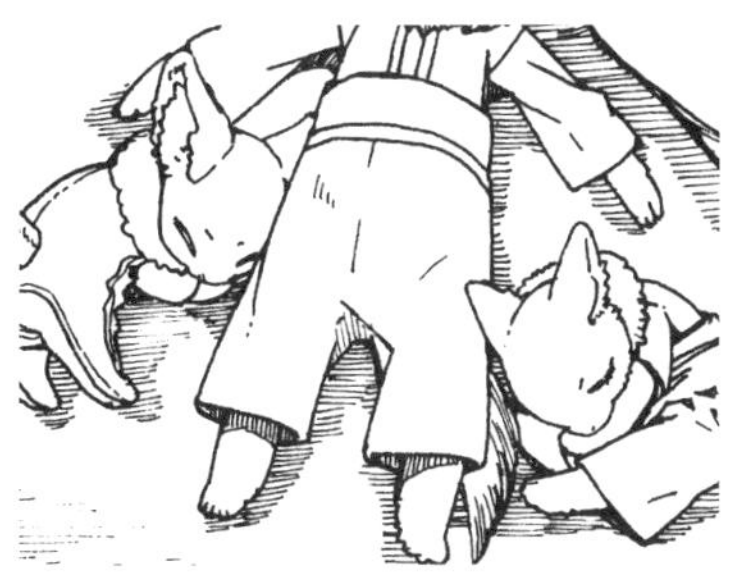

ララ&ジジ

アシュの弟で双子。まだ赤ちゃん

アシュ

ユドハとディリヤの間に生まれた、勇敢な狼の仔。苺色の艶がある、ふわふわの金の毛並み。りっぱなもふもふを目指して、日々成長中!

エドナ

ユドハの姉で、金狼族の姫。美しく、芯のある女性

エレギア

ゴーネ帝国大佐。戦中にディリヤが所属した「狼狩り」元指揮官

フェイヌ

常に影のようにエレギアに付き従う部下。半狼半人

コウラン

一家が父のように慕う老師。面白くて心温かな賢人

キリーシャ

リルニツク宰相家の末姫。金狼族が苦手だったが、今は一家の友人に

シルーシュ

キリーシャの兄、リルニツク宰相家の三男。奔放で独断専行だが情に厚い

前日譚

殿下のお探しのものが見つかりました。

その日の夜遅く、ユドハは急報を受け取った。

だが、ユドハが最初に思ったことはこうだ。

また、間違いかもしれない。

人違いかもしれない。

この六年、方々を探し回っても巡り会えなかったのだ。喜ぶにはまだ早い。実際に本人を前にしてみなければ、分からない。本人であったとしても、受け入れてもらえるか分からない。

六年も放置していたのだ。ユドハという生き物のなにもかもを信じてもらえないかもしれない。もしかしたら、向こうはもう新しい幸せを見つけているかもしれない。いまになって現れたユドハを鬱陶しく思うかもしれない。

敵国の狼を恨み、憎んでいるかもしれない。

あの時に交わした熱を、想いを、愛を、忌み嫌っているかもしれない。互いにはなれがたいと思った情を疎んでいるかもしれない。

過去を捨てているかもしれない。

あの夜を忘れているかもしれない。

だから、喜ぶにはまだ早い。

自分にそう言い聞かせながらも、ユドハは席を立ち、侍従のすすめる上着も断り、厩舎へ足を向ける。

足取りも忙しく、回廊を進む。

期待してはいけない。期待は己の身勝手だ。

これは自分一人だけのことではない。相手のいることだ。相手の意思を尊重しなくてはならない。

理性はユドハにそう訴えかけるのに、今度こそあの夜の赤毛であってくれと……そう強く願う自分もいる。

どうか、いまもあの夜と同じ気持ちでいてくれと、そう祈る自分がいる。

「ユドハ様！」

部下の一人が慌てた様子で厩舎へ駆け込んできた。

「どうした」

「……それが、っ……」

部下が言い淀む。

それは、ユドハの状況を知っているからだろう。

これから、あの夜の赤毛に会いに行くと知っているからだろう。

けれども、ユドハは行けない。

それを分かっているから、彼は言い淀むのだ。

ユドハがあの赤毛のもとへ行けなくなるその原因を、

彼は伝えに来たのだ。

「なにか問題があったんだな」

ユドハは手綱を握ったまま部下に向き直った。

「は……」

「南か、北か、中央か」

「中央で……」

「分かった」

そのやりとりだけで、ユドハはすべてを察する。

クシナダ派が動いたのだ。

「諸国の大使の方々にも動きが……」

「……分かった」

ユドハはきつく握りしめていた手綱から手を離した。

「殿下……」

「赤毛のほうにはお前たちで行ってくれ。俺は城へ戻る」

「直ちに」

「頼む」

「はっ」

部下は敬礼し、己の馬のもとへ走る。

ユドハは後ろ髪を引かれる思いで城へ舞い戻り、たったいま足早に通り過ぎたばかりの回廊を逆戻りする。


その途中で、ユドハが指揮を執る部署の政務官や補佐官、側近が合流し、瞬く間にユドハを中心とした国の中枢にかかわる者たちの一団となる。

王都ヒラに住まう国民たちはもうすっかり寝入っている時刻だ。そんな時刻に、国政を担う彼らは寝床から叩(たた)き起こされ、いま、ユドハの隣に並び立ち、国を担う者として、その責任を果たす。

「殿下、クシナダ派の大臣は城門前で足止めしております」

「諸国の大使の皆様には、ユドハ様から説明があるまでは各々方(おのおのがた)の本国へ早まった伝令を放たぬようにと……」

「それにつきましては西方諸国の大使方がご協力くださっています」

「ですが、北を含む一部の大使は、我がウルカに戦意ありと……」

「軍令部内にも動きが……」

「先だっての北のナスルと我が軍における交戦規定違反において、クシナダ派が関係しているとタイシュ様から報告が……」

物事はめまぐるしく進む。

そのひとつひとつにユドハは対処する。

対処して、対応して、ひとつひとつ解決していく。

けれども、この仕事には終わりがない。

国が存続し、そこで民が生活するかぎり終わらない。

ユドハの責務は死ぬまで終わらない。

王の一族に生まれた者として、国王代理として生きる者として、死んだあとですら、この名には責任がついて回る。

ユドハは、ひとつずつ、ひとつずつ、己の責任を果たす。そうして果たせども、果たせども、ユドハは好いた男にすら会いに行けない。

迎えに行けない。

ここで、クシナダ派の妨害に遭って足止めを食らっている。

赤毛と、国の平和。

その二つを天秤にかけて、ユドハは国の平和を守るほうを選んだのだ。

現実だけを見れば、そういうことなのだ。

「殿下」

「先に西の大使と面会する。タイシュの報告をこちらへ。……それから」

「殿下、そうじゃなくて！」

「……どうした？」

「とっとと終わらせて、早く迎えに行きましょうね！」

若い側近がユドハに笑いかけた。

そうしたら、「ばか、お前、殿下になんて失礼を！」と年嵩の側近が若いほうの後ろ頭を軽く叩く。

だが、彼のおかげで、張り詰めてばかりの雰囲気がやわらいだのもまた確かだった。

「そうだな、お前の言うとおりだ。とっとと終わらせて、早く迎えに行こう」

若い部下の背を叩き、ユドハは進んだ。

逸る思いを先走らせず、着実に、ひとつずつ踏みしめ、愛しいものへと辿り着く道を歩んだ。

アシュにはおとうさんがいません。

でも、ディリヤがいます。

学校のお友達も、先生も、ニーラちゃんも、村の人も、みんな、「ディリヤちゃんがお父さんで、お母さんね」と言います。

アシュもそう思います。

ディリヤはかっこよくて、強くて、優しいおとうさんで、おかあさんです。

でも、アシュは時々こう思います。

ニーラちゃんのおうちみたいに、おとうさんとおかあさんが一人ずついたら、どんな感じだろう？

いっぱいいっぱい考えるけど、どんな感じなのか分かりません。

ちっとも想像できません。

でも、アシュはこう思います。

まぁ、ディリヤがいるからそれでいっか！

……でも、こんなふうにも思います。

もう一人おとうさんがいたら、アシュはディリヤと一緒にご飯を食べられる日がもうちょっと増えるかな……？　って。

一緒に遊べる時間もたくさんになるかな……って。

それから、こんなふうにも思います。

ディリヤがお風邪を引いた時や怪我をした時に、助けてくれる人がいてくれると嬉しいなぁ、……って。

アシュもディリヤを看病してあげたいし、お世話してあげたいけど、アシュはなぜだか上手にできなくて、すぐに泣きそうになっちゃいます。

そんな時、アシュと一緒にディリヤを助けて、守ってくれる人がいたら、アシュはとっても嬉しいです。

ディリヤをしあわせにしてくれる人がいたら、アシュもしあわせです。

「くぁああ……ぅ」

アシュはおおきな欠伸をして、おめめをごしごしします。

「アシュちゃん、今日も起きて待ってるの？」

ニーラちゃんのおかあさんが、アシュの頭を優しく撫でてくれます。

「うん、ディリヤ帰ってくるまで待ってる」

「帰ってきたら起こしてあげるわよ」

「でもね、アシュ、一度寝ちゃったら、朝までずっと寝ちゃうの」

「いい子ねぇ」

「アシュ、いいこ？」

「いい子よ。とってもいい子」

「えへへ」

布団にくるまって、照れ笑いする。

うれしい。

とっても、うれしい。

でも、こんな時にも、アシュはこう思う。

ニーラちゃんのおかあさんに褒めてもらってもこんなに嬉しいんだから、アシュのおとうさんに褒めてもらったら、どんなに嬉しいだろう、……って。

「おとうさん……どんな人だろう……」

くぁああ。

おとうさんに想いを馳(は)せながら、おっきな口を開けて、おおきな欠伸をします。

おとうさんのことをもっと考えたいのに、おめめが重たいです。

だから、アシュは、今日も、ディリヤとアシュとおとうさんが、三人むぎゅっと並んで、ちっちゃな巣穴でぎゅうぎゅう詰めになっているのを想像しながら、うとうとします。

「おやすみ、アシュちゃん」

ニーラちゃんのおかあさんが、もう一度、頭を撫でてくれます。

隣で、ニーラちゃんがくぅくぅ寝ています。

アシュは、ディリヤとアシュのことを大好きなおとうさんが現れたらきっと幸せだろうなぁ……、って考えながら目を閉じます。

でも、しあわせってなにかアシュには分からないから、アシュはいつもこう思います。

ディリヤがにこにこしてくれたら、アシュはとってもしあわせです。

その日は、仕事が早く終わった。

「それじゃあ、明日は朝から頼むよ。明後日の夜にはこちらに戻ってくる予定にしてるから、そのつもりで動いてくれ」

「はい」

「君はいつもよく働いてくれるし、腕も立つから頼りになる」

「ありがとうございます」

ディリヤは頭を下げて日払いの賃金を受け取り、店を出る。

今日、ディリヤはこの店の主人に雇われていた。

だが、この店の主人に長期的に雇用されているわけではないし、ディリヤもこの店の従業員ではない。

今日は、この店の集金日だ。大店に見合った大金が動く集金業務があるから、その護衛に就いただけの日雇いだ。

明日と明後日は店の主人が隣街へ仕入れに出かけるから、その護衛をする。

昨日までは、また別の単発の仕事をしていて、高級娼館の護衛をしていた。先週までは賭博場のイカサマを見抜く仕事をしていた。先月は軍関係の下請けで半年間ほど某所の内偵をしていた。

そうやって、この六年をこの国で生きてきた。

ありがたいことに仕事にあぶれることはなかった。

赤毛のディリヤ。

仕事は正確無比、働き者で、汚れ仕事も厭わない。腕も立つし、狼相手にも対等に立ち回り、知恵も回って、場慣れしている。

場慣れというのは、もちろん、武力で優劣や勝敗を決する場面に慣れている、という意味だ。

ケンカ慣れ、もしくは戦い慣れているということだ。

「従軍経験のあるアスリフ族は厄介だ」

狼は口をそろえて言う。

ただでさえアスリフは獣人に匹敵する身体能力を具えているのに、さらに軍隊で戦闘訓練を受けていて、実践も経験しているとなれば、一筋縄ではいかない。

そのうえ、諜報訓練や工兵訓練も受けている。

赤毛のディリヤは雇用主からは重宝されるが、敵からは嫌がられる。

ただ、ディリヤがどういう人物かは誰も知らない。

住んでいる場所も、家族がいるのかどうかも、なにが目的でこの国にいるのかも、誰も、なにも、知らない。

口数も少なく、表情もあまり変わらず、人間性すら窺えない。

ただ、一度でも共に仕事をすれば、彼が誠実だということは分かる。

そして、赤毛を雇った者が口をそろえて言うことは、こうだ。

「赤毛のあの男が人間だからと言って、契約を反故にするな。報酬を多く払うことがあっても、こちらの勝手な言い分で少なく払うことがあってはならない。あの赤毛を侮るな。もし、我々が契約を不履行にしたなら、あの赤毛は即座に牙を剝くだろう」

赤毛のアスリフを飼いならせると思うな。

あのけものは、我々ウルカの金狼族よりも、よほど、けものだ。

　そんな評判のおかげで、ディリヤは仕事に困ることはなかった。

「おかえりなさい、ディリヤちゃん」

「ただいま帰りました。夜分遅くに申し訳ありません」

ディリヤは、隣家の玄関前でスーラに頭を下げる。

「アシュちゃんはうちのニーラと一緒によく眠ってるから、うちに泊まらせとく？　ディリヤちゃんもたまには一人でゆっくり寝ないと……明日、アシュちゃんはうちからニーラと一緒に教会学校へ行かせるから」

「いえ、そこまでご迷惑は……」

　ただでさえ今月はたくさんアシュの面倒を見てもらったのだ。これ以上の迷惑はかけられない。

「……そうは言うけど、ディリヤちゃん、ちゃんと休んでる？　ご飯は食べてる？　あぁそうだ、今日はね、アシュちゃんとニーラが夕飯を作るの手伝ってくれたのよ。用意してあるから持って帰んなさい」

「あの、すみません……これ……」

「……なぁに？　あなたまたそんな気を遣って……」

「いえ、今日は本当に、たまたま、雇用先が食品の輸入雑貨店で珍しい香辛料を分けてもらえたので……。俺じゃ使い切る前にだめにしてしまうので、スーラさんに使ってもらえると嬉しいです」

「じゃあ、ディリヤちゃんにはこれを使った料理を食べさせてあげようね」

　スーラはディリヤが差し出した香辛料の瓶を受け取る。三つも四つもあるそれは、こんな田舎の村じゃ滅多に手に入らない高級品だ。

「すみません、お礼にもならないんですが……」

「はいはい、ディリヤちゃんはいつもそう言うわ」

　頭を下げるディリヤの、その頭を撫でて、スーラは一度奥へ下がる。

　入れ替わりで、夫のシャリフが出てきて「よぉ、ディリヤ。いつも土産(みやげ)すまんな。……仕事はどうだ？」と声をかけてくれる。

「おかげさまで、なんとかやっています」

「困ったことがあれば言えよ。……それと、あまり危険な仕事はするなよ。先月みたいな怪我したら元も子もないぞ。長く働けなくなる」

「気を付けます」

「医者には見せたか？」

「いえ。傷も塞がったし、あとは薬を塗っておけば問題なさそうなので……」

「それならいいんだが……。軍関係の仕事は実入りがいいかもしれんが、危険が伴う。アシュと長く一緒にいたいなら、そのあたり見極めろよ。なんだったら、俺のほうのツテで仕事を紹介してもいいんだ」

「気持ちだけで」

「……ディリヤ」

「シャリフさんやスーラさんに甘えてばかりもいられません。アシュがもうすこし大きくなって、自分のことが自分でできるようになったら働く時間を増やせます。それまではこの仕事で頑張ります」

危険度の高い仕事は、短時間で高収入が期待できるし、命を賭ける率が高ければ高いほど報酬も跳ねる。

シャリフの紹介してくれる仕事は安全で、給料も安定していて、長く勤められるだろうが、拘束時間も長くなる。

長いと言っても、それは一般的な労働時間内だ。

だが、五歳の子供がいるディリヤにそれは難しい。

いまでこそ、こうしてスーラとシャリフという夫婦の厚意でアシュを預かってもらえるから隣町まで出て働けるのだ。

これ以上の迷惑はかけられない。

「はい、アシュちゃん連れてきたわよ。それと、こっちがいつものおでかけ鞄とお友達、それから、ご飯ね」

スーラが、よく眠るアシュを寝室から連れてきた。

ディリヤはアシュを受け取り、アシュの荷物が入った鞄を肩にかけ、アシュのお友達のぬいぐるみと夕飯の盛られた器を手に持つ。

眠るアシュの鼻がむぐむぐして、ディリヤの首筋あたりに鼻先を寄せてくる。

眠りながらディリヤの匂いを察知したようで、ぱたっと尻尾が跳ねたが、目を醒ますことはない。

ディリヤの匂いを嗅いで安心したようで、もっと深く身を委ね、ディリヤの腕のなかでとろけるように力を抜いて眠る。

「それじゃあ、失礼します。ありがとうございました」

二人に頭を下げ、スーラたちの家を辞す。

親切な夫婦は、ディリヤがこの村へ来てからずっとこうしてディリヤの子育てに協力してくれる。

時に親友のように、時に親のように、時に家族のようにディリヤを心配して、褒めて、叱って、気遣って、優しくしてくれる。

とても、とても、ありがたい。

戦争で汚いものばかり見てきた。

志願して軍に入り、戦地へ赴いたとはいえ、生き物の醜いところをたくさん見てきた。

悲しいことばかりだった。

あの血みどろの戦場においても、生き物としての美点を損なわない高潔な人物もいたが、そんな人は稀(まれ)だった。

ディリヤが戦争で知ったことといえば、どんな生き物も、誰かの子供で、誰かの親で、誰かの兄弟で、誰かの愛しい人で、誰もが死ぬということだ。

生きる時は生きるし、死ぬ時は死ぬということだ。

どんなに立派な人でも他人を裏切るし、卑しい人でも感情を持っている。美しい人でも惨(むご)たらしい最期を迎えるし、暴虐の限りを尽くした者でも生き残る。

平和になったいまディリヤが思うのは、アシュに恥じぬ生き方をすること。

スーラやシャリフのように善意から親切にしてくれる人には敬意を持って、感謝をして、礼儀を弁(わきま)えて、甘えすぎないように、長くこの関係を続けていけるように節度を持って付き合っていくこと。

感謝を忘れないこと。

せめて、親として正しく生きていたいから。

アシュを産んだあと、ディリヤが寝床から起き上がれず、働けなかった時期がある。

その時、助けてくれたのはスーラとシャリフだ。

この夫婦がまずディリヤに手を差し伸べてくれたから、村のほかの住人たちもディリヤとアシュを受け入れて、気にかけて、村の一員として扱ってくれるようになった。

スーラとシャリフは命の恩人だ。

二人の助けがなければ、ディリヤとアシュのいまの生活はない。

だから、ディリヤは甘えすぎてはいけない。

もう十分に甘やかしてもらったから、これ以上は、いけない。

だって、スーラやシャリフのような人は、とても貴重だから。人に親切にできる人というのは、とても強い人だから。優しい人だから。そういう人は、人生においてとても貴重で、宝物のような存在だから。

甘えすぎてはいけない。

大切にしなくてはならない。

「おやすみ、アシュ。愛してる」

家の玄関を潜ると、真っ暗闇のなかを奥の部屋へ進み、寝床へアシュを寝かせる。

今日のアシュはよく眠ってくれている。

ここのところ、朝まで目を醒まさずにしっかり眠ってくれるようになったから、ディリヤはすこし気が楽だ。

「いいこ」

アシュの額に唇を寄せて、耳と耳の間の頭を撫でる。

愛してる、アシュ。

眠る子に囁(ささや)いて、部屋を出る。

静かに扉を閉じて、ふと、納戸のほうへ視線を向けた。

視線を向けた時にはもう右足がそちらを向いている。

階段下の小さな物置き部屋だ。

掃除道具や備蓄品、買い置きを置いてある。

その納戸へ入り、水桶や掃除道具を脇へ避(よ)けて、床下収納に手をかける。

手をかけて、「あぁそうだ、鍵をかけたんだ……」と思い出す。

季節の変わり目に防虫剤を入れ替えて、この中に納めた物の状態を確認して、それを保護する油紙を取り換えて、手入れをする時にしか、ここの鍵は開けない。

ここは、ずっと閉ざしたまま。

開かない。

この扉の下に閉じこめたのは、もう六年も前のこと。

思い出せば悲しくなること。

「………」

戦争が終わるかどうか……という頃、訃報を聞いた。

あの夜の狼が死んだと、そんな噂を耳にした。

だから、これは思い出したくないこと。

思い出せば、悲しくなるから。

だからここはずっと閉じたまま。

次に開くのは、アシュがこれを必要とした時。

その時まで、ディリヤはこの扉を閉じて、鍵をかけて、封をするのだ。

「心は、必要ない」

必要なのは、誰かに想いを寄せる心ではなく、己の責任をまっとうする意志。

だから、これは必要ない。

蓋をして、扉を閉ざして、鍵をかけて、忘れてしまえ。己に強くそう命じて、生きるために必要なことだけを考える。

　なのに……。

　ディリヤは、眉を顰（ひそ）めるような、困ったような表情で微笑（ほほえ）み、いつまでもはなれがたく、ずっと、ずっと、そこにいた。

「学校でね、王さまのことを勉強したの」

「そうですか。どうでしたか？　なにか分かったことはありましたか？」

　朝ご飯を食べながら、すこし話をする。

　昨日、学校で勉強したことをアシュがたくさん話そうとしてくれるから、ディリヤはそれに耳を傾ける。

「いまは王さまがいないんだって。でも、王さまの代わりの人が頑張ってるんだって」

「国王代理というやつですね。……ほかにはなにかありましたか？」

「ん～……それよりね、アシュ、気になることがあるの」

「なんでしょう？」

「王さまってたてがみ立派かなぁ……？」

「立派だと思いますよ」

「どんなふうに立派かなぁ……」

「そうですね、きっと、お胸のところの飾り毛が立派で、そこへ飛びこむとお布団みたいにふかふかで、首の後ろは両手でぎゅっとすると手の中がふわふわ幸せで、ふんわりあったかくて、首の後ろに爪を立てて掻（か）いてあげたり、毛繕いしてあげると、嬉しそうに尻尾がぱたぱたすると思います」

「ディリヤ、王さまのこと知ってるの？」

「……………知ってるかもしれませんよ？」

「アシュに王さまのこと教えてくれる？」

「いいですよ。……王様は、いま、ディリヤとアシュが暮らしているこの国を守ってくれています」

「守るってなにするの？　剣と盾を持って、毎晩おうちの前に立って、見張りしてるの？」

「それは衛兵や哨兵（しょうへい）ですね。王様は、戦争が起こらないように、悲しい人が増えないように、いろんな国の人と話し合ってくれています」

「おはなし？」

「はい。お話です」

「お話しして、お歌も歌うとたのしぃよ」

「楽しいですね。きっと。そうやって、この国でみんなが楽しくお話しして、歌って、笑って、ご飯を食べて、おなかがいっぱいで、幸せに生活できるように、王様が頑張ってくれています」

「がんばってるんだ」

「頑張ってます」

「疲れちゃわないかなぁ」

「疲れちゃってるかもしれませんね」

「たいへんね」

「大変ですね」

「やめたくならないのかな？　あしゅ、疲れちゃったら、すぐねんねんしちゃうよ。山登りの時、疲れちゃってやめたくなったよ」

「もしかしたら、そんな時もあるのかもしれません。ですが、疲れている時も、眠たい時も、王様がこの国を守ってくれて、この国が平和だから、ディリヤも、アシュも、お友達も、みんな平和に暮らせています」

「そうなの？」

「はい。戦争ばっかりしていたら、こうして、一緒にご飯を食べられないかもしれませんし、学校にも行けないかもしれませんし、ディリヤとアシュは離ればなれになってしまうかもしれません」

「やだぁ」

「はい、いやですね」

「おうさまってすごいね」

「すごいですね」

「うん、すごい」

「さぁアシュ、ご飯の続きを食べましょう」

「はぁい」

ディリヤに促されて、アシュが食事を再開する。

朝の陽射しを受けて、金色の星屑をちりばめた瞳が瞬き、「ごはん、おいしい」とディリヤに屈託ない笑みを向ける。

「アシュ、パンくずを落とさないように、食事に集中してください」

対面の席に腰かけたディリヤは、アシュの笑みに笑みを返すことはない。

「ディリヤ、今日のおしごとは？」

「町へ出向きます。帰りは遅くなりますので……」

そうして、今日一日の予定をアシュに伝える。

これが、毎朝の二人の日課だ。

今日も、明日も、明後日も、ずっと、ずっと、続く日常だ。

アシュが独り立ちするまで続く日々は、今日も、明日も、明後日も、いつもとなにも変わらない。

近頃、ようやく落ち着いた日々を送れるようになった。

アシュと生きていく方法をようやく見つけ始めた。

アシュが生まれて五年、こうして、ずっと一緒に生きてきた。

今日も、いつもと変わらぬ春の日だ。

金色の星屑の散った瞳で、ディリヤを見つめてくれる愛しいアシュ。

この子が毎日ずっと幸せだといい。

「ディリヤ、おうまさん」

「……？」

ただ、その日は、いつもと同じような日で……。

でも、いつもとはすこし違って……。

ずっと、ずっと、昔……、六年も前に蓋をして、扉を閉ざして、鍵をかけた、この、はなれがたい情動。

それを強引に開かれて……。


「アスリフ族のディリヤとは貴様か」

「………」

ディリヤはアシュを守るように背後へ隠す。

いつもとなにも変わらない日々に終わりが訪れたのだと悟る。

だからディリヤは覚悟する。

ずっと覚悟し続けてきたことを、改めて覚悟する。

離ればなれになる日がきたことを覚悟する。

だって、相手も自分と同じ気持ちだとは限らないから。

死んでしまった男がなにを考えていたかなんて、ディリヤには分からないから。

それどころか、たった一夜の関係だったのだ。

顔も知らない男なのだ。

この指が覚えているのは、太腿の傷、尻尾や鬣（たてがみ）の感触、そんなものだけ。

この耳が覚えているのは、低く穏やかな声、心のうちの熱を燻（くすぶ）らせる息遣い、密やかな笑い声。

この肌が覚えているのは、交わった時の、熱。

感覚しか覚えていない。

彼のことを、なにも知らない。

けものの情や心なんて、ディリヤはなにも察することができない。

六年も前の、一度きりのこと。

ディリヤは敵国の人間だ。

恨み、憎んでいるかもしれない。

ディリヤだけなら構わないが、アシュだけは殺されたくない。

もしかしたら、ディリヤが勝手に子供を産んだことを怒っていたかもしれない。

あの時に交わした熱を、想いを、愛を、忌み嫌っていたのかもしれない。

なかったことにしたかったのかもしれない。

互いにはなれがたいと思った情を疎んでいたかもしれない。

過去を捨てたかったかもしれない。

あの夜を、忘れたかったかもしれない。

死んだ男は、その遺言でもって、六年かけてディリヤとアシュを見つけ出して殺そうとしているのかもしれない。

だから……。

ディリヤは愛を信じない。

愛なんて不確定なものに心を委ねない。

はなれがたいほどの情なんて、信じない。

愛してもらおうとか、愛したいとか、そんなものは、生きるためのなんの足しにもならない。

だからディリヤは己の責任に殉じて、生きて、死ぬのだ。

独りで。

それがディリヤの生き方だ。

マディヤディナフリダヤは、はなれがたいほどの情で誰かを愛することなんて、しない。

あなたに捧げるもの

ディリヤがアシュを産んだのは五年前、十八歳の時だ。

隣の家に住むシャリフとスーラ夫妻、その娘のニーラが「おめでとう」と言ってくれた。

その時、アシュの父親は既に亡くなっていると風の噂で耳にしていた。

身内のいないディリヤは、誰にも頼らずアシュを育てると決めていて、「おめでとう」という言葉に「ありがとうございます」と返しこそしたものの、頭のなかは不安でいっぱいだった。

この子を一人で育てていけるのか。何不自由ない日々を送らせてあげられるのか。満ち足りた衣食住を与えられるのか。自分にそれができるのか。

できなくても、やるしかない。

ディリヤの頭のなかは、己の腕で眠る赤子を守る算段で目一杯だった。漠然とした不安と焦燥に埋め尽くされていて、喜びを感じる暇なんてなかった。

それから五年後。

紆余曲折を経てアシュの父親と再会した。

その時、ディリヤは自分を抱いた男の名前を初めて知った。己が好いた男には、ユドハという名前があることを知った。

死んだと思った男が生きていたのだ。

ディリヤはその名を呼べることを嬉しいと思った。

その名を己の唇が象り、言葉をなぞるたび、喜びを覚えた。

その再会からいくらか経った頃、ディリヤはアシュの弟となる双子を産んだ。ララとジジという愛称で呼ばれている双子も、もちろん、ユドハが父親だ。

三人の息子は金狼族のユドハにそっくりの狼獣人の見た目をしていた。ディリヤだけが人間ではあったが、五人の家族はひとつの群れを作って幸せに暮らしていた。

ララとジジが生まれた時も「おめでとう」と言ってもらえた。アシュが生まれた時よりもたくさんの人に囲まれて生活していたから、「おめでとう」と言われる回数も多かった。

その時、ディリヤの傍にはユドハがいて、ディリヤはユドハと一緒にその言葉をたくさん聞いた。

でも、やっぱり頭のなかではいろんなことを考えていた。

ララとジジがちゃんと成長できますように。小さいうちはなにが原因で命を落としてしまうか分からないから、どうかどうか無事に育ちますように。育ったら、長生きしてくれますように。

とにかく、健康でありますように。

この小さな生き物が、しあわせでありますように。

結局、アシュの時と同じように様々なことを考えてしまい、たくさんのお祝いの言葉に「ありがとうございます」と頭を下げ返すのが精一杯だった。

喜ぶとか、嬉しいとか、楽しいとか、それどころではなかった。なんだかとても疲れていて、ほとんどずっと眠っていた。

結局、それから半年近く寝ついた。

どうやらディリヤが自分で思っていたよりも、この体は草臥(くたび)れていたらしい。

「十二歳から出稼ぎに出て、兵隊になって戦争へ行って、アシュを一人で産み育ててきたんだ。十二歳から二十三歳までの十一年間だ。その長い期間、一人でどれほどの苦労があったか……。そう考えたなら、体調を崩して寝つくのもまたなんら不思議ではない。しっかり休んでくれ」

ユドハは冷静に状況を把握してディリヤを諭(さと)した。

ユドハの思いやりは、いつも優しい。

ディリヤよりもディリヤの立場になって物事を考えてくれて、ディリヤが心底納得して、「じゃあ、ちょっとアンタに甘えて休む」と言えるような状況を作ってくれる。

誰かに親切にされたり、甘えさせてもらうことに慣れていないディリヤをよく理解して、ディリヤの心に寄り添ってくれる。

ユドハのおかげで、漠然とした不安や焦燥に駆られることもなく、心と体を休めることだけに専念できた。

それは、ユドハがとても献身的で、子供たちの世話を率先して行ってくれて、ディリヤがこれまでの人生で悩み抜いてきた日々の憂いをひとつひとつ取り除いてくれたからだ。

「二人でできることを、一人でする必要はない」

ユドハはそう言ってくれた。

ディリヤの背負っている荷物を、ひとつ、またひとつと、ユドハのその大きな手で引き受けてくれて、その広い懐で請け負ってくれた。

「一人でできることを、わざわざ二人でする必要はない」

ディリヤはずっとそう考えて生きてきたから、ユドハの言葉は目から鱗だった。

「いきなりお前の生き方や考え方を変える必要はない。無理に俺に合わせたり、意識改革する必要もない。ただ、お前の隣にはいつも俺がいて、お前を助ける男がいることだけ知っておいてくれればいい」

ユドハはいつも誠意を示してくれる。

真摯な愛を尽くしてくれる。

「愛してる、ディリヤ」

ディリヤを愛してくれる。

自分が、誰か特別な一人に愛されていると実感するだけで、こんなにも心に余裕が生まれる。

ディリヤは、いま、人生で一番しあわせだった。

現在。

アシュは六歳、ララとジジは月齢九ヵ月になった。

ウルカ国のトリウィア宮では、子供たちが元気に暮らしている。

ララとジジはまだほとんど寝てばかりの毎日だけれども、ちいちゃな耳や尻尾をちょびっと動かしては、ディリヤやユドハに「ララとジジはきょうもげんき！」と教えてくれる。

「かわいい、今日もとってもかわいい……はぐはぐ、はぐはぐしちゃう……はぐはぐしちゃいたい……」

背伸びしたアシュが赤ん坊用のベッドを覗きこみ、尻尾をぱたぱたさせている。

「かわいいですね」

アシュの隣に立つディリヤは、ベッドの天蓋を片手で持ち上げ、三人の息子を見つめた。

ベッドを挟んだディリヤの正面にはユドハがいて、ディリヤと目が合えば微笑みかけてくれる。

自分に微笑みかけてくれる人がいるというのは、とても幸せなことだ。敵意でもなく、悪意でもなく、打算や損得勘定でもなく、純然たる親愛の情で微笑んでくれる人は宝物だ。大切にしたい。

「ディリヤ、あのね、アシュ、はぐはぐしたい。ララちゃんとジジちゃん、はぐはぐしていい？」

「甘噛みする時のお約束は覚えていますか？」

ディリヤはユドハを見つめていた視線をアシュの目線まで落とす。

「覚えてます！　はぐはぐは、そぅっと、やさしく、三回だけ」

「はい、そのとおりです。では、どうぞ」

アシュの脇の下に手を入れて抱え上げ、双子の傍へアシュの顔を持っていってやる。

すると、アシュはちいさな口を開けて、双子のほっぺを優しくはぐはぐ。甘噛みし始める。

「はい、はぐはぐおしまい」

「一回ずつでいいんですか？」

「三回もはぐはぐしたら、ララちゃんとジジちゃんがねんねんしてるのにおめめ醒めちゃうからね。一回だけにするの」

アシュは床に下ろしてもらうと、ぴん！　と尻尾をかっこよく立ててお兄ちゃんの顔をする。

ディリヤはそんなアシュを「アシュは優しいお兄ちゃんですね」と褒め、ユドハは「尻尾がかっこいいぞ」と褒める。

「アシュ、おにいちゃんだからね。ディリヤとユドハも、ほっぺはぐはぐしたいなら、アシュのほっぺはぐはぐしていいよ」

アシュはほっぺのお肉をきゅっと持ち上げ、満面の笑みを見せると、ディリヤの服の袖を引いて屈ませ、ユドハを手招きする。

「では、遠慮なく」

アシュの足もとに屈みこんだディリヤは大きな口を開けて、がぶりとアシュの頬を齧る。

「なら、俺は反対側だ」

ユドハはディリヤとアシュをその大きな手で一度に抱き上げて、ディリヤとは反対側の頬を甘噛みする。

狼の、かわいい、かわいい、愛情表現だ。

愛しくて、可愛くて、大好きで、愛が溢れて、もうたまらなくなったら、あちこち甘噛みして、じゃれあう。

「あぁ～～……あしゅ……とけちゃう」

だいすきなディリヤとユドハの間にむぎゅっと詰まって、ほっぺをはぐはぐされたら、アシュはとろけてなくなっちゃいそう。

「ユドハ、アシュがとけちゃわないようにぎゅってして」

幸せのあまり尻尾と耳がくったり寛いだアシュは「とけたら困っちゃう」と困った顔をする。

「よし任せろ。……そうだ、ユドハも幸せで蕩けてしまいそうだから、アシュがぎゅってしてくれるか？」

「うん！」

ユドハの首もとの飾り毛に埋もれて、アシュもユドハを抱きしめる。

ディリヤの愛しい者たちが幸せにしている。

それを見ているだけでディリヤまで幸せで、とろけてしまいそうになる。

この幸せな日々は、宝物だ。

ユドハがくれた贈り物だ。

大切にしなくてはいけない。

そうしてユドハとアシュを見つめていると、ふと、ディリヤとユドハの視線が絡んだ。

「お前のくれる毎日の幸せは俺の宝だ。ありがとう、ディリヤ」

ユドハが微笑んでくれる。

ディリヤと同じような気持ちでいてくれる。

ありがとう、と言ってくれる。

ディリヤはユドハの言葉を聞いて初めて、「あぁ、なんか、今日までいろいろあったけど良かったなぁ……めでたいなぁ」と、やっと思えた。


ディリヤたち家族の生活の場であるトリウィア宮は、ディリヤ一人で切り盛りすることは到底不可能なほど広大だ。

この離宮では大勢の使用人が働き、ありとあらゆる職務に人員が割かれている。彼らは、彼らの主人であるユドハのために住居を美しく整え、料理人が腕をふるい、なにひとつ不自由なく過ごせるよう細心の注意を払っていた。

従って、この離宮の管理において、ユドハのつがいであるディリヤの仕事はほとんどなかった。

家事ですら他人任せだ。

精々が、自分の身の回りのことをしたり、自分自身の私的な空間を掃除したり、時々、アシュにせがまれて食事やお弁当を作ったり、ユドハのために茶を淹れる……、その程度の家事しかしない。

家事に割く時間が極端に少ないから、ディリヤの日常はわりと穏やかで、大抵は子供たちの世話に追われて一日が終わる。

「床上げしてまだ一ヵ月ほどだ。あまり無茶はしないように」

「ディリヤ様におかれましては、通常のお体の状態ではないことをご自覚いただいて、日々をお過ごしくださいますよう……」

ユドハと侍医からは口を酸っぱくしてそう言われている。

医者の診立てでは、「人間が金狼族の子を産むのですから、身体への負担は並大抵のものではありません。ディリヤ様は長年の過労も祟っておいでですので用心には用心を重ねたほうがよろしいでしょう」ということだった。

医者の言うことは至極もっともで、自分の体が自分の思い通りに動かないと感じる時は多々あった。

産後の肥立ちが悪かったと言えばそれまでだが、ララとジジを産んでもう九カ月も経つのに、いまだ本調子を取り戻せずにいる。

それがディリヤ自身を苛立たせていることもまた確かだったが、それでも、すこしずつ日常生活に戻れるよう努力していた。

いつまでもずっと寝床にいてはユドハやアシュにも心配をかけるし、ララとジジの世話も自分でしたい。

自分の子供のことなのだから、これぱかりは他人に任せていられない。

家事の大半は離宮で働く人たちが受け負ってくれる。彼ら彼女らはその道の本職だ。己の仕事を完璧にこなす。そのおかげで、ディリヤは子供たちのために多くの時間を割けるのだから、とても感謝していた。

しかもそのうえ、日中、アシュが家庭教師に勉強を見てもらって、ララとジジが侍女に見守られながら昼寝をしている間は、ディリヤもほんのすこしだけ自分の時間を持つことができた。

二十三年生きてきて、初めての贅沢だ。

働きもせず、明日食べるものの心配も不要で、財布の残金を数えなくてもいい、自分だけのために使う自由な時間だ。

眠ってもいいし、だらけてもいいし、散歩してもいいし、趣味のことをしてもいいし、体を動かしてもいい。ディリヤが好きなように過ごして、なにをしても許される時間があるのだ。

だが、いまはまだ激しい運動は禁物だと言われているし、趣味を持たないディリヤは、いざとなるとなにをしていいか分からず途方に暮れてしまう。

結局、家族の細々とした雑事を片付けるか、「お前の自分だけの部屋にするといい」と言ってユドハがくれた私室で机に向かって本を読むか、勉強して過ごしていた。

その日も、ディリヤはユドハがくれた部屋のひとつ、ディリヤは勉強部屋にしているが、その部屋で本を読んでいた。

「こんこん、入っていいですか？」

アシュが声に出して扉を叩き、お伺いを立ててくる。

アシュは、「他人のお部屋にお邪魔する時は、入っていいですか？　と尋ねましょう」というディリヤとの約束を守っているのだ。

ディリヤは本を置いて席を立ち、扉を開いて、「はい、どうぞ」とアシュを迎え入れる。

「おじゃましまぁす」

やわらかい体を、ぺこっと二つ折りにしてお辞儀をすると、「アシュ、お勉強の時間終わったよ。おやつ食べよ」と両手にひとつずつ持ったお菓子のひとつをディリヤに差し出した。

「ちょうどディリヤのお勉強も一段落ついたところです。お茶の準備をして、一緒に休憩しましょうか」

ディリヤは部屋の一角にある小さな台所へ向かった。簡単な料理やお茶の支度くらいなら、ここで充分にできる。

ユドハが用意してくれたディリヤの部屋……正確にはディリヤが個人で使っていい区画というのは、来客を迎える玄関、控えの間、応接間や居間、本を読んでいるこの勉強部屋を含めたいくつかの私室、ディリヤだけの寝室、浴室や洗面所、衣裳部屋、宝物庫など……かなりの部屋数がある。

普段は家族共用の区画で過ごし、寝室はユドハと一緒だから、こちらの寝室は滅多に使わない。

着るものも、ユドハと使っている寝室の隣にある衣裳部屋の簞笥（たんす）に入れていて、こちらの衣裳部屋には普段は着ない上等な服や、いまの季節には着ない服などを整頓して仕舞っていた。

「アシュもお茶のおてつだいする」

アシュが台所に入ってきて、ディリヤの服の裾を引いた。

「ありがとうございます。では、この布巾で窓際のテーブルを拭いてもらえますか？」

「はぁい！」

アシュが尻尾を左右に振って窓辺のテーブルへ向かう。

絨毯（じゅうたん）の上に置かれたテーブルは脚が短く、背が低い。胡座（あぐら）で使うためのものだから、アシュが背伸びしなくても隅から隅までしっかり拭き上げられる。

「じょうずに拭けた！」

「はい、ありがとうございます。では、こちらに座って座布団をどうぞ」

テーブルに茶器を置いたディリヤは、絨毯に胡坐を搔いて座り、隣に座るアシュのお尻の下にクッションを差し込む。

「お茶、もう飲める？」

「もうちょっと待ってください」

「もうちょっと」

「もうちょっとです」

「もういい？」

「まだもうちょっとですね。いま飲んだらきっとお湯の味です」

「そっかぁ。……おやつの時間だから、ユドハもお茶飲んでるかな？」

「ユドハは……、お仕事している時間ですね」

「ユドハ、今日は帰ってくるでしょ？　早く帰ってくるかな？」

「どうでしょう。ユドハは最近忙しいですから……」

「いつ帰ってくるの？」

「今夜遅くと聞いています。たぶんアシュが寝たあとです」

「そっかぁ……。アシュ、ユドハとおふろ、いっしょにはいりたいなぁ……」

「ディリヤから伝えておきます」

「もう十一日もいっしょにおふろはいってないよ、って伝えてね」

「数えてるんですか？」

「ううん、数えてない」

「覚えてるんですか？」

「覚えてない」

「……………」

「でもね、十一日くらいいっしょにお風呂に入ってない気がするの。十一日って、いっぱいいっぱい、たくさんの日でしょ？」

「そうですね、十一日はいっぱいいっぱいいたくさんの日です」

「きっとユドハもアシュとおふろに入りたいと思ってるよ」

「思っていると思います。それもユドハに伝えておきます」

「おねがいします。それとね、アシュ、ユドハといっぱいお話ししたいの、って伝えてね」

「はい。……そういえば、ディリヤも長いことユドハとゆっくりお話ししていません」

「ディリヤも？」

「はい。ユドハがお城の外へ仕事に出かけたり、お城に泊まり込んで仕事をしたりして、今日で十七日目です」

「じゅう、……と、ななにち！　ながい！」

「大事なお客様と食事をしたり、会議をしたり、ユドハは忙しいみたいです。それに、ディリヤの具合が悪かった間、ユドハはできるだけ家にいて、家でお仕事をしてくれていたんです。その分、いまは外で仕事をする必要があるんだと思います」

「そうなんだぁ。ユドハ、たいへんね。……アシュ、今日はお船のお勉強したから、ユドハにお話ししたかったなぁ……」

「お船のどんな勉強をしたんですか？」

「お船の動かし方よ。それとね、森に暮らしてる動物のお話を聞いたの。でも、アシュ、今日のお勉強はちょっと退屈だったよ。あくびしちゃった……」

「まぁそんな日もあります。なにが退屈だったんですか？」

「あのね、先生のお話、いつも、お隣にいっちゃうの」

「……おとなり」

「うん。お船のお話ししてるはずなのにね、お船を作る木の話になって、木を切る人の話になって、森の話になって、最後は先生が森で迷った話になって、森で迷った時に生き延びる方法？　……っていうやつのお話になっちゃうの」

「それはそれは……」

「森のお話は楽しいんだけどね、先生が森で迷っちゃうお話はもう十回も聞いてるから、おっきなあくびが出ちゃうの」

「なるほど」

アシュは幼いながらも、日々、種々様々な専門家に師事して勉学に勤しんでいる。

小さな体と心に負担をかけぬよう、長時間の勉強ではないが、毎日すこしずつアシュが興味を持つようなことを学者が付きっきりで講義していた。

　幸いなことに、アシュは「おべんきょういや！」と駄々を捏ねることがないから、いまのところ楽しく学んでくれている。

「ディリヤも今日はお勉強あくびでた？」

「今日は欠伸しませんでした」

「えらいねぇ。ディリヤのおへや、今日も本がいっぱいね。どの本のお勉強したの？」

　アシュはディリヤの部屋を見て、目を輝かせる。

「ぜんぶ図書室で借りてきた本ですよ。アシュがもうすこし成長して、読める文字が増えたら読める本ばかりです」

「おもしろい？」

「面白い本もありました。たとえば、この……ウルカ軍がまとめた敵国の武器一覧なんかは興味深かったです。武器をひとつひとつ分析して、どういう傷を負って、どういう治療をすべきか実験しているんです。……が、この話はまだアシュには早いですね。やめておきましょう」

　ディリヤはアシュに差し出しかけた物騒な本を元の位置へ戻す。

「こわい本？」

「そうですね、こわい本です」

「……こわい本を読むと、夜中に、おしっこびゃっ、ってなっちゃうから、こわい本はだめよ。しまっておいて」

「はい、これはあっちに仕舞っておきます。ですので、ディリヤはこちらの、海を渡った向こうにある国の本などをアシュにおすすめします」

「海の向こう！　……ねぇ、ディリヤ、知ってた？　海ってしょっぱいらしいよ。ユドハが言ってた」

　アシュがディリヤの耳に鼻先をくっつけて、ひそひそ、内緒で教えてあげる。

　アシュの顔まわりの産毛がディリヤの耳に触れて、くすぐったい。

「今度、どれくらいしょっぱいか、ユドハに訊いてみましょう」

「うん！」

「さぁ、アシュ、お茶がそろそろ飲み頃です」

　ディリヤは子供用の茶器に茶を注ぎ、「熱いので冷めるまでちょっと待ちましょう」と茶器から立ち昇る湯気を手扇でアシュのほうへ扇ぐ。

「ほわほわするね」

「しますね」

「お茶とおやつが終わったら、ディリヤの宝物のおへや見せてくれる？」

「もちろん、構いませんよ」

「アシュね、宝物のおへや、だいすきなの」

「奇遇ですね、ディリヤも大好きです。……はいどうぞ、こぼさないように両手でしっかり持ってくださいね」


アシュに両手で茶器を握らせて、自分も一息つく。

ふと顔を上げると窓の向こうから春風が舞いこみ、ディリヤは頬を撫でるそれを心地好く感じた。

トリウィア宮には図書室がある。

この図書室を使うのは、トリウィア宮に住んでいる者たちだけだ。毎月決められた日には使用人にも開放しているが、近頃、もっとも頻繁に利用しているのはディリヤだ。

静謐な空間は自習するのに適していて、週に何度かは足を運ぶ。自室へ本を持ち帰って勉強するのとはまた違って、分からないことがあればすぐに調べものができるし、図書室に入ると、「俺はいまから勉強するんだ、本を読むんだ」という意識に切り替わるので助かっている。

「勉強するなら図書室もいいぞ」

そう教えてくれたのはユドハだ。

ディリヤは机に向かって決まった時間だけ勉強するという習慣がないまま育ったこともあり、勉学だけに集中するのが苦手だった。

そこで、ユドハが幼い頃に学んでいた時の手法を教えてもらい、それを実践していた。

「適度にサボって昼寝するにしても図書室はいいぞ。なんせ静かだ」

ユドハも幼い頃はここで昼寝をしていたらしい。

息抜きの仕方まで教えてくれるあたり、ユドハは本当にディリヤのことをよく分かっている。

なんでもかんでもとりあえず頑張ればいいというものではない。ディリヤは緩急の付け方が下手だから、ユドハはそれを見越していたのだろう。

ユドハが教えてくれたとおり、時折、ディリヤはここで昼寝もした。

だが、絶対に昼寝のできない時間というのもある。

それは、家庭教師に師事して学ぶ時間だ。

アシュほどではないが、ディリヤも週に何度か家庭教師についてもらって学んでいた。

学習内容は、教養、礼儀作法、芸術、文化、伝統、軍法、国法、地理、経済、政治など多岐に亘る。

ディリヤは教育を受けて育ってきていないし、人間だ。金狼族の国であるウルカについても一般常識程度しか知らない。文化や伝統などは特に馴染みが薄く、知らないことのほうが多い。

ディリヤがそれらを学んでいるのは、この国で暮らしていく覚悟があるからだ。

愛しい男の傍にいるために。

可愛い三人の息子たちの傍にいるために。

家族と暮らしていくために。

どの知識が自分の身を助けるか分からない。どういった無知が家族を危険に晒すか分からない。

だからディリヤは自分が学ぶことを疎かにするつもりはなかった。

まぁ、それもこれも、家事をせず、労働もせず、自由な時間を得られる環境だからこそ許されることなのだが、それゆえに自由というのは本当に贅沢なものだとディリヤはしみじみと感じていた。

「本日は、講義に入る前にひとつ大切なお話をいたします。ディリヤ様におかれましては、どうかよくよくお耳を傾けてお聞きください」

どこか含みのある物言いで、その家庭教師はディリヤの右隣に立った。

金狼族の家庭教師で、普段は大学の教授をしているオス狼だ。右手に持った教鞭を一定間隔で机に振り下ろし、まるで獣の威嚇のような真似をする。

ディリヤの座っている席の真横でその動作をするから、一本鞭が撓って空を切る鋭い音と冷たい風がディリヤの右耳や頬に届く。

「話とはなんでしょう」

ディリヤは椅子を引き、体の向きを変え、家庭教師のほうへ向き直った。

「ディリヤ様は、少々お考えを改められたほうがよろしいかと存じます」

「ひとまずあなたの意見を伺います」

「まず、アシュ様への対応です。ディリヤ様はご自分で子育てをなさるおつもりでいらっしゃいますが、それは間違いです」

家庭教師は、きっぱりと断言した。

続けて、「確かに、金狼族は家族という群れで子育てを行いますが、それは市井（しせい）で暮らす庶民の話。ここは王宮です。ユドハ様は国王代理で、アシュ様は次代の国王となられるお方。そういった尊い方に、人間のあなたの子育てを適用するのは間違いです。人間であるあなたが養育に携わることすら烏滸（おこ）がましい。身の程を知りなさい。アシュ様の養育や教育は、すべて専門の者に一任すべきです。しかも侍女もたった二人しか付けていないというではないですか。なんと嘆かわしい」と芝居がかった身振り手振りで演説し、教鞭を振り下ろす。

「子育てについては、すべてユドハと相談のうえで決定しています」

「その考えそのものが烏滸がましい！」

「ですが、俺はここで子供たちを育てるために暮らしています」

「あなたはアシュ様を産んだ人間としてここでの生活を許されているだけで、アシュ様の教育まで許されているわけではありません」

「ユドハが許しています」

「殿下がお許しになったところでなんだというのです。この国があなたを認めていないのです。もっと遠慮なさい。あなたの行動ひとつで殿下にご迷惑がかかるのですよ」

「……いま現在、ユドハになにか深刻な不利益が生じているんですか」

それならそれで、ディリヤは考えを改めなくてはならない。ユドハの重荷になるのはいやだ。それだけは、ディリヤが絶対に自分に許せない。

「いいえ、殿下の治世には一点の曇りもありません」

「では……」

「ですが、あなたという曇りがある」

「………」

「あなたはアシュ様を育てることから手を引くべきですっ」

いま一度、いままでよりも激しく鞭を振り下ろす。

「自分の子を自分の責任で育てているだけです」

ディリヤは席を立ち、自分よりも上背のある狼に真っ向から向き合う。

家庭教師のなかには、人間のディリヤをよく思っていない者もいる。

だが、ここまであからさまな態度を取る人物は初めてだった。

この家庭教師とは今月に入ってからの付き合いで、講義はまだ三度目だったが、ここまで思い切った言葉を投げかけられたのは今日が初めてだ。

過去二回も優しい言動だったわけではないが、授業には手を抜かなかったし、礼を失する言動もなく、もともと当たりがキツイ性格なのだろう、と解釈していた。

ディリヤは人間で、かつては金狼族と戦争をしていた立場だ。敵対していた人間のディリヤに勉強を教えるなんて……という考えの持ち主かもしれない。

だが、おそらくは過去二回の講義でディリヤがどういう人物か観察して、「こいつはなにを言ってもユドハに告げ口しない性格で、物静かで口数が少ない気の弱い奴だ」と判断したのだろう。

だからこそ、こうして攻撃的な態度に出たのだ。

ディリヤは自分が良く思われていないことを理解したが、かといって反撃に出るほどのことではないし、彼の人格について目くじらを立てるほどでもない。

このまま言い争わず、お引き取りを願えばいいだけだ。

ただ、この家庭教師はアシュにも勉強を教えている。

アシュの講義にディリヤが同席した際には、その片鱗（へんりん）すら見せなかった。今日のように当たりの強い感じや刺々しい言葉遣いはなく、アシュに対して悪意を剝き出しにしたり、精神的に攻撃するなどということもなかった。

だが、常にディリヤが同席しているわけではない。もし、今日ディリヤに向けられたものと同じような悪意をアシュに向けられたなら……。

それに、あの鞭はいけない。ディリヤはああいった威嚇行動に対する反撃の手段をいくつも持っているが、アシュにはない。

アシュの体が傷つけられたり、心に傷を負うようなことがあってはならない。

脅えながら勉強なんてするもんじゃない。

学のないディリヤでもそれくらいのことは分かる。

その点については対処しなくてはならない。

結局、その日は互いに一歩も譲らず、ディリヤは家庭教師にお引き取りを願い、家庭教師もそれに応じた。

アシュが暴力をふるわれていないか。

それだけが気がかりで、ディリヤは家令のアーロンに相談を持ちかけた。

ディリヤがされたことをアーロンに訴えるのではなく、あの家庭教師がアシュにどういう態度をとっているのか、彼の人となりをそれとなく尋ねた。

「大変熱心にアシュ様に講義をなさっておいでです。アシュ様が疑問に感じられたことには真摯にお答えになり、アシュ様が興味を持たれた話には、次の講義までにご自分で資料をお調べになって、実際にアシュ様と実験をしたりするなど……、とても良い先生でいらっしゃいます」

「そうですか」

「時にはアシュ様が笑い声などをあげて、楽しくお勉強をなさっているご様子です。アシュ様のお勉強部屋の隣室には常にイノリメかトマリメが控えておりますから、彼女らからも話をお聞きになりますか？」

「二人からは既に話を伺ったあとなので大丈夫です。ありがとうございます」

「……さようでございますか」

「はい。仕事の手を止めさせてしまってすみません。ありがとうございます」

トリウィア宮の一切を取り仕切るアーロンは日々忙しくしている。

ディリヤはその手を止めさせたことを詫び、礼を述べた。

「ディリヤ様、あの方のことでなにかございましたか？」

「いえ、……アシュからも話を聞いたのですが、とても楽しい授業をしてくれる先生だそうで……どういう方か気になっただけです」

ディリヤは頭を下げ、自室へ足を向けた。

どうやら、あの家庭教師は、アシュにはとても良い先生らしい。

そして、ディリヤのことだけがお気に召さないらしい。

「……まぁ、しょうがないか……」

自室へ向かう通廊で立ち止まり、ぼんやりと春の庭を眺める。

　こういうことも想定していた。

　誰も彼もみんながディリヤを受け入れてくれるわけではない。誰からも普通に接してもらえると思ってはいけない。狼の群れにディリヤが混じることを許してもらえると考えてはいけない。そういうことは、ディリヤが人間であるかぎり諦めなくてはならない。

　悪意を向けられることも覚悟のうえで、ディリヤはここにいる。だから、こればっかりはしょうがない。

　それに、あの家庭教師は言葉こそ痛烈かつ辛辣だったが、彼の言わんとすることには、おおいに頷く面もあるのだ。

　ディリヤは人間だ。

　狼じゃない。

　狼特有の行動、……たとえば、遠吠えや甘噛み、そして巣作り、ディリヤはそれらをしない。喉の構造が違うから遠吠えができないし、甘噛みも狼の牙がないからユドハやアシュのようにはいかないし、ディリヤはそもそも巣作りをしない。

　狼だからこそ本能的に感知できる音や光に対しても無防備で、ディリヤにはそれらを察知する能力が備わっていない。

　身体能力でも劣るし、寿命も短い。

　どう足掻いても、人間は、完全な金狼族のようには生きられない。

　子供たちの成長過程においても、これから先、狼の特質がいくらでも表に出てくる。人の身のディリヤでは不可能なことも子供たちはなんなくこなすようになるだろう。

　狼にとっては自然なことも、ディリヤは、わざわざ本を読み、学んで、見聞きし、体で覚えなければならない。

　種族の違いは、毎日感じている。

　ディリヤはどうやったって人間で、馴染みのない狼独特の理屈もあるし、慣れない文化もあるし、感覚的に理解できない種族差もある。

　それは、もう何年も前から感じていたことだ。

　アシュを産むにしても、育てるにしても、働くにしても、幾度も困難に直面して、何度も途方に暮れた。

　きっと、これからも、何度も、何度も、ふとしたことで感じるだろう。

小さな違和感、些細（ささい）な疎外感、途轍（とてつ）もない無力感、己の能力の限界。狼の世界で生きているかぎり、それらはずっとディリヤに付いて回る。

ディリヤはちっとも狼の本質を分かっていないし、アシュたちが成長したら、きっと、もっと分かってあげられない面が増えてくる。

そんな人間のディリヤがどこまで狼の子供を育てられるのか……。

「……考えなきゃなぁ」

ディリヤは溜息（ためいき）まじりの息を吐き、浅く息を吸ってからまた吐く。

深呼吸をして、腕を高く上げて大きく伸びをする。

肩が凝っている気がする。

腕が重く、首周りの筋肉も硬い。

本ばかり読んでいると、どうにも運動不足だ。

姿勢も悪くなっていたのか、背中が特に痛む。ちょうど、胃の真裏あたりだ。猫背になっていて、胃を圧迫していたのかもしれない。

「ちょっと運動するか」

姿勢に気を付けて、体を動かせばいい。

大抵の不安は、些細なものだ。

考えすぎるあまり、自分の心のなかで必要以上に大きな不安に育てる必要はない。

漠然とした不安に漠然と脅えるのではなく、理性的に考えを整頓していけば、どんな不安にも必ず解決の糸口が見つかる。

ディリヤはもう一度深呼吸をして、大きく伸びをしながら廊下を歩きだした。

「……っ」

その瞬間、腹に走った激痛に立ち止まった。

眉間（みけん）に皺（しわ）を寄せ、自分の腹を押さえる。眉こそ顰めたものの、ディリヤはその痛みには慣れていた。

アシュを産んだ時、腹を開いて産んだ。

ララとジジもこの腹で育てた。

そのせいか、ふとした瞬間に傷口が引き攣（つ）って、腹の内側がひどく痛む瞬間がある。

これればかりは一生モノの付き合いになるそうだ。経年とともに痛みが走る回数も減り、痛みの度合いも薄れていくそうだから、そう深刻なものではない。

人間が狼の子を産んだのだから、これもまた、しょうがない。痛みの代わりに可愛い我が子と会えたのだ。

そう思えば、この痛みすら愛しい。

「あったかくなってきたから薄着してたけど、冷えたかな……」

背中も、鳩尾(みぞおち)も、下腹も冷たい。

冷えると、痛む。

近頃は暖かい日が続いていたから、ついつい薄着になって油断していた。

ウルカの夏は、毛並みの豊かな狼でも過ごしやすい気候だが、それでも、ディリヤの生まれた土地よりも暑くなる。

暑さが苦手なディリヤはいつまで経ってもウルカの気候に慣れない。今年も暑いであろう夏を想像して、ディリヤはすこし憂鬱だった。

ウルカ国の国王代理であるユドハは、日々、公務に精を出している。

多忙であることを理由に子供たちの世話をディリヤに頼りきってしまうことだけは避けたいのが心情だが、実際のところ、ディリヤに甘えてしまっている面が多々あった。

「アンタは毎日一所懸命働いて、俺たちが腹いっぱいメシ食って、この家で幸せに暮らす毎日を守ってくれてる。だから、子供のことは俺に任せろ」

ディリヤはそう言ってくれる。

なんとも頼もしい男だ。

ユドハの子を産んでくれた伴侶であり、子供たちの親でもあるが、立派な男だ。ユドハが群れを離れていても、ディリヤがいれば安心だと思える強さがある。

時には立派すぎて心配になるが、ディリヤは常に姿勢を正し、まっすぐ前を見据え、子供たちにとって恥ずかしくない親であろうと心がけている。その性根が、なんとも立派なのだ。

ユドハに対しては、誰よりも真摯に愛を尽くしてくれる。心から寄り添ってくれて、まっすぐな気持ちでユドハを愛してくれる。素晴らしい男だ。

「アンタが幸せに笑って、メシがうまいって言って元気にしてるなら、ほかになんにもいらない」

ディリヤはユドハになにも望まない。

いつも、ユドハが健康で、幸せで、笑顔で過ごせる日々だけを願い、望んでくれる。ユドハがそういう日々を過ごせるように、常に気を配ってくれている。

ユドハはディリヤにとても大切にされている。それを感じない日はなかった。

ユドハはディリヤが差し出してくれる以上の気持ちでディリヤを大切にしたいと常日頃から思っているが、なにせディリヤという男は無欲だ。自分の幸せを二の次にする。自分が無理をしてでも、ユドハと子供たちの幸せを守ろうとする。

ユドハと子供たちの幸せはディリヤがいてこそ実現するものなのだが、ディリヤはどうにも自分よりも周りを優先するきらいがあった。

自分を大切にすることが下手で、ユドハから大切にされることも下手だ。

ディリヤが自分のなかで納得さえしていれば、それが家族のためになるのならば、生きて死ぬ人生のすべての不幸を受け入れてしまうような、そんな潔さがある。

そうならないように、そうさせないように、ユドハは、この巣穴こそがディリヤにとっての終の棲家となるよう心がけた。

物事に執着しないディリヤが執着できるものを増やせるように気を配ってきた。

何事においても独立して自立しているディリヤが「自分には頼る場所があるのだ」と自覚して、それによって安寧を得られるように、ユドハという依存先を提示した。

精神的にディリヤを満たすだけではなく、物質的にも満たすことを考えた。

ディリヤは、その生育環境と生活上、さらに、これまでの金銭的事情から、己の命に執着を持たず、また、物品にも愛着を持たずに生きてきた。

「衣食住は不便のない程度にあればいい」

特に、ディリヤは物欲が希薄だった。

子供たちには物質的にも精神的にも豊かであるよう心がけているのに、自分のこととなると、途端に修行僧のようになるのだ。

欲しいものが分からないと言うのだ。

ところで、ユドハは物を贈ることが好きだ。好きというよりは、物を贈ることも愛情表現のひとつと考えている。

贈ってディリヤに喜んでもらえればそれはとても嬉しいが、どちらかというと、「私の愛はこういう形もしているのです」ということをディリヤに伝える手段のひとつだと捉えている。

ディリヤへの愛を表現するためなら、どんなことでもしたいと思うし、ありとあらゆる方法で愛を尽くしたい。

かつて、ディリヤとアシュが二人で暮らしていた丘の上の家もこのトリウィア宮の庭へ移築した。

二人が使っていた家財道具や生活用品、壁に貼ってあったアシュのおえかき一枚から掃除道具まで、なにひとつとして余すことなくすべてこの離宮へ運び入れた。

ディリヤとアシュが暮らしていた家すらも愛しいと思うから、ユドハはそうした。

そうすることでディリヤが喜んでくれたならそれはそれで嬉しいが、ディリヤ自身がそれを望まずとも、ユドハの望みとして、そうすると決めた。

「俺の自分勝手で利己的な愛情表現なんだ。幸いにも、毎日お前に贈り物を贈るだけの甲斐性があって、物を置く場所にも困らないだけの敷地がある。だから、どうか俺の我儘でお前に物を贈ることを許してくれ」

「なら、無理のない常識的な範囲で」

ディリヤはユドハの願いを許してくれた。


それ以降、ユドハはディリヤの持ち物を増やすと決めた。ディリヤが自分で増やさないから、ユドハが増やすと決めた。

ディリヤはいつも身軽で、どこか所在なげで、ある日、気付いたらユドハの前から姿を消していそうなところがある。自分の存在が家族にとっての足枷になると判断した時には身を引く覚悟を心のうちに秘めている。

いざディリヤが城を出るとなった時に、「あの贈り物もユドハとの思い出、これも、それも……どれも愛しくて置いていけない」とディリヤが困って、城を出るのを踏み止まらせる一助になるかもしれない。

もしディリヤが城を出ていったとしても、「あの服はユドハから、この靴もユドハから……」と、自分の持ち物を目にするたびに里心がついてユドハのところへ帰りたくなるかもしれないし、実際に帰ってくるかもしれない。

要は、物品と思い出とユドハを関連付けて、なにかにつけディリヤが未練を抱くように仕向けているのだ。

ディリヤに物を与えることで身を重くし、身動きを取りにくくして、単身、ユドハのもとから去る機会をひとつでも奪おうとしたのだ。

その最たる方法がディリヤを妊娠させること、つまりは身重にさせることなのだが、その手段に訴えかけるのは子供にもディリヤにも失礼だ。到底、選ぶべき手段ではない。

それでなくとも、いまのディリヤの心身に負担をかけてはならないし、そもそも、産前産後の弱り果てたディリヤを見ているだけにとてもそんな気にはなれなかった。

元気な時のディリヤは、朝、先に寝台を出たユドハの尻尾を握って「もうすこし」と引き止めて、甘えてくれた。

眠るディリヤを起こさぬようユドハが身支度を整えていると、まだ半分眠っているディリヤがのそのそ起きてきて、いつもの習慣でユドハの鬣に櫛を入れて、毛並みを整えてくれた。

上手に毛繕いができたら、「一番乗り」と笑って、ユドハの背中に抱きついて、鬣に埋もれて、じゃれてきた。

健康でさえあれば、ディリヤは、アシュと一緒に庭で走って遊び、たくさん食事を摂り、ユドハと一緒に風呂に入って健康的な体を披露し、夜はとことんまでユドハに愛されるだけの体力があった。

だが、産前のひと夏の間、腹に双子を抱えたディリヤは酷暑に苦しめられ、青白い顔をして寝台に横たわり、日に日に食事量は減り、言葉を発するのも億劫な様子で、痩せていくばかりだった。

ユドハに触れる気力もなく、庭を走るどころか寝床に座ることすらユドハの手を借りてしかできず、毎日、横になって過ごすことすら、つらい様子だった。

このまま死んでしまうのではないか。

ディリヤを失う恐怖すら感じた。

そのくせ、ディリヤはユドハの気持ちを察してか、「だいじょうぶ」と安心させるように微笑むのだ。

そんなディリヤが床を出て生活できるようになったのがここ一ヵ月だ。当分は無理をさせられない。

当然、交尾も控えなくてはならない。

短期間でまた妊娠させたなら、次は産褥で死を迎えてもおかしくないと医者に言われている。

それを聞くと、なおのことディリヤをどうしても失いたくなくて、自分の傍に置いておきたくて、この腕に囲って離したくなくて、己の縄張りで守って、大事にして、愛して、幸せにしたいという想いばかりが強くなってしまった。

だからこそユドハはその暴走しがちな愛や我欲を、ひとまずは贈り物をすることで抑制していた。

これは狼の独占欲だ。

つがいを離したくないその一心で、時に愛しすぎてディリヤを壊してしまいそうになる。

それを回避する意味でも、己の感情をほかの愛情表現に置き換えることで、……つまりは贈り物を贈ることで自制していた。

小間物や衣服、宝飾品、書籍、飲食物、美術品に芸術品、家具に土地に建物の権利……、ありとあらゆるものをディリヤへ贈った。

「高いのはだめだって言っただろ」

ディリヤに叱られてからは、土地と建物と証券類の権利書を贈ることは我慢した。

せっかくディリヤが気に入りそうな土地と建物があったので、これは買いだと思って購入したのだが、それらはディリヤのなかでは高価な物に分類されるらしい。

ディリヤが悲しむことはしないのがユドハの主義だ。

ひとつずつディリヤの価値観を教えてもらいながら、ユドハの贈りたい気持ちとすり合わせていく。そうした気の遠くなるような行為すら、ディリヤをまたひとつ深く知るための素晴らしい経験だった。

「アンタと話してると、自分の知らない自分の感情まで表に出てきて、言葉になって溢れて、薄っぺらい自分に深みが出てくる気がする。ありがとう」

ディリヤは礼を言ってくれる。

礼を言うべきは、一方的に贈り物を贈り、受け取ってもらっているユドハのほうなのに、ディリヤはユドハのこの愛情表現を受け入れて、感謝してくれる。

ただ、不思議なこともある。

ディリヤはユドハからの贈り物を、いつも「ありがとう」と受け取って、その場で贈り物を見て、「大事にする」と言うなり自分の部屋へ持っていってしまうのだ。

それらの贈り物を一度も使わないのだ。

どうやら部屋のどこかに仕舞い込んでいるようだが、……ディリヤのことだ、きっとなにか理由があってそうするのだろう。

たとえば寸法が合わないとか、趣味ではないとか、使い勝手が悪いなど、なにがしかの理由だ。

だが、ユドハはその理由を知らない。

ディリヤに尋ねればいいのだろうが、尋ねて返答に困らせたくない。

ユドハはただ贈るだけ。

ディリヤはただ受け取るだけ。

それでいい。

それでいいとは思うのだが、やはり、悩みはする。

さりとて、「我々の価値観のすり合わせをしよう」とユドハの疑問や悩みを投げかけて、まだ本調子ではないディリヤを困らせるような話し合いをするよりも、ディリヤの心と体を癒すことに専念したかった。

いまは、ただただ穏やかに日々を過ごしてほしかった。

「ユドハ、アシュのあたまにお水かけて」

風呂場の湯船に浸かり、ユドハの膝に乗って尻尾でちゃぷちゃぷ遊んでいたアシュが、ユドハの濡れた鬣を引いた。

「熱くなってきたか?」

「うん」

「では、水をかけよう」

手桶に溜めていた水を細い糸のようにアシュの後ろ頭に流す。

半分ほどかけ流すと、残りをアシュのちいちゃな掌で作った器に溜めた。

「ちべたいね、きもちいい」

その水で顔を洗ったアシュは、ちょっと冷えた鼻先をユドハの鼻先に押し当てる。

アシュは、二十日ぶりのユドハとのお風呂でごきげんだ。

「なぁ、アシュ、相談があるんだが」

「なぁに?」

「ディリヤの好きなものってなんだろう?」

「アシュとララちゃんとジジちゃんとユドハだよ!」

「その通りだな」

ユドハは笑って頷く。

事実、その通りなのだが、やはり悩む。

ディリヤのことで悩むことすら幸せで、ユドハはもうディリヤに首ったけだ。

とはいえ、この一カ月は公務が立て込んでしまい、家を留守にすることも多く、ほとんどディリヤと話ができていない。

子供が三人いることもあって、二人きりの時間が極端に少ない。ディリヤからも「俺よりも、子供たちと過ごす時間を多くとってくれ」と頼まれている手前、そわそわ、わくわくした様子でアシュがお風呂道具を抱えてユドハの帰りを待ち構えている姿を見てしまったら、それを無下にもできない。

ディリヤとは、すれ違いの日々だ。

ディリヤと触れ合う時間が少ないから、贈り物のことも必要以上に考えてしまうに違いない。

なにひとつとして贈り物を使おうとしないのは、単に、ディリヤが遠慮してのことかもしれないし、ディリヤの身も心も重くして俺から逃げられないようにしてしまえ、というユドハのあさましい考えが透けて見えているのかもしれない。

そんなふうに考えれば考えるほど、深みに嵌ってしまう。

「ユドハ、ユドハ」

「うん？　どうした？」

「アシュ、背中に乗りたい」

「あぁ、いいぞ」

浴槽に凭(もた)れかかっていた背中にアシュを乗せて、泳ぐように湯船を歩く。

アシュはユドハの後ろ頭にぎゅっとしがみついて、自分でも泳ぐ真似をしている。

ぱちゃぱちゃ。アシュの尻尾が水面を叩く。

「ユドハのたてがみ、しっとりね～」

濡れたユドハの鬣に頬ずりして、アシュが笑う。

「これだけ鬣に量があると、濡れるとけっこう重いんだぞ」

「おもたいの？　どれくらい？　アシュくらいおもたい？」

「ララとジジくらいだ」

「たいへんね……、じゃあ、お風呂から出たら、アシュがぎゅって絞るの手伝うね」

「よし頼んだ、しっかり絞ってくれ」

「アシュの尻尾は、ユドハがぎゅって絞ってね」

「もちろん」

「あぁ～あしゅ、しあわせ～」

だいすきなユドハといっしょにおふろ。

待ちに待った念願のお風呂。

アシュの濡れた尻尾がぱたぱた跳ねる。

勢いよく跳ねるたびにユドハの顔にまで飛沫(しぶき)が飛ん

できて、ユドハは目を細めて耐えた。

「アシュ、ずっとおふろにいたい……」

「のぼせる前に上がろうな」

今日は幾度ほど湯船の端から端まで移動するのを繰り返すことになるだろう。

ユドハは、アシュの「もういっかい！　もういっかい、はしっこまで泳いで！」のおねだりを聞きながら、湯船の端まで泳いだ。

昼過ぎに体が空いたユドハは、ディリヤの顔を見るために王城から急ぎトリウィア宮へ戻った。

「旦那様、いま、すこしお時間よろしいでしょうか？」

ユドハを出迎えた家令のアーロンが声をかけてきた。

「もちろんだ。どうした？」

「ディリヤ様のことなのですが……」

アーロンはそう切り出した。

先日、ディリヤからアシュの家庭教師について、その人となりを尋ねられたそうだ。

アーロンは己の知るかぎりのことをディリヤに伝え、その場はそれで終わったのだが、思うところあり、アーロンは家庭教師の言動に目を配っていたらしい。

その家庭教師は、アシュに対してはとても紳士的で、親切で、熱心で、優しい教師なのだそうだ。

だが、図書室でのディリヤへの態度には眉を顰める言動が多々見受けられたらしい。

「ディリヤ様はなにも仰いませんし、ご自分で対処なさるお考えでしょう。ご多忙のユドハ様へのお気遣いもあるのだと思います。わたくしも差し出がましいことをいたしましたが、これは旦那様のお耳に入れるべき事柄だと判断いたしましたのでご報告いたします」

「分かった。忠心痛み入る。ディリヤと話をしてみよう」

ユドハは、自分が守る縄張りでよそのオスに大きな顔をされていたことを恥じる。

家庭教師とはいえ、ユドハのつがいに無礼を働くことは許さない。

だが、ユドハがまずすべきことは、ディリヤの心に寄り添うことだ。

ユドハはディリヤが過ごす離宮の奥へと足を向けた。

「ディリヤ、ディリヤ、ディリヤ！」

居間で、ディリヤを呼ぶ。

いつもなら、侍女からの先触れでユドハの帰宅を報されたディリヤが出迎えてくれる。

ディリヤの出迎えがあればとても嬉しいし、家に帰ってきたという実感が湧く。

ユドハは「旦那様のお帰りだから必ず出迎えろ」などと求めるつもりはないが、それでも、いつもは出迎えてくれるディリヤが今日にかぎって姿を見せないことに嫌な予感がした。

「ディリヤ、どこだ？」

室内を見渡し、次いで、庭へ視線を向ける。

そこには、アシュと双子、二人の侍女の姿があった。この時間帯、ディリヤも子供たちの遊び相手になっていることが多いが、今日はそこに姿がない。

「イノリメ、トマリメ、ディリヤを見かけなかったか？」

「殿下、ディリヤ様はお部屋にいらっしゃいます」

「調べものをなさると仰っていました」

「ありがとう」

二人の侍女に礼を述べ、ディリヤの部屋へ足を向けた。

「ディリヤ、いるか？」

返事はない。

ディリヤの部屋はいくつかあって、そのなかでも、ディリヤがよく過ごしている私室の扉の前に立ち、何度か声をかける。

「ディリヤ」

「……いる、ちょっと待ってくれ。すぐ行く」

扉の向こうからディリヤの返事があった。

間もなく、ディリヤが扉を開けて顔を見せた。

「おかえり、ユドハ」

「ただいま」

「出迎えなくてごめん、気付かなかった」

「それは構わない」

「どうしたんだ、この昼間に……」

多忙を極めるユドハの突然の帰宅にディリヤが驚いている。

だが、それ以上にユドハが驚いていた。

「ディリヤ、お前、どこが悪い？」

「いや、どこも悪くないけど……悪いように見えるなら、まだ本調子じゃないだけだ。それか、貧血だろ。いつものやつだ」

子供を産む前後は、貧血になる。

ディリヤの場合は、それが長引いているだけだ。

「俺にはそれだけのようには思えない」

「貧血があるのはアンタも知ってるだろ？　そんなに驚くことじゃない」

ディリヤはそう言いながら大きく伸びをして、「ちょっと調べものしてたから背中と肩が凝った」と笑う。

「お前が肩凝り？」

体を鍛えていて、筋肉もあるディリヤから肩凝りという言葉が出て、ユドハは眉を顰める。

「あれだけ長いこと寝ついてたんだから、筋肉も落ちるだろ。鍛え直すまで長引きそうだ」

「背中のどこが痛い？」

「どこって……このへんが全体的に……」

「………」

ユドハは無言でディリヤを抱き上げ、日光の差し込む明るい居間まで運ぶと、長椅子に腰かけ、膝にディリヤを乗せた。

「……ユドハ？」

「いいから背中を見せろ」

ディリヤの服をたくしあげ、白い背中を白日に晒す。

「くすぐったい」

「我慢しろ」

「へんなユドハだな」

「このあたりが痛むのか？」

「あぁうん、そうだな……背中が凝るっていうか、痛いな。いまアンタが触ってるあたりが重たいんだ。やっぱり姿勢が悪いのかもしれない」

「………」

「ユドハ？」

「痛くなるのはいつだ？」

「いつって、いろいろだ。寝てる時でも痛くて目が醒めることもあるし、立ってて痛む時もあるし、腹が空いたり、腹がいっぱいになったり、なにもしてなくても痛い時もある」

「ディリヤ、これはな……背中が凝ってるんじゃない。胃が痛いんだ」

「……？」

「胃だ」

ディリヤの背中や肩は、確かに、多少は凝っている。だが、触れた感じからして、熱を持っていたり、腫れている様子がない。

むしろ、緊張過多のせいか、筋肉が張り詰め、強張り、首回りと背中が異様に冷たくなっていた。

「このあたりが痛むんじゃないか？」

「あぁ、そうそう、そこ。そこが痛いんだ。……ちょうど胃の真裏あた、り……、……あれ？」

ディリヤもそこでようやく首を傾げた。

「胃痛がひどくなると、背中側まで痛むことがある」

「そうなのか？」

「そうだ。俺は医者ではないから医者の診断を仰ぐことになるが、おそらくはそうだ」

「これ、胃が痛いのか？」

「なぜ驚く」

ディリヤはユドハと向かい合うかたちに座り直し、自分の腹を見て驚いている。

「いや、だって……胃痛って初めてで……たぶん、初めて？　だと思うんだ。昔はそんなこと気にしてなかったから……」

「気にしてないだけで、これまでも痛かったのかもしれないぞ」

「まぁでも大丈夫だ。痛い理由が分かったから食生活に気を付ける」

「ディリヤ……、お前、暴飲暴食しているわけでもないのに、これ以上食生活のなにに気を付けるつもりだ……」

ユドハは額に手を当て、肩で息をする。

ディリヤは基本的に考え方がけものだ。

体調不良は、食生活や睡眠の質などによるものだと考える傾向にある。

心が原因でそうなることを認めない。

生き物が心因性の問題で体調不良に陥ることはディリヤも知識として知っていて、他人がそういう状態になったら気遣うのだろうが、自分がそうなるという考えが微塵もない。

戦時下でもなく、平和なこの状況で、家族と一緒にいることが幸せだと言ってのけるディリヤは、自分が精神的に追い詰められている可能性を考えない。

「じゃあ俺はなんで胃が痛いんだ？」

「…………それはな」

途中まで真実を言いかけてユドハは押し黙った。

可哀想に、ディリヤは精神的なつらさが体に出る性質なのだ。心が強いあまり頑張りすぎるところがあって、鈍感な心の代わりに体が悲鳴を上げる。

ディリヤは、自分のことに頓着しない性分で、己の心の悲鳴に疎い。

　ユドハは改めてそれを思い知った。

　だが、それを伝えたところでディリヤは否定するだろう。

「ディリヤ、近頃はなにかと深刻に物事を考える時間が増えたんじゃないか？」

「俺が考えすぎなのはいつものことだ」

「それはまぁ、そうなんだが……。たとえば、悩み事はないか？　お前を傷つける者がいたりはしないか？」

「……誰かから、なにか聞いたのか？　あぁ、いや、こういうことでしっかりしてるのはアーロンさんだな」

「どうか責めないでやってくれ。アーロンは己の仕事をしただけだ」

「どっちかって言うと、余計な心配かけたことが申し訳ない。確かに、アンタとアーロンさんのお察しのとおり、とある家庭教師と俺は馬が合わない」

「分かった」

「でも、そんなことで胃が痛くなるとは思えない」

「……ディリヤ、そういったことでも痛くなる時は痛くなるんだ」

「じゃあ、まぁ……、問題が分かったんだから解決するだろ」

　ディリヤはユドハの膝から下りて、衣服を正す。

「どこへ行くんだ？」

「アシュたちと遊んでくる。胃が痛い理由も分かったし、あとは対処していくだけだからもう充分だ。心配かけたな。あとでアーロンさんにも礼を言っておく」

「ディリヤ、待ちなさい」

「……っ」

　ユドハがディリヤを呼び止めるのと、ユドハに背を向けたディリヤが息を呑む瞬間が重なる。

「ディリヤ？」

「大丈夫。もう心配かけない。アシュと遊んだらちょっと休むことにする。アンタももう仕事に戻れよ。心配してくれてありがとう」

　ディリヤはユドハに背を向けたまま矢継ぎ早にそう言うと庭へ向かった。

「………」

　ユドハは公務へ戻らず、ディリヤが向かった庭のほうへ足を向けた。

　部屋を出てすぐの廊下の隅で、ディリヤが蹲っていた。腹を抱えるようにぎゅっと小さくなって、屈みこんでいる。

「ディリヤ」

「…………だいじょうぶ」

「大丈夫じゃない。俺と話している時も、部屋で調べものをしている時も、本当はずっと痛かったんだろう？」

「……いたくない」

ディリヤは壁伝いに立ち上がり、強情を張る。

「ディリヤ、手を」

「大丈夫だって言ってる！」

ユドハが差し伸べた手をディリヤは拒んだ。

「…………」

「……ごめん」

「すまない。俺もついお前に構いすぎた」

ディリヤがあまりにも悲壮な顔で詫びるので、ユドハも思わず謝罪した。

「……ちがう。アンタは悪くない。……本当はちょっと痛くて……、頭んなかが、まとまらなくて……でも、自分でなんとかするからそんなに心配しなくていい」

「そうもいかんだろ。ひとまず部屋に戻って休め」

「いいから、そんなことは自分で判断できるから、アンタは口を出すな」

「ディリヤ、……一人で抱え込むな」

「これは俺の問題だ。家族の問題はアンタと一緒に解決するけど、俺のことは俺が解決する。いまは平和な生活だし、俺もほかに問題を抱えてないし、この状態は俺たちの生活を揺るがすような大きな問題じゃない。だから、アンタはいま俺を一番に優先しなくていい」

「俺の優先順位の一番は常にお前だ」

「それがだめだっつってんだろ」

「…………」

「……悪い、本当に、……なんか、余裕が、ない……」

自分の言葉が自分でも驚くほど冷たくて、ディリヤも自分自身の口調や声音に戸惑っている。

何度も「ごめん……」と謝り、額に手を当て、瞼を落とし、眉根を寄せている。

目を開けていることさえつらいのだ。

自分の鳩尾のあたりを押さえて、皺が寄るほどきつく服を摑み、痛みに耐えている。

自分でもどうしていいか分からないのだろう。

心が原因で体の不調を自覚したのが初めてなのだと

したら、その対処法もまだ身に付けていないはずだ。

「…………ユ、ドハ……？」

「…………」

ユドハは無言でディリヤを抱き上げた。

抵抗する気力もないディリヤは、「運ぶなら、俺の部屋にして……」と頼んでくる。

こういう時、いつもならディリヤはユドハと同じ寝室で休むが、今日は自分の寝室へ行くことを望んだ。

ユドハは最短距離でディリヤの寝室へ向かい、寝床へ横にならせる。

「いま医者を呼ぶから寝ていろ」

痛みで返事もできないディリヤの額に唇を落とし、ユドハは寝室の外に声をかけ、人を呼ばわり、医者の手配をする。

枕もとに椅子を引いてユドハが腰を下ろすと、ディリヤは気力を振り絞って、「おとなしく寝てるから、アンタはもう傍にいなくていい」と付き添いを断った。

「俺が傍にいて休まらないなら離れるが、そうでないなら傍にいる」

「……アンタが傍にいるのは嬉しいけど、いまは一人がいい」

「分かった。だが、医者が来るまではここにいるぞ」

「…………」

ディリヤは諾否を明言せず、ユドハに背を向ける。

ユドハはディリヤの背を見て、「痩せたな……」と思った。

背中が凝るというディリヤを抱いた時の感触。服の下の体を見た時などは、我が目を疑った。

アレでは、今年の夏を越せるのかすら危うい。そう思ってしまうような痩せ方をしていた。

ユドハの巣穴で、ユドハのつがいが、あのように痩せ細っているのではオスとしての名折れだ。

不甲斐ない限りだ。

ユドハがディリヤの傍にいなかったこの一ヵ月ほどの間になにがあったのか……。

ユドハはディリヤの背を見つめて、鼻もとに皺を寄せた。


ディリヤから明確に「一人にしてくれ」と乞われたのは今日が初めてだった。

これまでは具合の悪い時でも「アンタの傍がいい」と言って、寝室も同じにしていた。

それが今日、ディリヤは一人を選んだ。

ディリヤに拒絶されたと落ち込んだのも束の間、ユドハはそれよりももっと悪い状況を想定していた。

けものは、死に際に孤独を選ぶ。

弱り果て、生き抜く力を失ったけものは、単独で群れを去り、潔く死を迎え入れる。

ディリヤが長く寝ついていた時期には、その寝顔が死に顔に見えて、ディリヤを失うことの恐怖に幾度となく襲われた。

今回、ユドハの心配は杞憂に終わったが、ディリヤを見ていると、死が隣り合わせで存在する気がしてならない。

先程、医師がディリヤの診察を終えて、ユドハに報告を行った。

特別深刻な病がディリヤに巣食っているのではなく、様々な要因が重なっての結果だという診断だった。

鎮痛剤を処方され、ディリヤは休んでいる。看護師が二名看護につき、適宜、容体を確認していた。

子供部屋にいる三人の子供たちは、二人の侍女の付き添いで昼寝をさせている。

「……？」

ディリヤの寝顔をまんじりともせず見つめるユドハの耳に、物音が聞こえた。

それは看護師の耳にも届いていたようで、「なにか落ちた音でしょうか？　見て参ります」と席を立った。

「いや、俺が見てこよう。君たちは病人を頼む」

ユドハは自ら席を立ち、寝室を出た。

侵入者の可能性も考慮して、すべての部屋を見て回る。

かつてユドハは「この離宮の好きな区画をお前の生活領域にするといい」とディリヤに伝えた。

遠慮がちなディリヤは小さめの部屋をひとつだけ選んだが、ユドハは、その部屋のある一区画をすべてディリヤのものとした。

この区画には、玄関、応接間、居間、控えの間、私室、台所、寝室、浴室や洗面所、衣裳部屋などがある。

部屋ごとに扉で区切られているが、寝室から向こうは扉がなく、衝立や織布で仕切られているだけだ。

ユドハはいつもずっとディリヤと一緒にいたいが、ディリヤには一人の時間を過ごしたいと思う日があるかもしれない。

もし、ユドハと眠りたくない夜があれば、ディリヤはこの区画にある自分だけの寝室で眠れるようになっているし、生活もできるようになっている。

ここは、ディリヤだけの完全に私的な空間だ。ユドハも断りなく立ち入ることは遠慮している。ディリヤの私室へ足を踏み入れるのも、実に一ヵ月ぶりだ。

どの部屋もよく片付いていて、物が落ちた形跡はない。確認の最後に、ディリヤが一番よく使っている部屋を覗いた。

そこは元々、窓辺に机と椅子がある程度の部屋で、ディリヤがそこで子供たちの成長記録を付けたり、手紙を書いたり、庭で遊ぶアシュを眺めたり、のんびりと日中を過ごす用途で使っていた。

いわば、ディリヤが寛ぐための場所だったはずだが、いまは到底そう呼べる場所ではなかった。

ここは、勉強部屋だ。床や棚の上、机には本が積み重ねられ、その山がひとつ崩れていた。物音の正体はこれだ。崩れた本が、隣の本の山に雪崩れたらしく、大量の書籍で床が埋め尽くされていた。

ディリヤ一人と、……おそらくはアシュが座る小さな隙間以外は、本や地図、図面、ありとあらゆる種類の資料に囲まれていて、絨毯敷きの床は黒板から落ちた硝石の粉で白く汚れている。

黒板には、硝石で何度も書いては消してを繰り返し、計算や暗記、記録に使った痕跡が残っていて、まるでなにかの研究室のごとき様相だった。

そのうえ、遊ぶ物が一切なかった。気分転換になるものや、趣味のもの、視界を彩る花一輪すらなかった。

元来、そういった余暇を楽しむための物を持たないディリヤだけれども、これではあまりにも禁欲的すぎる。息抜きのまったくできない空間だ。ディリヤが自分自身にそれを許さぬよう作り上げた、自分自身を追い込むための部屋だ。

ユドハが仕事で帰ってこない日は、きっと、子供たちを寝かしつけたあと、夜遅くまでここで勉強していたに違いない。

一見すると無造作に置かれている本も、系統や分野ごとにきちんと分類されていて、それらを使って勉学に励んでいたことがありありと伝わってくる。

ウルカ国の教養、礼儀作法、芸術、文化、伝統、軍法、国法、地理、経済、政治、ディリヤはありとあらゆることを学んでいた。

自国との対比として、ウルカだけではなく他国のそれらの情報も収集し、自主学習していた。

勉強家だ。努力が凄まじい。この鬼気迫る感じからは、ある種の強迫観念さえ伝わってくる。

ユドハは言葉を失った。

ディリヤは、いままで誰にもこの努力を気付かせなかった。こんなことをしているなんておくびにも出さなかったし、ユドハとの会話にも出さなかった。

自分の睡眠時間を削ってまで行う努力を殊更に主張もしなかったし、眠そうな顔を見せることもなかった。

家庭教師の当たりがきつかったことへの不満も漏らさなかった。

ユドハが仕事で留守がちだったこの一ヵ月、子育てを一手に引き受けることになっても文句を言わなかった。

それらすべてを自分一人に課して、黙々とこなしていた。ユドハはもちろん、エドナも、アーロンも、きっと誰もディリヤの努力を知らないだろう。

「あいつ、床上げして一ヵ月でこんなに勉強していたら具合も悪くなって当然だ……」

ユドハは深く息を吐く。

ディリヤは自分を追い詰めすぎだ。

きっと、また、自分にできる最大限の努力をしたに違いない。

ディリヤはいつも「人間の俺が狼の生活圏で暮らすのだから、ユドハに恥をかかせないように。三人の息子を狼の子供として立派に育てられるように。無知な親にならないように」と考えている。

ディリヤにとって、自分にできる努力を怠ることは、ユドハや子供たちに対しての愛を怠ることと同義なのだ。

愛を蔑ろにすることと同義なのだ。

愛を正しく示すことも、愛に怠惰になることも、愛に甘えすぎて自堕落になることも、すべては自分の責任だと考えて行動している。

だから、胃が痛くなったことをあんなにも恥じて、なんともないフリをしたのだ。

そして、自分で自分の体調管理ができないことや、自分の体がまだ健康でないこと、自分のいまの状況が頼りなくて情けなくて反省したいから寝室で一人になりたいと願ったのだ。

ユドハが嫌いだから一人になりたいのではなく、ユドハに合わせる顔がなかったのだ。

「……というか、あいつ、臥せっている時も寝床で本を読んだり、いろいろとしていたが……、もしかして勉強もしていたんじゃないだろうな。俺が一緒に寝る時は素直に早く寝ていたが……」

ユドハが仕事で遅い時は勉強していたに違いない。ディリヤの性格からして、おそらくそれが正解だ。

「……それにしても、なにもない部屋だ」

勉強道具はあるが、ディリヤの持ち物はなにもない。ディリヤの気配が感じられる物がない。

きっと、見ず知らずの誰かに「ここは国試を控えた学生の勉強部屋です」と説明したら、信じてしまうだろう。とてもではないが、国王代理のつがいの部屋ではない。

そして、なんとなく承知はしていたが、この部屋にも、どの部屋にも、ユドハが贈った物はなにひとつとして飾られていなかった。

贈り物が使われた形跡もなかったし、部屋のどこにも贈った物が置かれていないし、勉強に使えそうなインクやガラスペンですら見当たらない。

贈った物をどうしようとディリヤの勝手だが、ユドハとしてはすこし悲しい。

いや、けっこう悲しい。

……かなりかもしれない。

ユドハがどれほど懸命にディリヤの居場所を作ろうとも、ディリヤには届かないのかもしれない。

独り善がりな感情だが、やはり、そこには悲しさや空しさがあった。

「ユドハ……」

背後からアシュに声をかけられて、ユドハは振り返った。

「アシュ、どうした?」

「ディリヤのおみまいにきたの」

ひと足先に昼寝から目を醒ましたアシュは、寝ぐせのついた尻尾をうろうろさせて、戸口からユドハを見やる。

「そうか。見舞いに来てくれたのか。だが、いまディリヤは眠ったところでな……」

「うん。ディリヤねんねんしてたから、お鼻にちゅってしてユドハのとこにきたの」

きっと、駄々を捏ねて侍女にせがみ、ユドハを探し回ったに違いない。

ディリヤがこうなって心細かったのだろう。アシュはやっと会えたユドハに安堵の表情を見せている。

「おいで」

侍女は下がらせて、ユドハはアシュを手招く。

「ディリヤのおへや、入っていいの？」

「今日だけだ。本が雪崩を起こしてな。片付けるんだ」

床に腰を下ろしたユドハは本を拾い上げ、できるだけ元の分類に沿ったかたちで積み上げる。

「どうぞ」

アシュも体を二つ折りにして背を丸め、両手で重たい本を持ち上げてユドハに差し出す。

「ありがとう」

受け取った本を、また一冊積み上げる。

「ユドハ、尻尾しょぼん……」

「アシュも尻尾に元気がないな」

「……ディリヤ、またずっとねんねしないといけないの？」

アシュはユドハの膝に乗って、くるんと丸まる。

「どうだろう。こればかりはユドハにも分からない」

寝ぐせのついたアシュの尻尾を毛繕いしてやりながら、ユドハは眉を顰めて微笑む。

「でぃいや、しんじゃう？」

「死なない。それだけは確かだ」

「でも、ユドハのしっぽ、とってもしょぼん……」

「そうだな。ユドハの尻尾もちょっと悲しくて元気がない」

「かわいそう……」

「でも、いま一番可哀想なのはディリヤだから、ユドハは大丈夫だ」

「……アシュがだいじょうぶだいじょうぶしてあげる」

ユドハの懐で、とんとん。アシュはユドハの太腿を優しく叩いて、よしよししてあげる。

「ありがとう、アシュ。アシュも元気がないのに、ユドハを元気づけてくれるんだな。お前はなんて優しい子だろうな」

「やさしくないよ、ふつうだよ」

「そうか、普通か」

「うん、ふつう。それにね、アシュ、もっとユドハを元気にしてあげられるよ」

アシュは顔を上げて、ユドハの懐から出ると、「たからもののおへや、いこ？」とユドハの手を引いて立たせた。

「あのね、アシュね、ディリヤのたからもののおへやに行ってね、たからものを見せてもらうとね、元気がでるの」

「宝物の部屋？」

アシュに導かれるまま、ユドハはディリヤが使っている区画のどこかへ連れていかれる。

「こっちこっち」

「こっちか？」

アシュに誘われて、奥へ奥へと進む。

「ないしょのないしょよ～、ひみつのひみつのおへやなの～……、ないしょのひみつは、ちょっと暗いけど、こぁくないょ～……、きらきら、ぴかぴか、りっぱなたからもののおへやだよ～」

アシュは調子外れの歌を歌って「お歌を歌うとユドハも元気になるよ」とユドハを励まし、短い足でどんどん進む。

「…………では、ユドハも一曲……」

アシュと繋いだ手を離さないようにユドハは背中を極限まで曲げて、アシュの歩調に合わせて歩幅を狭くして、アシュにあわせて歌いながらちまちま歩き続け、ようやく一番奥の部屋へ辿り着いた。

そこは、衣裳部屋だ。風通しは良いが日当たりはよろしくなく、勉強部屋の向こうにある寝室や浴室からしか入ることができない。

「たからもののおへや」

アシュはユドハを見上げ、にっこり笑った。

その衣裳部屋には、ユドハがディリヤへ贈った物がすべて積み重ねられていた。

こんな奥まった不便な場所に置かれているのか……。

ユドハは一瞬落ち込みそうになったが、すぐに考えを改めた。

なぜなら、ユドハが贈った贈り物の、どの箱も埃をかぶっていなかったからだ。

ユドハが贈った衣服の入った革の行李も、ディリヤに贈った宝飾品を収めた宝石箱も、書画の道具をまとめた螺鈿の文箱も、この部屋にあるなにもかもすべて、埃ひとつ、塵ひとつ、積もっていなかった。

贈り物のひとつひとつに埃よけの布が掛けられているし、わずかに差し込む日差しを避けるための窓際の掛け布や衝立にすら、塵汚れ、曇りひとつない。部屋の隅々にまで清掃が行き届いている。

ディリヤの許可なくこの部屋に使用人が立ち入ることはなく、これまでも家族以外は通していない。

つまり、ここの掃除はディリヤ本人のみが行うことになる。

完璧主義のディリヤのことだ。おそらく、床上げしたと同時に、この部屋の掃除も実行したに違いない。

それからこの一ヵ月、毎日、隅々まで掃除していたのだ。

鼠が入らないように隙間を塞ぎ、害虫が付かないように薬を置き、それでいてユドハの贈り物を傷つけたり傷めたりしないように定期的に手入れを行い……。日の当たらないこの部屋に置いているのも、日焼け対策の一環だろう。

「ここね、ディリヤのたからもののおへやなのよ。でも、ないしょよ。さわる時は、ディリヤといっしょじゃないとだめなの。お約束。そぅっと、だいじにだいじにしてあげてね」

「そうか……、ここにあるものは大事に大事にしないといけないんだな」

「うん！　ディリヤとのおやくそく！　……アシュね、時々、ディリヤにこのおへやを見せてもらうの」

「どういう時に見せてもらうんだ？」

「ユドハがいない時」

「…………」

「ユドハがいない時にね、ここにくるとね、ユドハのにおいがするの」

「それは、ここにある物はすべて、ユドハがディリヤに贈ったものだからだ」

「そうなの？」

「あぁ」

「ディリヤが教えてくれたのよ。ディリヤね、ユドハがいなくてさみしい時に、ここでお昼寝したり、お茶したり、のびのびしたり、本を読んだりすると、ちょっとさみしくないんだって。それからね、えっとね、……なんだったかなぁ？　あ、そうだ！　ディリヤがね、アシュに教えてくれたの。いっこいっこ大事にたからものを撫でて、ここがディリヤのたからもののおへやです、ってディリヤ笑うの！　ディリヤ、このおへやにいるとしあわせなんだって」

「そうか……」

「アシュが教えたのないしょよ。ユドハのしっぽがしょぼんでかわいそうだから、ないしょのないしょで、おしえたの。あとでアシュといっしょにディリヤにごめんなさいしてね」

「あぁ、一緒に謝ろう」

「ありがと」

「こちらこそ、ありがとうアシュ」

ユドハはアシュを抱き上げ、ディリヤの宝物の部屋を見渡した。

ここは、まるでディリヤの巣穴だ。

大事なものを詰めこんだ、宝物の巣だ。

この部屋を見つめていると、ユドハは、まるで自分自身が大事にされているような気持ちになる。

「しっぽげんきになったね」

「あぁ、元気になった」

アシュに頬ずりして、ユドハは頷いた。

それから、もう一度、眠るディリヤをアシュと二人で見舞った。

アシュは「……でぃりやは、死んじゃわない。でぃりやだいすき、はやくげんきになってね」と鼻先を寄せ、頬をすり寄せ、寝ぐせがすこしマシになった尻尾をディリヤの手首に巻きつけた。


寝台の脇に置いた椅子に腰を下ろしたユドハは、今日、あえて難しい顔を作っていた。

「あのな、ディリヤ……つい先日まで体調不良だった人間が、健康だった時と同じ生活をいきなり始めるのは難しいんだ」

胃痛の落ち着いたディリヤに、ユドハはまずそこから説明した。

「たいへん、もうしわけなく……」

忸怩たる思いで、寝床のディリヤは詫びた。

「しかもそのうえ、健康だった時よりも体の休まらない生活を突然始めて、精神的にも自分を追い込む生活を送っていたら具合が悪くなるのも当然のことなんだ」

「……はい」

「分かるな？」

「分かります」

「胃痛がどんなものかも身を以て知ったんだ。次からはもうすこし控えて、胃が痛くなった時は、俺が傍にいなくても自己申告して医者にかかってくれるな？」

「……はい。いや、でも、ほんとに……こんな大仰なことになるとは思っておらず、……だから、その……」

「なんだ？」

「…………ごめんなさい」

　叱られたアシュとそっくりの表情で、ディリヤは頭を下げる。

　ちょっと頑張りすぎて精神的にキて胃が痛くなった。所詮はその程度だとディリヤは軽く考えていた。事実、そのとおりだったのだが、まさか自分がそんなことでこんなふうになるなんて想定していなかった。

「だって、いまもまだ俺はもっと頑張れるって思ってるくらいなんだ。だから、なんていうか……」

「心と体がちぐはぐか？」

「そう、それだ」

　心はもっと頑張れる自信があるのに、体が先に音（ね）を上げた。

　ディリヤには、それが納得できなかった。

　どうしても受け入れられなかった。

「もっと頑張れると思うのに頑張れないのは、なんだか……恥ずかしい」

「そこまで自分に厳しくしなくていい」

「でも、俺はいま働いてないし、家事もしてないし、楽させてもらってる」

「一ヵ月前まで寝床で生活していた人間を健康な人間と同じくらい働かせて、勉強もさせて、家事をさせて、三人の子供の面倒を任せて、城の一区画を完璧に清掃しろと命じるほうがどうかと思うし、それを自分に強いるのもどうかと思う」

「…………」

「限度を知ってほしい」

「でも、自分で自分の限界を決めたら、それ以上は頑張れない」

「分かった。なら、好きなだけ頑張るといい」

「怒ったか？」

「いいや。その代わり、俺が休めと言ったら休め。もうすこし頑張る、はナシだ。俺が休めと言ったら休む。それまでは頑張っていい」

「…………」

「それが約束できるなら、そうしていい」

「…………」

「自分を追い込むな」

「でも、そうやって自分を追い込んで、いっぱい勉強して、いろんなことを知ったら、アンタを愛せる方法が増える」

「…………」

「アンタを守る方法も増える。家族を守る手段が増える。いろんなかたちで、いろんな方法で、アンタを愛したい。アンタを愛する方法が自分の努力で増えるなら、俺は、その努力を怠りたくない」

「努力しすぎだ」

「…………」

「最初の話に戻るが、限度を知りなさい」

「……はい」

ユドハに淡々と叱られて、ディリヤは神妙な面持ちで頷く。

「ところで、断りもなくお前の部屋に入ったことを詫びねばならん」

「別に大丈夫。気にしない。アンタにもらった部屋だから、アンタは好きなように入ったらいい」

「……お前は、本当に……俺に対しての縄張り意識がゆるすぎないか？」

「俺の縄張りはアンタの縄張りだ。俺のぜんぶアンタのものなんだから、アンタの好きにしていい」

「病床のつがいに口説かれる日がくるとはな……」

「病気じゃない」

「分かった。ちょっと胃痛なだけだな？」

「そう、ちょっと胃痛なだけだ」

「しょうのない赤毛だ」

強がりなディリヤの虚勢に、ユドハは嘆息しつつも「分かった、ちょっと胃痛なだけだ」と苦笑して譲歩した。

「さて、その胃痛の原因のひとつ。例の家庭教師だが、解雇したぞ」

「なんで」

「俺のつがいに無礼は許されない」

「……ごめん。アンタのメンツを潰すようなことになって」

ディリヤへの無礼は、即ち、ディリヤの後ろ盾であるユドハへの無礼だ。

その無礼をそのままにしておくということは、家庭教師の横暴を許し、ユドハへの無礼を放置したままアシュの家庭教師をすることさえ許す、ということになってしまう。

そうなれば、不特定多数の者たちが、「あの家庭教師は、国王代理一家に指図できるほどの発言力の持ち主だ」と判断して、それを契機に、なにがしかの悪巧みに発展する可能性がある。

ディリヤもそれを考えなかったわけではないが、あの家庭教師との問題は、そうした大事に発展する前に自分でケリをつけるつもりでいた。

だが……。

「敵意と殺意には即時対応できるけど、ああいう精神攻撃してくる悪意への対処は、どうもいまいち……いますぐ俺のこと殺しにくるわけじゃないから、こっちも殺せないし、難しくて考えてるうちにこうなった。ごめん」

「そういう時は言ってくれ」

「でも、あの家庭教師の言うことにも一理あるんだよ」

どう足掻いても、ディリヤは人間だ。

狼のことを真に理解はできない。

事実、それを理解するためにディリヤは様々なことを考え、悩んでこうなっているのだから……。

「悩むから、必死に勉強しているんだろう？」

「……それもある」

「それ以外の理由はなんだ？」

「知恵や知識は武器になる」

将来的に、もしかしたら、ユドハと子供たちを守るためにそれらの知力が必要になって、頭を使って切り抜ける場面が出てくるかもしれない。

ディリヤは自分の体を使って戦うことには長けているけれど、知恵を使って家族を守ることは不得手だ。

「家族を守る方法はひとつでも多く身に付けておきたい。狼をちゃんと理解していなかったから対処できなかった、なんてことはいやだ」

「それから？」

「アシュに、どうして？　なんで？　って尋ねられた時に答えられなかったり、調べ方すら教えられないような親にはなりたくない。もともと、俺は勉強を始めたのがすごく遅いし、学力も低い。だから、すごく勉強しているように見えるだけで、本当はすごくない。小さい頃からちゃんと学んで、真面目に勉強してきた人にとっては普通のことをいま学んでるだけだ。褒められることじゃない。俺は、俺がいままで怠慢でしてこなかったことをやってるだけだ」

「怠慢ではないだろう、お前の場合は……。勉強するよりも、食べて生き抜くことに必死だったんだ」

「でも、将来を見越して、知識の獲得に精進すべきだって考えて行動したり、勉強や学問に興味を持ってたら、もっと勉強してたはずだ。そういう考えさえ持ってれば、小さい時からでもすこしくらいは学ぶ努力をしていたはずだ。だから、やっぱり俺の怠慢だ」

「学ぶ意味を教える大人や、将来を考えるほどの余裕がなかったんだ」

「でもな……」

「ディリヤ」

「…………」

低めの声で名を呼ばれて、ディリヤは押し黙る。

「そうして自分を追い詰めるから、こんなことになっているんだろうが」

「…………」

怒られた。

ディリヤは喉を鳴らして息を呑み、指先に触れる寝具を握りしめる。

ディリヤは、自分自身の頑固で依怙地(いこじ)な性格を理解している。自分の価値を証明しようと我を張ってしまうのだ。

「怒っているんじゃないんだが、そういう口調になっていたならすまない」

「心配してくれてるから怒るんだって分かってる。……ごめん、本当に。うまく言葉にできないけど、この一ヵ月弱、アンタと離れてる間に、……なんか、考えがすごく、昔に戻ったみたいで……」

自分でも気付かないうちに、自分の思考が過去に引き戻されていた。

ディリヤの心が、ユドハと再会する前の、アシュと二人で支え合って生きていた頃に立ち戻ってしまった。

理由は分からない。

単なる焦りかもしれない。漠然とした不安かもしれない。この城でなにもせずに楽な暮らしをさせてもらっていることへの申し訳なさかもしれないし、生産性のない自分に対しての憤りかもしれない。無知な自分を恥じ入る感情かもしれない。どう足掻いたって狼になれない自分への歯痒(はがゆ)さかもしれない。

おそらくは、それらすべてなのだろう。

妙な飢餓感に襲われて、とにかく、なにかしなければと思ってしまった。ユドハの傍にいられるだけの存在にならなくては……と焦ってしまった。

せっかく生きているのだ。

無駄に生きているのはいやだった。

愛する男を守って、支えて、ユドハの傍に立っても誇らしい存在でありたかった。

そうしないと、自分の居場所なんてあっという間になくなってしまう気がした。なんとかして、この狼の国で自分の居場所を作ろうと必死だった。

限界まで頑張っても、心が折れない限り、体も折れないと信じていた。

「……俺、おかしいな。ユドハと一緒にいると大丈夫なのに……ユドハの顔が見られない日がちょっと続いただけで、なんで、こんなことになるんだろう……」

「さみしさの穴埋め」

「……？」

「俺が傍にいないさみしさを、ほかのことで埋めようとしたんだ」

ユドハはディリヤの感情をそう説明づける。

ユドハのいないさみしさを、自分自身を忙しく追い込むことで誤魔化した。さみしいと思わずに済むようにした。なにも考えられなくなるほど自分を疲れさせて、気を紛らわせて、眠れぬ夜もユドハのことを考えずに済むようにした。

ユドハの代替品を探した。

ユドハの代わりを求めた。

もちろん、ユドハの代わりなんて存在しない。そうなると、ディリヤは己のさみしさを埋める存在や、己の愛の差し出す先に困る。

もちろん、ユドハのために知識を身に付けなければ……というディリヤの考えは本当だろう。だが、そうして、なにかしらほかのことでユドハへの愛を発散させなければ耐えられなかったのだ。

これまで毎日のようにユドハが傍にいて、ユドハに愛されて、ユドハに愛を伝えられていたのに、ディリヤはそれをしてもらえなかった。この一ヵ月近く、ユドハはディリヤを冷たい寝床で一人で眠らせてしまっていた。

「可哀想なことをしたな」

「…………俺、は、……さみしかったのか？」

「お前の感情だから、お前の好きに処理するといい。俺から見たお前は、そう見受けられた」

悲しくて、さみしくて、耐えられない。

傍にいないつがいが恋しい。

離れずに傍にいてほしいのに、それすら伝えられない。

「ごめん……」

「なぜ顔を隠す？」

「……だ、って……」

　ディリヤは己の腕で顔を隠し、言い淀む。

　自分がこんなにもさみしがり屋だなんて知らなかった。自分がこんなにも感情に忠実に生きる生き物だなんて自覚していなかった。

　はずかしい。

　ユドハが恋しくて胃が痛くなっただなんて……。

「これじゃあ、俺は、アンタに恋煩いして寝込んでるようなもんじゃないか」

「可愛いことを言うな、押し倒したくなる」

　ユドハは席を立ち、寝台に上がると、ディリヤを懐に抱き寄せる。

「……ごめん、本当に……、自分がさみしいことにも気付かないとか……どれだけ鈍感なんだ……」

「十代のお前が戦場で生き抜くには、そういった感情が邪魔だったんだろうな。そうして、そのまま大人になってしまうとな、今度は泣くことにも、笑うことにも、悲しむことにも、恋をすることにも鈍感になってしまう。……大人は、なかなか心を表に出せなくなる」

「だからって……、こんなことで、いちいちアンタを煩わせてたら申し訳ない」

「なぜだ？　俺の一挙手一投足でお前の感情が息を吹き返すんだ。これほど喜ばしいことはない」

　ディリヤの頭を己の胸もとに抱き寄せ、ユドハは頬ずりする。

「……ごめん」

「なぁ、ディリヤ、これから、こうして、ひとつずつお互いの心を知っていこうな。……六年前、俺は、お前と出会った瞬間、久しく忘れていた感情を思い出すことができたんだ。あの日から今日までずっと、お前のおかげで、俺はこうして生きている」

　戦争に明け暮れる日々で、誰かを愛したいと思うユドハの心が息を吹き返した日。

　それは、ディリヤと出会った日。

「愛してる、ディリヤ」

「俺も、愛してる……」

「まずは、二人ともその感情だけを大切に生きていればいい。ほかの感情は、その時々に、二人で分かち合おう。お前の感情のすべてを知れるなら、俺はとても幸せだ」

幸せで笑うことも、悲しくて泣くことも、嬉しくて飛び跳ねることも、憤りで拳を握り締めることも、胃が痛くなるほど自分を追い詰めるさみしさを知ることも、すべて、生きていなければできないことだ。

好きな人が生きている。

生きて再び巡り会えた。

「これ以上さみしくないように、お前との時間を増やそう」

「アンタの負担になる」

「俺もさみしいから、お前と過ごす時間を増やしたいんだ」

「…………」

「なんだ、その驚いた顔は？　俺だってさみしい時があるんだぞ？」

「そ、っか……アンタでもあるのか。……あるのか？　そんなの」

「もちろんだ。つがいと離れて暮らすこの一ヵ月、早く家に帰りたい一心で公務に励んでいたんだ。毎日こうしてお前を抱きしめることばかり想像していた」

ユドハは腕に力を籠めて、改めて強くディリヤを抱きしめる。


「……俺も、アンタの毛繕いしたくてたまらなかった」

ディリヤは鬣に頰を埋もれさせ、自分の胴体に巻きつくユドハの尻尾を優しく撫でる。

「……さて、ディリヤ、ここで俺はひとつお前に謝らなくてはならないことがある」

「なんだ？」

「お前の宝物の部屋に入ってしまった件だ」

「入ったのか？」

「入った。あとでアシュと一緒にもう一度謝る予定だ」

「それも別に謝らなくていい。言っただろ？　俺の縄張りはアンタの縄張り」

すこし顎先を持ち上げて、ユドハの頰肉を甘噛みする。

ユドハが神妙な顔をしているから、ディリヤはユドハの耳のなかに爪先を差し入れて、撫でるようにご機嫌をとる。

「俺の宝物置き場、どうだった？」

「素敵だった」

「だろ？」

「だが、あんなにも俺が贈った物を大事にしてくれているのに、なぜ使ってくれないんだ？」

「だって、使うと汚れたり、壊したりするかもしれない」

「……それは、物だからそうなるのが当然だ」

「それがいやなんだよ。悲しくなる。だから、時々、眺めるくらいで満足」

ディリヤは、宝物部屋へ足を運んでは、ユドハからもらったものを箱から取り出し、眺めて、抱きしめて、一人で嬉しがって、またきれいに箱に戻して、奥の部屋の決まった位置に置いて、箱の蓋を撫でる。

それだけで満足だ。

「あ、でも……暗がりの奥の部屋でアンタからの贈り物を眺めてにやついてたら、それはちょっと気持ち悪いか……」

「気持ち悪くはないが……」

「ないが？」

「できれば、使ってほしい」

「……使ったら愛着が湧いちゃうし、執着しちゃうだろ」

あれらの贈り物は、いずれディリヤが手放さなくてはならないかもしれない物だ。

ユドハの私費で購入された贈り物であろうとも、もし、自分が城を出ていかなくてはいけなくなった時には置いていくつもりにしている。

置いていく理由はいくつかある。物理的に持っていけない量であることと、高価で、分不相応だと思っていることだ。

自分の物だと思うと、執着心が芽生えて手放せなくなるから、いざという時のために、贈り物とは距離を置くことにしていた。

「ただでさえアンタから贈られた物ってだけで、頬ずりして抱きしめちゃうくらい愛しいのに」

「そのままの勢いで是非使ってほしい」

「そんなに使ってほしいのか？」

「お前の使うものはすべて俺の贈ったものにしたい」

「……なるほど」

「お前の食べるものはすべて俺が用意したもので、お前が眠る寝床は俺の腕のなかで、お前が着るものはすべて俺が見立てたもので、お前の住むところは俺の縄張りの内側にしたい」

「つまり、俺の衣食住のすべてをアンタが管理したいと」

「そういうことになる」

「………」

「すまん。狼の本能だと思って諦めろ」

「……諦めてる」

「それはなによりだ」

ユドハは満足げにディリヤに頬を寄せる。

「でも、そうやってアンタがすぐに俺を甘やかすから、俺は俺が怠惰にならないように頑張って努力しないといけない」

「もうちょっと肩の力を抜け」

「抜き方、分かんない」

「なら、俺が手助けしよう」

「自分で頑張る」

「そこは俺に甘えるところだ」

「手間のかかる奴でごめん」

「それがまた愛しいんじゃないか」

「でも、そのうち鬱陶しくなる」

「鬱陶しくなるものか。愛するお前のことで鬱陶しいことなど、なにひとつとしてない」

「………」

「俺の愛を信じきるのは難しいか？」

「それは、大丈夫。アンタの愛は信じられる」


六年もかけてディリヤを見つけ出してくれた男。

その愛を証明してくれた男。

ディリヤはユドハだけは信じている。

「そもそも、お前は子を産んで間もないんだ。まだ寝床にいてもいいくらいだ。俺を三人の息子の父親にしてくれたお前に一体なにを鬱陶しく思うことがあるだろう。お前は俺に愛をくれる。それだけで充分だ」

「俺はなにもしてない」

「胃が痛くなるほど俺への愛のかたちを増やそうと頑張っただろ。お前の献身は痛いほど伝わっている」

「ユドハ……」

「愛しいよ、お前のことが」

「………」

「だからどうか、一人で頑張らないでくれ。逝き急ぐように頑張り続けなくていい。いまは二人でいるんだ。俺が休めと言ったら休め。休み方が分からないなら、俺の尻尾を握るだけでいい。俺がとびきりお前を甘やかす。尻尾を握らずとも、お前を見て、お前を休ませるべきだと思ったら、俺はそうする」

「………」

「これから長い人生ずっと二人で一緒にいるんだ。休み休みやっていこう」

「……ユドハ」

「うん？」

「俺、ちょっと行きたいところがある」

ディリヤはとろけるように甘いユドハの声にうっとりと耳を傾けながら、ユドハの尻尾を引いた。

ディリヤの宝物、それはユドハからの贈り物だ。

ディリヤは、宝物で埋め尽くされた衣裳部屋にユドハを案内した。

絨毯敷きの石床にユドハを座らせ、胡坐を搔いた膝にディリヤは腰を落ち着ける。

「これは、園遊会でアンタが俺のために作ってくれた服。ボタンは緑色の宝石で、アンタが最初にくれた宝石。こっちはその次で、ガラスペンとインク。三つ目はあの行李のなかの豪華な上着。それから……」

ひとつずつ箱を開けて、二人で見た。

ディリヤの宝物をユドハに教えた。

ディリヤがどれほどその贈り物が嬉しかったか、ひとつひとつ語り聞かせて、きらきらの宝物をぜんぶ箱から出して、宝物で自分たちの周りを囲って、たくさんの贈り物に囲まれたまま、いちゃいちゃした。

「この飾りはきっとお前に似合うから、もう一度身に着けて見せてほしい」

ユドハが願うから、ディリヤはユドハの手でそれらをひとつずつ飾りつけてもらった。

金の腕輪を嵌め、大きな宝石がついた首飾りをかけ、足首を金の鎖で彩り、指には指輪を、耳朶には耳飾りを、額には宝石と金でできた額飾りを身に着けた。

身をひとつ飾るたび、ひとつ服を剝がされた。

ついには、まるで王侯貴族の婦人が身にまとうような、ひとそろいの装飾品だけを身にまとう姿になった。

純金に、緑の大きな宝石。

これらで身を飾ることが、ユドハの……玉座にもっとも近い男のつがいである証明だ。

「……重たい」

「お前の身を重くして、逃げられないようにするためだ」

指輪の宝石は、まるで四角い飴玉のよう。

首飾りの宝石は、一粒がアシュの掌くらいあり、それが金の台座に嵌められていて、豪奢な首輪のようだ。その首輪の締めつけや重みは、ディリヤの自由をユドハへ譲り渡したような、そんな気持ちにさせる。

耳飾りも、額飾りも、腕枷のような金環も、足首の鎖も、すべてがユドハの執着。

ディリヤへの愛。

「重くてすまない」

「大丈夫、諦めてる」

この男の腕から逃げようなどとは思わない。

このオス狼の腕に囚われて、囲われて、身を重くすることがディリヤの喜びだ。

それどころか、ディリヤはこの状況に興奮すら覚えている。

「俺の宝物部屋に、俺の宝物がいる」

ディリヤの宝物置き場に、ユドハという最高の宝物がいる。

これが興奮せずにいられようか。

「……ユドハ」

しゃらしゃらと宝石の音を奏でさせ、ディリヤはユドハを押し倒す。

自分の宝物部屋で、自分の一番大好きで大切な宝物を押し倒す。

たまらない。

ディリヤは舌なめずりして、オス狼の腹に跨った。

「ずっとアンタと一緒にここにいたい」

この宝物部屋にずっとユドハを囲っておきたい。

どこにも行かせず、逃さず、離さず、自分だけの宝物部屋で、この立派な金色の毛皮を持つ宝物を愛でたい。

この世でただひとつきりの宝物を愛したい。

ユドハを自分だけのものにして、毎日かかさずご飯を運んで、着替えさせて、毛繕いをして、風呂に入れるのだけは大変だけどお世話したい。

「ここに毎日ずっとアンタがいたら、いつでも好きな時にずっと俺の宝物を見つめて、眺めて、撫でて、抱きしめて、頬ずりして、愛せるのに……」

「………」

「なにが面白いんだ？」

ユドハが笑っている。

その顔が可愛くて、ディリヤは尋ねながらユドハの頬を優しく抓る。

「こうして、宝物部屋でお前に愛でられていると、俺が贈った物も、こんなふうにお前に愛されていたんだと理解できてな……」

　ユドハの尻尾がご機嫌に床を叩く。

「…………」

　ディリヤは自分の愛情表現がすっかりユドハにだだ漏れで、恥ずかしい。

　恥ずかしくて、胸の毛を毟る。

　ディリヤの羞恥と愛を見透かしてユドハがにやりと男前に笑うから、ディリヤは恥ずかしまぎれに狼の鼻先をがぶりと噛んだ。

　押し倒したユドハの腹に跨り、ディリヤは腰を振った。

　この身に宝飾品をまとってこんなことをするのは初めてで、ディリヤは、自分が体を動かすたびに響く鎖の音に、いくらかの羞恥とそれ以上の興奮を覚えた。

「ん……、ぁ」

　上体を前へ傾け、ユドハに唇をねだる。

　そうすると首飾りが肌を流れて、装飾の一部がユドハの鼻先に触れる。

　ユドハがその首飾りを口先で噛み、犬の手綱を引くようにディリヤを引き寄せる。

「ぁ、ぅ」

　姿勢が変わり、腹のなかに納めた陰茎の位置が変わると、喘ぐ声もより甘いものへと変わる。

　ディリヤはユドハの胸に倒れ伏し、その頭を抱きしめては撫で、ゆるやかに腰を使う。使うというよりは、無意識に腰を揺らしてオスを味わっていた。

「上手だ、ディリヤ」

　ディリヤは上手に腰を使う。

　ユドハの仕込んだとおりに、自分の欲に忠実に、自分の気持ち良くなる場所をユドハの陰茎に押し当て、腰をくねらせ、身悶える。

「次は、お前の腰回りを飾るための、緑の宝石のついた金の鎖を贈ろう」

　ディリヤの腰骨や尻のくぼみに金鎖が伝い流れ、冷たい石がディリヤの肌の温度に馴染んだなら、さぞや美しいに違いない。ユドハはそれを想像して、舌なめずりする。

「舌、こっち」

ディリヤはユドハのそれを唇で噛み、己の口中へ引き入れる。

けものの長く厚い舌で、自分の内側を可愛がってほしいと甘える。

上からか、下からか、とろけるほど甘やかな水音が響く。ひちゃり、にちゃり……、粘つく音が、どうにもいやらしい。

「ん、……ぅ、ん、ん」

ディリヤは腰を落とし、深く深くオスを迎え入れる。気持ち良さに溺れる。

くち、にち……、繋がったところからはひっきりなしに淫らな音が立つ。

ディリヤの後ろが勝手にオスを締めつけて気持ち良くなろうとするからこそそんな音がするのであって、ユドハは動いていない。

それがディリヤの羞恥を煽るけれど、恥ずかしいからといって、やめられない。

「……きもち、ぃい」

熱に浮かされた声で、ディリヤは素直な言葉を漏らす。

愛しいオスがいくらでも深く入ってきて、内側が満たされていく。熱くて、存在感があって、さみしくない。

ずっとこうしていたい。

もっと、もっとほしい。

「……ユドハ、もっと」

「では、攻守交代だ」

ユドハは腹筋を使って上体を起こし、胡坐を搔いて座り直すと、ディリヤを己のまたぐらに乗せ、下からゆっくりと差し入れた。

「ん、……んー……ぁ、っあ」

ディリヤの口端が、笑みのかたちに変わる。

オスに嵌められる気持ち良さのあまり、口もとがゆるむのだ。

きっと、いまからもっとたくさんユドハがもらえる。激しくこの身を犯してもらえる。ユドハのことしか考えられなくなるほど乱されてしまう。その期待でディリヤの陰茎は熱を持ち、とろりと蜜をこぼす。

なのに……。

「ユド、ユドハ……もっと、強く……っ」

ユドハがくれるのは、ゆるゆるとした甘ったるさだけが続く交尾だ。

肌を撫でられ、爪先で掻くように背筋を辿られ、時折、首飾りに爪を引っかけて引き寄せられ、がぶりとかぶりつくような唇を与えられる。

後ろは中途半端に繋がったままで、深くまで入れてもらえない。それは、気が狂いそうなほど、もどかしい。

「ユドハ、……もっと、激しいのが、……っ、ほし、い……」

静かに乱れる呼吸の合間に、ねだる。

「だめだ」

「……なん、で……?」

甘える仕草で、ユドハの頬肉を噛む。

「また腹が膨らんだらどうする」

「アンタの四人目の子を産む」

「それがこわいんだ」

短期間で再びディリヤが孕(はら)んだなら、その時、ディリヤの体には危険が伴う。

いまもこうして自分の身がどれほど危ういかを忘れて、本能のままにユドハを求めてくる。

だからこそ、それに配慮するのがユドハだ。

つがいを大切に、壊さぬように、大事に、大事に、己の腕のなかで長生きさせるために愛す。

ユドハのこの世でひとつきりの宝物を大切に愛でる。

「離れていた一ヵ月分、ずっと抱いていてやる」

「……っ、ふぁ、……っ、は……」

ディリヤには、ユドハのその愛が重苦しくも甘美で、笑みがこぼれる。

とろけるほどに甘やかで、いつまでもずっとディリヤを快楽の檻(おり)に閉じ込めて、終わらせてくれない。

甘い蜜に浸かったような交尾で、ゆるゆるとじっくり、たっぷり、愛される。

どうしていいか分からない。

気持ちいいからずっと続いてほしいのに、気持ちいいのが続きすぎて心がいっぱいになってしまうから、終わってほしい。でも終わってほしくない。ずっと愛していてほしい。

緩慢な動作で、終わりなどないと錯覚させられるほど愛される。

ディリヤはユドハの肩に頭を預け、背中の向こうでご機嫌に揺れる尻尾を眺めながら「いっぱいあいして」とねだった。

ユドハの腹の上で、つがいが腰を揺らす。

掌に吸いつくほど肌を湿らせ、身悶える。

ユドハを見下ろすディリヤが、時折、目を細めて愛しいつがいに微笑みかけ、その唇からなまめかしい吐息を漏らす。

ユドハの瞳に映るのは、ディリヤの微笑と、眉根を寄せて快楽に打ち震える特別な表情、そして、ユドハの贈った宝石で飾られた四肢だ。

自分の贈った宝石のみを身に着けたディリヤは、まるでユドハの贈った枷だけを身にまとう、ユドハだけの虜囚だ。

ずっとこの腕に囲って、閉じ込めて、飼い殺して、愛していたい。ユドハだけを見る、ユドハだけの愛を注がれて生きるけものにしたい。

「ぁ、ぅ……ぁ、あぁ、ぅ」

ディリヤの体を抱きかかえ、太腿に乗せて下から突き上げれば、けもののように喘ぐ。

喉を仰（の）け反（ぞ）らせ、我を忘れる。

犬のように腰を振って、細い四肢を撓らせる。

ユドハに可愛がってもらいたいと言わんばかりに薄い胸を反らせ、ユドハの腕に手指を添わせ、感じるがままに爪を立てる。

「……ディリヤ」

ユドハは口吻（こうふん）の先でディリヤの首飾りを持ち上げ、牙に掛けて引き寄せる。

「ン、ぁ……っ」

前へ傾ぐディリヤの胸にやわらかく牙を立て、後ろに沈めた己の一物で深く抉（えぐ）った。

「……っ、は……、ぁあ」

ユドハの可愛いメスが、射精する。

快感に身を震わせ、ユドハの二の腕に爪痕を残す。

「指輪は、もうひと回り小さいものを贈ろう」

重い宝石のついた指輪は、ディリヤの指にはすこし隙間ができていて、斜めに回っている。

贈った時はちょうどだったから、指も痩せたのだろう。

「……な、に？」

「こちらの話だ、気にしなくていい。ほら、しっかり出しておけ。久しぶりだろう？」

「ぁ、っ……お、ぁ、あっ」

ユドハが優しく腹のなかを愛撫すれば、ディリヤは残滓を垂らす。

狼の腹に白いものを浴びせかける間、後ろは陰茎をやわらかく食み、きつく締めつけ、緩急をつけてユドハを悦ばせる。

「腕輪ももうひと回り小さく……いや、これからお前はもっとたくさん食べて、健康になって、腕の筋肉も元に戻るから、……俺が元に戻してやるから、やはりこの寸法のままだな」

次は真珠とダイヤにしようか。

きっと、ディリヤの白い肌に映える。

それとも、瞳や髪と同じ赤い宝石や血赤珊瑚にしようか。

「いや、やはり、ぜんぶだな。今年中に、あと五つはそろいで仕立てよう」

どれかひとつなんて選べないから、ぜんぶ贈ればいい。

「しかしながら、お前は耳朶が薄いから、あまり大きな石にすると可哀想だ」

「ん……っ」

「可哀想に、すこし赤くなったな」

舌先でディリヤの耳朶を可愛がる。

大きな石の重みに負けて、ディリヤの耳朶が赤くなっている。ユドハは狼の牙でその耳飾りを外してやった。

「……それは、俺の」

ユドハの牙に引っかかった宝石を取り返す。

俺の耳飾り。

俺がユドハにもらったもの。

ディリヤは大事に掌に握りしめて、執着を見せてくれる。

「あぁ、お前のものだ」

ユドハはディリヤの可愛い独占欲に笑って、太腿を撫でて褒めた。程よく締まった足首まで撫で下ろし、そこを飾る金の鎖を指先で掬い上げる。

次に贈る足首飾りは、腕輪のように幅のある造形の飾り物が良いかもしれない。

いま身に着けている幾重にも折り重なった金の鎖も似合うが、ディリヤの足首には足輪のように厚みのある物も似合うはずだ。

金の土台に飾り彫りをして、大小の宝石を嵌めて、それをいくつも足に嵌めさせて、それこそまるで足枷のように、重く、重く、ディリヤの自由を奪う。

「……ユドハ、はら、おもい……」

ディリヤは嬉しそうに自分の腹を見やる。

そこにすっかり収まったオスの存在感に満たされた様子で、下腹を愛しそうに撫でている。

「これからまだもうすこし重くなる」

ディリヤを床に組み敷き、背後から犯し、犬猫と同じように、獣の格好でまぐわう。

根元の瘤だけは間違っても入れてしまわぬよう注意を払い、ディリヤを再び高みへと追い上げる。

いくらでも己を受け入れてくれるディリヤを傷つけぬよう、ユドハは眉間に皺を寄せ、それでいて得られるかぎりの欲のすべてをディリヤの腹で味わう。

「なか……」

「だめだ」

中に出せと甘えてくるディリヤの尻を「おしおき」だと優しく叩き、それからもっと優しく撫でてご機嫌をとり、それだけはだめだと宥め賺す。

可愛いディリヤを壊したくない。

この腹を大きく膨らませて、自分の腕に囲って、傍に置いて、いつまでも離れずに愛してやりたいが、ディリヤを失う危険だけは冒せない。

ユドハは射精の間際に陰茎を抜き去り、ディリヤの尻にそれを浴びせかけた。

「……なか、って言った」

「俺のかわいいディリヤ。その我儘だけは、いまは叶えてやれない」

「次は、……なかに出せ」

指輪を嵌めた指で、ユドハの鬣を引く。

「……ディリヤ」

「アンタが教えたんだから……」

中に出されて気持ち良くなることをディリヤに教えたのはユドハだ。

責任をもって愛して、満足させてほしい。

「では、孕ませる以外の方法でお前をとことんまで愛して、満足させてやろう」

「……どんな方法？」

「いまから教えてやる」

幸いにも、この宝物の部屋には、ユドハの贈った物がたくさんある。

それらすべてを使ってディリヤを愛せば、一日や二日では足りない。

ディリヤを抱き殺してしまわないように、けれども、ディリヤがユドハのことしか考えられなくなるように。ユドハがひた隠しにする獣欲でディリヤを脅えさせないように可愛がって、可愛がって、愛して、愛して、ディリヤが気付いた時にはもうその愛の重みで逃げられないような、そんな愛し方をするのだ。

この世にひとつきりの宝物を永遠に自分のものにするために。

贈り物はいろいろある。

形のあるもの、形のないもの。

宝物も、いろいろある。

形のあるもの、形のないもの。

ユドハからディリヤへの贈り物は愛だ。それは、時に、品物という形をとってディリヤへ差し出される。

ユドハのディリヤに対する愛と執着が物質的な贈り物となり、重石（おもし）へと姿を変え、ディリヤをユドハのもとに繋ぎとめる。

ユドハは、ディリヤの居場所を作ろうと心を砕いてくれている。ディリヤが「俺はずっとここにいていいんだ」と思えるようになって、いずれはそう考えることすら忘れて、無意識のうちに、ここにいることが当たり前になれるように頑張ってくれている。

そうしてディリヤを己のうちに囲って、引き留めて、傍にいて、離さないようにしてくれている。

ディリヤからユドハへの贈り物もまた愛だ。それは、時に、献身という形のないものとなってユドハへ差し出される。

精神的な贈り物は、ディリヤの、ユドハへの受容だ。その深い愛でユドハの愛の重みを受け入れる。

同時に、ユドハに対する己の愛を増やそうと努力する。このたとえがたいほどの離れがたさを、心で証明しようと懸命に生きる。

そして、互いが互いに贈り合う愛を大切にして、宝物にする。

自分の心の内側に、常に愛しい人の愛が息づいていることを感じ、生きる支えとする。

つがいのけものは、お互いが宝物だった。

「ユドハ！　ディリヤ！　見て！　ララちゃんとジジちゃんが笑ったよ！」

アシュがディリヤとユドハの手を引いて、ララとジジのもとへ誘う。

「笑ってますか？」

「……どれ」

「じっと見ててね。……アシュが、ららちゃん、じじちゃん、けづくろいのじかんですよ、って言って、なでなでするとと笑うからね」

アシュが背伸びして、双子のベッドに手を伸ばし、「ららちゃん、じじちゃん、けづくろいのじかんですよ。おにいちゃんがけづくろいしてあげますね」と声をかけ、そろりそろり、尻尾の付け根から先までを優しく撫でる。

すると、双子は、ふる……っ、と小さな体を気持ち良さそうに身悶えさせたかと思うと、尻尾をふにゃり、耳をくったりと寛がせ、口端をゆるめた。

そのうえ、くぁあ～……と気持ち良さそうに欠伸まで披露して、むにゃむにゃ、うにゃうにゃ、目を細めて微笑み、愛らしい表情を見せてくれる。

「ね！」

アシュがほっぺのお肉をきゅっと持ち上げて、得意げに笑う。

「ほんとだ、笑ってる」

「笑ってるな」

気持ち良くて笑い顔になっているだけかもしれないが、それでも構わない。この小さな生き物が、ここでのんびりと欠伸をしてくれるだけで愛しいのだから。

「アシュが発見したんだよ！」

「さすがはアシュです」

ディリヤはアシュを抱きあげ、頬ずりする。

弟思いのアシュは、毎日、弟たちがさみしくないように、自分の遊びの合間に弟たちの毛繕いをしては撫でて、「今日もララちゃんとジジちゃんはげんき！　おにいちゃんもげんきだよ！」と笑って、また自分の遊びに戻っていく。

「どれ、弟たちに毛繕いをしてくれたアシュにもお礼の毛繕いをしないとな」

アシュを腕に抱くディリヤごとユドハがその腕に抱き上げた。

「高い高いね～！」

アシュは、ユドハの口吻に両手を回してしがみつき、赤毛のつがいも笑った。

その鼻先に、ぷちゅ、と小さな鼻を押し当てる。

ユドハとディリヤの宝物が、笑う。

二人への一番の贈り物は、子供たちの笑顔と、健康と、無邪気さだ。

つがいにとっての宝物は可愛い子供たち。

二人の愛のかたちだ。

「愛してる、ディリヤ。俺のかわいい宝物、どうかくちづけをさせてくれ」

「この体も心もアンタのもの。だから、この唇も、アンタだけのもの」

二人の愛のかたちを真ん中に挟んで、ユドハとディリヤは見つめあい、愛しい愛しいつがいを愛でるように唇を触れ合わせる。

「アシュにもちゅってして！」

大好きなディリヤとユドハの間に挟まれて、アシュがねだる。

両頬に両親からの唇を受けたアシュは、「あしゅのほっぺ、とけちゃう」と、ふにゃふにゃに笑って、大好きなディリヤとユドハにお返しのキスをする。

アシュのその笑顔が宝物のように眩しくて、金毛と

アシュのかわいいおはなし

1．ある日の幸せな出来事

アシュが生まれて初めて喋った日のことをディリヤはよく覚えている。

その日は、アシュをつれてスーラの家にお邪魔して、金狼族の伝統料理を教えてもらっていた。ディリヤはスーラと並んで台所に立ち、アシュは、スーラの娘ニーラと一緒に絨毯を這いずり回って遊んでいた。

アシュは、ディリヤが作ったぬいぐるみを抱きしめたり、はぐはぐしたり、ぐずったり、笑ったり、ニーラと一緒におやつを食べたり、ご機嫌な様子だった。

アシュはまだまだ乳臭い赤ん坊で、おむつのお尻も重く、短くて小さな尻尾と両手足を使っても寝返りが打てないような乳児だった。

子育ては手探りな部分が多く、ディリヤはスーラに助けてもらうことが多かった。

「……で、ここで最後の味付けなんだけど、その前に、ちょっと寝かせるのよ。その間にアシュちゃんとニーラ用の離乳食を作っちゃいましょ。小鍋にお野菜を煮ておいたのがそろそろいい頃合いのはずだわ」

「はい」

「ディリヤちゃんは手際がいいから教え甲斐があるわぁ」

「スーラさんの教え方が上手なんだと思います」

ディリヤは生真面目に答えて、小鍋に取り分けておいた野菜をスーラに見てもらう。

「とても良い具合だわ。狼の赤ちゃんなら、これくらいのやわらかさで充分よ。牙が生えてきたら固いものを食べたがったりするから、もうすこし形を残してもいいわ」

「はい」

「牙が生える前後はむずむずして柱を噛んじゃったり、甘噛みの調整ができない子もいるから、ディリヤちゃんも怪我しないように気を付けてね」

「はい、気を付けます」

ディリヤはスーラの言葉を傾聴した。

スーラは自分の知識を惜しみなくディリヤに与えてくれる。正しい助言をくれる人の言葉はとてもありがたい。ディリヤはそれをひとつも聞き漏らさないようにしていた。

ディリヤは人間の料理なら作れるが、金狼族の伝統料理や地方料理には詳しくない。できることなら、アシュは金狼族の料理で育てたいし、舌もそちらに馴染ませたいと考え、仕事の合間にスーラに教えを乞うていた。

スーラは、料理のほかにも、これからアシュに必要な物、アシュが成長するとどういった行動を始めるか、狼の習性についても教えてくれた。

何気ない会話のなかで教えてくれるから、ちっとも説教臭くなくて、押しつけがましくない。スーラは自然体でディリヤに接してくれる。それもまたありがたかった。

「こないだ、ディリヤちゃんに教えてもらった兎肉のお料理、旦那にも好評だったわ。あれ、お酒も進むし、体もあったまるし、いいわね」

「また兎が獲れたら捌いて持ってきます」

「楽しみにしてるわ」

「はい」

時にはディリヤがスーラに料理を教えることもある。とはいえ、ディリヤの料理は基本的に、肉を捌いて下茹でし、味付けして煮込むか焼く程度のもので、そんなに凝ったものではない。

だが、金狼族とはちょっと毛色が違う料理方法や味付けということもあって物珍しい味が良いと好評だった。

「ぃぃー……ぁ！　ぃー……ぁ！」

アシュが喃語で笑っている。

背中越しに聞くアシュの声は今日も元気で、かわいい。

ディリヤはその声を背で受け止めながら、まだ言葉も喋らない子供のための食事を作る。

「ぃぃーぁ！　あ！」

近頃アシュは腹から声が出せるようになって、声量も大きくなった。それは、筋肉や内臓、心肺機能が強くなっている証拠で、我が息子の力強さがディリヤの日々の喜びだった。

「ディリヤちゃん」

「はい、スーラさん。ニーラさんはこれくらいの野菜の大きさで大丈夫ですか？　もっと潰しますか？」

「いえ、あのね……」

「……はい、どうかしましたか？」

「りりゃちゃん！　あしゅちゃん、呼んでぅ……！」

這い寄ってきたニーラがディリヤのズボンの裾を引

いた。

「え？」

ディリヤは背後を振り返った。

絨毯に仰向けに寝転がったアシュが、短い手足をぱたぱたさせながら「ぃいあ！　ぁ！」と叫んでいる。

「そうね、呼んでるわね」

スーラも頷く。

「……俺を呼んでるんですか？　単なる叫び声じゃなくて？」

ディリヤはニーラとスーラに尋ねた。

「ん！」

ニーラはちょっと怒った顔をして、「はやくおへんじしてあげて！」とディリヤを急かす。

「そうね、いまのは叫び声じゃなくて、アシュちゃんがディリヤちゃんのお名前を呼んでる声ね」

「アシュが初めて喋りました」

「あら！　アシュちゃんの初めての言葉はディリヤちゃんのお名前なのね！」

「…………」

「どうしたの、そんなに呆気にとられた顔をして……」

「いや、あの……いずれはアシュも喋るとは思っていたんですが、まさか、最初に喋る言葉が自分の名前だとは思わなくて……」

アシュが自分の名前を呼んでくれた。

ディリヤという生き物をちゃんと認識してくれていた。

この感覚は、言葉にならない。

この心を表現する言葉は、なんとなく知っている。

けれどもディリヤの人生からは縁遠く、狼狽えた。

「あぁ、ディリヤちゃんのその表情は茫然としているんじゃなくて、感動して、戸惑っているのね」

スーラはとびきりの笑顔になって、ディリヤの背を優しく撫でる。

「なんで俺の名前を呼ぶんでしょう。……てっきり、ごはんとか、好物とか、最初はアシュの好きなものの名前や欲しいものの名前を喋るものだと思っていました」

「ぃいあ！　ぃいぁ〜〜……」

「だから、ほら、アシュちゃんはアシュちゃんの大好きなもので、欲しいものを呼んでるじゃない」

「……？」

「ディリヤちゃんに触りたくて、触ってほしくて、大好きな人にだっこしてほしくて、ああして一所懸命になって声を上げて呼んでるのよ。行ってあげなさい」

スーラはディリヤの濡れた手を自分の前掛けで拭ってやり、アシュのほうへ背中を押してやる。

アシュはディリヤに触りたくて、触ってほしくて、大好きな人にだっこしてほしくて、短い手足を懸命に伸ばして「ぃいりゃ！　ぃいーや！」とディリヤを呼び続けている。

「……はい、ここにいます」

ディリヤは床に両膝をつき、天高く伸びるアシュの指先にそっと触れた。

「ぃぃあ！」

途端に、アシュの笑顔がおひさまみたいになる。

「はい、ディリヤです」

アシュを抱き上げる。

ディリヤの腕や肌のぬくもりを感じた瞬間に、アシュは「もう呼ばなくてもいい！　ディリヤがだっこしてくれてる！　あしゅのほしいもの手に入れた！」と本能で理解したようで、ディリヤを呼ぶのをやめて、代わりに、ディリヤの腕に短い尻尾をくるんと沿わせ、目を細めて嬉しそうに喉を鳴らし、全体重をディリヤに預ける。

「俺を呼んでくれて、ありがとうございます」

ディリヤは胸に抱いたアシュを見つめて、「次はちゃんと気付きます」と固く約束した。

名を呼ばれる理由が、だっこを求めるものであっても、食事を求めるものであっても、おむつ交換を求めるものであっても、ご機嫌斜めだからご機嫌をとれとねだるものであっても、意味を持たない単なる呼びかけであっても、子から呼ばれることはとても幸せで、ありがたいこと。

ディリヤはアシュにそれを教えてもらった。

ある日の幸せな出来事だった。


「……ぉぉおちゃ……ちゃ」

「ちゃ、……ちゃちゃ……」

ララとジジが尻尾をぱたぱた振っている。

片手の掌で包めるくらいの短くて小さな尻尾だ。幼さゆえに、尻尾を振る動作すらたどたどしく、上下に動かすにも、左右に揺らすにも、どこかぎこちない。

「ユド、ユドハ」

「うん、どうした？」

ディリヤに呼ばれたユドハは膝で眠るアシュを抱きあげ、ディリヤのもとへ向かった。

ディリヤに視線で誘導されて、ユドハが揺り籠を覗くと、ララとジジが瞳を輝かせて尻尾を盛大に振り、ユドハをじっと見てきた。

「ぉぉおちゃ……」

「ぉ！　ちゃ！」

「ほら、ララとジジが初めて喋ったんだ」

「……お茶？　ララとジジはお茶が欲しいと言っているのか？　ということは、ララとジジの初めての言葉はお茶になるな」

「まさか」

ディリヤは笑ってユドハの隣に並ぶと、ララとジジへ向けて「ララ、ジジ、お望みのおとうさんが来てくれましたよ、よかったですね」と話しかける。

「…………」

「すごい、びっくりした顔してる」

目を点にして驚くユドハを見てディリヤも思わず破顔する。

「ララとジジは俺を呼んでいたのか？」

「そう、アンタを呼んでたんだ」

「そうか、……いまのは、お茶ではなくお父さんと喋っていたのか」

「うん」

「俺を呼んでくれた声だったのか」

「うん」

「…………」

ユドハは言葉にならないようで、まっすぐララとジジを見つめ、どこか金の瞳を潤ませている。

ディリヤがアシュを預かると、ユドハは双子を抱き上げて、「父を呼んだか？　ここにいるぞ」と優しく語りかける。

双子は、その立派な鬣にふかふかと埋もれて、くるくる、うるうる、喉を鳴らす。

「ほら、おとうさんだぞ」

ユドハが表情を綻ばせ、愛しげに息子をあやす。

「…………」

ディリヤは双子を抱くユドハの横顔を見つめ、己の頬がゆるむのを心地好く思った。

2．アシュの好きな隙間

寝起きのディリヤが、寝乱れた姿のまま、くぁあ……と大きな欠伸をする。

胡坐を掻いて寝床に座るユドハは、膝にディリヤを乗せてその背を預かり、櫛を片手に赤毛の寝癖を整える。

ひと房、ひと房、美しい赤毛をくしけずる。

素直な赤毛は、櫛を通すたびまっすぐになる。けれども、すこしばかり頑固なところもあって、ふわふわと揺れて、跳ねる。

「そこ、いつも直んないんだよな」

頬にかかる癖毛がくすぐったくて、ディリヤが首を竦めた。

「水で濡らして、櫛を入れて乾かすか」

「後でいいよ」

「……？」

「眠くなってきた……」

くぁあ……。

もう一度ディリヤが大きな欠伸をする。

ユドハの手で髪に触れられていると、眠くなる。

背中にユドハの体温があって、優しく、優しく、大きな手で慈しむように毛繕いをされていると、二度寝がしたくなる。

「寝ていいぞ」

「それでこないだ完全に寝過ごしたからだめだ。……ほら、交代」

ユドハの手からするりと櫛を抜き取り、ディリヤはくるりと向きを変える。

ユドハの膝の上で向かい合うように座り、顎下の飾り毛の先から櫛を入れていく。

すこしずつ、すこしずつ……。

毛先がもつれないように。

痛い思いをさせないように。

「……ユドハ」

「いいだろ、これくらい」

ユドハはディリヤの背に両腕を回し、つむじに唇を押し当て、うるうる喉を鳴らす。

「やりにくい」

そんなにぎゅうぎゅうくっつかれたら、胸の前の毛並みを整えられない。

それに、こうして抱き竦められてしまうと、やっぱり温かくて、眠くなってしまう。

どうやらそれはユドハも同じようで、「お前の毛繕いには抗(あらが)えん」と言うなり、ディリヤの肩口に顎を乗せて、大きな口を開いて牙を見せ、欠伸をした。

ディリヤにしか見せない、……気の抜けた姿だ。

「ふぁ、ぁあー……」

ディリヤにもその欠伸が移って、二人して眠い目をゆっくりと瞬き、ついには抱き合ったまま目を閉じてしまう。

ぐぅ……。暫(しば)し、二人して眠りに落ちる。

息を吸って吐くごとに互いの息遣いが重なって、ひとつになって、心地好いうたた寝へと引き込まれ、こくりと舟を漕(こ)ぐ。

そこでディリヤが目を醒まし、「あぁ、だめだ、だめだ」と瞬きして、ユドハの毛繕いを再開する。

ユドハが気持ち良さそうに目を閉じて凭れかかってくるから、胸の毛は後回しにして、背中側の鬣に櫛を通す。

後ろ頭の毛並みの一ヶ所が、こんがらがっている。

昨日の晩、ディリヤがくしゃくしゃにしたところだ。

櫛を通す前に、指でおおまかに毛の流れを整える。

ついでに、指を深く毛皮に沈め、金色の奥に潜む筋肉を優しく撫でて、揉(も)んでやる。

毛皮がほわほわとほんのり温かいとするなら、このオスの筋肉は熱く、指先を通してじわりとディリヤを温める。

「……ふ、ぁあ」

ディリヤも何度目かの欠伸をして、ユドハの胸に、もふっと頭を預ける。

胸の毛に顔を埋(うず)めて息を吸うたび、「好きなにおいだなぁ……」と、しみじみと思い耽(ふけ)り、とくとくと耳を打つ心臓や血流の音に安堵して、今日も一日平和で、ユドハが幸せでありますように………と、そんなことを願う。

そうして長い時間をかけ、後ろ頭の毛並みに引っ掛かりがなくなったことを確認して、櫛を入れる。

くしけずる音に耳を傾けながら、ひと櫛、ひと櫛……。

「……重い」

ユドハがすっかり二度寝に入ってしまった。

ディリヤの肩にユドハの体重がかかる。

それでもまだ多少は自制がきいているようで、全体重をディリヤにかけてこない。

このまま寝かせてやりたいけど、そろそろ寝床を出る時間だ。

……でもまぁ、ぎりぎりまではこうしておいてやろう。

ディリヤは櫛を置いて、ユドハの背に両腕を回し、尻の付け根の尻尾を撫でる。

こちらも、まずは手櫛で通りを良くしてから、櫛を入れる。

長い尻尾の毛先が、くるりとディリヤの手に巻きつく。無意識のうちに、気持ちいいからもっとしてくれと言わんばかりに、尻尾が甘えてくる。

ディリヤは、その尻尾の毛先まで指通りを良くして、たっぷりと時間をかけて丹念に櫛で梳き、すべらかで上等な尻尾に仕上げる。

「アンタのいいとこは、…家族を大事にするとこ。毎日、愚痴も言わずによく働くこと。でも、時々こうして俺に甘えてくれること。俺にアンタを独占させる時間を作ってくれること。……俺のことを、子供たちのことを、たくさん愛してくれること。……生きて、俺に愛されてくれること。アンタを幸せにするって喜びを俺に与えてくれること。……朝、こんなにも幸せな時間を一緒に作ってくれること」

眠るユドハをここぞとばかりに褒めちぎり、愛を紡ぐ。

起きている時に言うのもいいけれど、眠るユドハに言うのも好きだ。

子守唄を唄うように、ユドハだけに聞こえるように、ユドハ以外の誰にも聞かせないように、小鳥が囀るよりも甘く軽やかに、宝石が触れあうよりも小さな音で、愛しいつがいを心地好い微睡みにまで引き上げる。

「……やはり、毎朝、お前のそれで起こしてもらうと気分がいいな」

ユドハが片目だけを開いた。

「起きたか？」

「……起きた」

くぁああ。

大きな口でユドハが欠伸をする。

「おはよう」

その大きな口吻の下顎をはぐっと噛んでやる。

「おはよう」

そうしたら、もっと大きな口を開けて、ユドハがディリヤのうなじを甘噛みする。

「明日は歌でも歌って起こしてやろうか？　それとも、今日みたいにアンタのいいとこいっぱい言ってやろうか？」

「そんなに言うことがあるのか？」

「いくらでも、たくさん」

たったいま整えたばかりの毛並みを掌で味わいながら、ディリヤが得意げに頷く。

ディリヤのつがいは、いい男なのだ。

毎日十個ずついいところを言っても、きっと死ぬまで言い続けても言い終わらない。

「あぁ、そうだ、言い忘れてた」

「なんだ？」

「寝起きのアンタのかすれ声、下腹に響いて最高に好きだ」

「…………ディリヤ」

「うん？」

「違うところが起きるから勘弁してくれ」

「アンタのその下ネタ直結な下半身も好きだぞ」

ディリヤは珍しく感情豊かに声を弾ませ、ユドハの頭をぐしゃぐしゃ掻き混ぜる。

それから、「あ、しまった、また可愛さのあまりぐしゃぐしゃにしてしまった」と手を止めて、鬣を撫で梳く。

でもやっぱりこの男が愛しくて、毛並みを乱してしまうと分かっていながらもその頭をぎゅうと抱きしめずにはいられなかった。

「ディリヤ、ユドハ！　朝ですよ！」

そうして、二人で朝の時間を楽しみ、いつまでも離れがたく思っていると、お友達のぬいぐるみを抱きしめたアシュが勢いよく寝室に入ってきた。

入ってくるなり、ベッドでぎゅうぎゅうしあっているディリヤとユドハを見つけて、「アシュもする！」と二人のもとへ飛び込んでくる。

「……っ、ぐ」

飛び込んだ位置が悪かったのか、無防備な脇腹に頭突きを食らったユドハが唸った。

「……ごめんなさい？」

「大丈夫だ。お前こそ、頭は大丈夫か？」

「アシュの頭はだいじょうぶ！　強いから！　ごめんね、ユドハ」

よしよし。

アシュはユドハの脇腹を撫でる。

「おはようございます、アシュ。今日は一人で上手に起きれましたね」

「うん！　起きれたよ！　アシュはもう六歳だからね。

おはよ、ディリヤ、ユドハ」

「おはよう、アシュ」

はぐはぐ、ぁぐぁぐ。

朝のご挨拶をして、尻尾をぱたぱた。

ディリヤとユドハの体の隙間に、ちぃちゃなお尻をちょびっとずつねじ込んで、すっぽり二人の間に収まる。

そうして、二人の間に入っていると、……ぬくぬく、あったかくて、ふわふわして、きゅー……っと目を細めて喉を鳴らしてしまう。

アシュを真ん中に挟んだディリヤとユドハが「ユドハ、今日はいつもどおりか？」「あぁ」「じゃあ、晩メシ時には帰ってくるな」「先に食べてろよ」「先に子供らに食べさせて、その時にちょっとつまんどく。残りはアンタと食う」と話をする。

ユドハが晩ご飯の時間に帰ってくる日は、ディリヤはいつもユドハを待って、一緒に食べる。

アシュが「どうしてそうするの？」と尋ねると、「ユドハが一人でご飯を食べるのは可哀想だし、さみしいでしょう？」とディリヤが優しく微笑んで教えてくれた。

じゃあ、アシュも一緒に食べると言うと、子供はちゃんと夕飯の時間に食べるのがお仕事で、子供たちのおなかが空いていたらユドハが悲しいから、いつもの時間に、たくさん食べましょう、……と、それもディリヤが教えてくれた。

目を閉じたアシュが、ふぁふぁに埋もれてそれを思い出していると、「脇腹、大丈夫か？」「あぁ、元気でなによりだ」と話すディリヤとユドハの声が聞こえる。

ディリヤとユドハのお話を聞いていると、アシュのお耳はとってもしあわせだ。

「……あ、寝た」

「寝たな」

ディリヤとユドハが顔を見合わせて笑う。

二人の間で、ぬくぬく。

ちぃちゃく丸まったアシュが、くぅくぅ。

寝息を立てて二度寝してしまった。

「動けないな」

「あぁ、動けない」

ディリヤとユドハは顔を見合わせて鼻先をすりよせ、さぁどうしよう、もう離れられないぞ、と幸せな悩み事に笑いあった。

3．アシュの好きなもののひとつ

「ディリヤ、こっち来て」

「はい」

アシュに手を引かれて、隣の部屋まで歩く。

「ここに座って」

「はい」

また手を引かれて、絨毯に腰を下ろす。

「ちょっと待っててね」

「はい」

ディリヤに背を向け、アシュは羽毛の塊みたいな尻尾を上下に揺らして部屋を走っていく。

隣の部屋からかすかな物音がして、間もなく、アシュがその手に小さな籠を抱えて戻ってきた。

「アシュ、それはなんですか？」

「肉球をすべすべにする道具です！」

アシュはそう答えて、ディリヤの前にちょこんと座る。

「それはアシュの手が乾燥した時に塗るものですが、乾燥しちゃいましたか？」

「してないよ」

「……？」

「れんしゅうするの」

「自分で上手に塗る練習ですか？」

「そう」

「えらいですね」

「アシュはもうおにいちゃんだからね」

アシュは、籠から陶器の小さな壺を取り出し、油紙を重ねた蓋を外す。

「ディリヤは、アシュが練習するのを見守っていればいいですか？」

「ううん、手伝って」

「はい」

「おてて出して」

「はい」

アシュに言われるがまま、ディリヤが右手を差し出す。

「では、塗ります」

言うなり、アシュは小さな壺にこれもまた小さな指をひとつ差し入れて、ほんのちょびっと中身を掬う。

香油、果実油や植物油、蜜蠟（みつろう）などでディリヤが作った保湿剤だ。

アシュはそれを掌で温めて、ディリヤの右手をぎゅっと両手で握りしめて、ぬりぬり。

「あ、俺の手に塗るんですね」

てっきり、アシュが自分の手に塗る練習だと思っていたら、違うらしい。

「そうですよ、ディリヤの手に塗るんですよ」

「自分の手じゃなくていいんですか？」

「自分の手だと、れんしゅうにならないからね」

ぬりぬり。もみもみ。

ちぃちゃなふくふくの掌で、ディリヤの手に揉みこむ。

「なるほど。自分で上手に塗る練習、というのは、アシュが誰かに上手に塗ってあげる練習、ということですね」

「そうです。目標はディリヤみたいにじょうずになることです」

「それはそれは光栄です」

「いえいえこちらこそ。……ディリヤ、痒（かゆ）いところはありませんか？」

「痒いところはありません。……が、それはお風呂で頭を洗う時では……？」

「あ、そうだった。……えぇと、じゃあね、おてが荒れて痛かったり、むずむず痒かったり、怪我をしていて染みたり、かわいそうなところはありませんか？」

「可哀想なところ……」

「はい、かわいそうなところです。アシュがよしよししてあげます」

「じゃあ、手の甲にある昔の怪我のところをお願いします」

「よしよし」

「ありがとうございます、なんだか可哀想じゃなくなった気がします」

「どういたしまして。ほかに気になるところはありますか？」

「そうですね……、指と指の間のところの水掻きをお願いします」

「はいっ」

「……っふ」

「くすぐったい？」

「くすぐったいです。……でも、きもちいいです」

「えへへ」


はにかみ笑いするアシュが尻尾をぱたっと跳ねさせた。

嬉しげな様子が、表情だけではなく尻尾からも見てとれる。

それを見つめながら、ディリヤは、「大きくなったなぁ……」とアシュの成長を実感して、なんだか目の奥が熱くなった。

「アシュ、爪の生え際と、掌の親指の付け根もお願いしていいですか？」

「いいですよ！　ディリヤの肉球はかたいですからね、しっかり、念入りにしましょうね」

「はい」

人間の掌は肉球とは言わない。

正しいことを伝えるべきなのだろうが、「でぃりやのにくきゅ、おにくが少ないですねぇ」と喋るアシュが可愛くて、どうにも訂正できない。

「剣を握ったり、たくさん手を使っていると掌の肉は硬くなりますし、ディリヤはそもそも掌にあまり肉がないですから……」

「そっかぁ。だからぷにぷにしてないんだねぇ」

親指の付け根を触って、硬く鍛えられた筋肉を指先でふにふに。

揉んでも、ちっともやわらかくならない。

「でもねぇ、アシュ、ディリヤのおてでだいすき」

「ありがとうございます」

「なでなでしてもらうと、きゅーって喉が鳴っちゃうからね」

「………」

アシュが一所懸命になって、ディリヤの手を揉んでくれる。

そんなアシュが可愛くて、思わず頭を撫でてしまう。

暇をしている左手でアシュの耳と耳の間の頭を撫でる。

途端に、アシュの喉が、きゅー、っと鳴って、ごろごろ、うるうる、喉の奥から甘えたな音が聞こえる。

アシュはきゅっと目を細めると首をちょびっと傾げ、自分からディリヤの掌に頭をすりすりして、もっともっと、と甘えてくる。

だからディリヤは、もっともっと撫でて、毛並みに沿って頭のてっぺんから首の後ろへ掌を滑らせた。

すると、アシュは「ふぉぁあ~……」と、声にならない声を上げ、毛繕いされた猫みたいに鳴く。

「……ディリヤ」

「はい」

「アシュのおててがおやすみしちゃう……」

「ディリヤが撫でていると邪魔になりますか?」

「ならないよ。でも、おててが止まっちゃう」

「ふたつのことを両方一度に頑張りますか?」

「ん~……」

「練習はお休みしますか?」

「ちょっと休憩してから」

「ではどうぞ」

ディリヤは、アシュを膝に招く。

「おじゃまします」

もそもそ。

アシュはディリヤの手を揉むのをすこし休憩して、ディリヤの膝に乗り上げる。

「いらっしゃい」

懐に、小さな生き物がやってくる。

ディリヤは、たったいまアシュに手入れしてもらった右手と左手の両方で、これでもかとばかりに毛繕いをした。

＊

「おひるねしちゃった……」

「しちゃいましたね」

ディリヤの膝で目を醒ましたアシュは、まだどこか寝惚け眼だ。

「……おひるね、しちゃった」

同じことを言いながら、また、うとうと。

ディリヤの膝に顔を伏せて、尻尾を小さくぱたっと一回。

くぅ……。

また寝た。

「アシュ、そろそろ起きませんか？　夜に眠れなくなってしまいます」

「…………」

ひくん。

三角耳が揺れて、ディリヤのほうを向く。

ちゃんとディリヤの声は聴いているようだ。

「アシュ、おはようございます」

「……ぉはよぅ……」

「起きましたか？」

「おきました……」

もそもそ。もぞもぞ。

「はい、では座ってみましょう」

抱き起こして、向かい合う姿勢でアシュを膝に座らせる。

そのまま、また、うとうと。

こっくり、舟を漕ぐ。

「アシュ、ディリヤにおはようのキスをください」

「ちゅ」

口で音を出して、ディリヤに真ん丸の鼻先を寄せる。

でも、まだ、おめめはしょぼしょぼだ。

「はい、ありがとうございます」

ディリヤもその鼻先にキスすると、ぱたっと尻尾が跳ねる。

さっきよりも大きく跳ねて揺れたから、ちょっとずつではあるが、目が醒めてきている。

「次はなにをして遊びますか？」

「あそぶ……」

「はい」

「……あそぶ」

「そう、遊ぶ、です」

「……あしゅ……つぎはね……」

「はい、次はどうしましょう？」

「下ろして」

「はい」

ディリヤの膝から下ろして、アシュを対面に座らせる。

「……、………」

まだ眠たいようで、でも、遊びたいようで、アシュは、眠たい顔で、無言で、次の遊びのために、さっきディリヤに塗ってあげた小さな壺をディリヤに差し出した。

「お片付けですか？」

「んー……ん」

ちがう。

首を小さく横に振って、アシュは、自分の手をディリヤの前に差し出す。

ちっちゃな、おほしさまみたいな手だ。

手の甲を上へ向けて、じっとそのまま動かない。

「じゅんばんこっこ」

「あぁ、はい、なるほど、順番交代ですね」

順番交代に、肉球をやわらかくする練習。

さっきディリヤに塗ってくれたから、今度はアシュに塗ってあげる番だ。

アシュがちっちゃな両手を出すから、ディリヤはその手をとる。

手の甲も、掌も、肉球も。

ぜんぶ一緒にもみもみ。

指と指の間も、爪の生え際も、関節も……。

表も裏も、すっかりふにゃふにゃになるまで保湿油を揉みこむ。

そうすると、アシュはまたうつらうつら。

糸みたいに目を細く閉じて、くぁあぁ……と欠伸をして、ちっちゃな口を開けて、でも、頑張って遊ぼうと、とっても眠たげなゆっくりの話し方でディリヤに話しかけてくる。

「ディリヤの手はおっきぃねぇ」

「大人ですからね」

「アシュもおっきくなるかなぁ」

「アシュもおっきくなりますよ」

「どれくらいおっきくなるかなぁ」

「ユドハくらいおっきくなると思いますよ」

「ユドハかぁ……」

「ユドハじゃだめですか？」

「ユドハくらいおっきくなったら、ディリヤにだっこしてもらえないねぇ」

「……鍛えます」

でかくなったアシュもだっこできるように、鍛えます。まずはユドハを頑張ってお姫様だっこできるくらい強くなります。

ディリヤはそう答える。

「でも、アシュがおっきくなったらディリヤをだっこできるねぇ」

「きっとできます」

「そしたら、アシュ、ディリヤとユドハをだっこして、かけっこできるねぇ」

「昨日、ユドハがしてくれたみたいにですか？」

「……うん」

アシュを抱いたディリヤごとだっこして、お庭を走ってくれたユドハ。

かっこよくて、つよくて、走るのがとっても速かった。

「ゆっくり大きくなればいいですよ」

「うん……」

ぽてっ。

こくっ、と前に舟を漕いで、そのままディリヤのお胸にぽてん。

「もうちょっとだけですよ」

ディリヤがアシュの後ろ頭を撫でて、膝に抱き上げる。

「……もうちょっと……」

もぞもぞ、もごもご。

ディリヤの懐で丸まって、まるまるした手を自分で握って、すやすや。

ディリヤがお手入れしてくれたから、おててがとってもきもちいい。

「昨日いっぱいユドハに遊んでもらったから、まだちょっと眠たいですね」

アシュのお尻をぽんぽん、優しく叩いて、ディリヤも「ふぁあ……」と大きな欠伸をした。

4．巣穴へどうぞ、かわいいひと

狼には巣作りの習性がある。

さらには、巣穴に大切なものを仕舞（しま）いこむ習性もある。

なかでも仔狼には、なんでもかんでも巣穴に隠す習性がある。

子供の狼の作る巣穴は、ちょっぴりかわいい。

ふかふかのクッションを積み重ね、クッションとクッションの隙間に積み木を組んで小さな窓を作り、天井にはふわふわの毛布を被（かぶ）せる。

自分だけのちっちゃな巣穴。

せっせと材料を集めて、自分の部屋の隅に作った特別な場所。

夏はちょっと暑いけれど、冬はぽかぽかあったかい。

そこに、アシュの大事なものを隠す。

ぴかぴかの宝物。

おいしいお菓子。

大好きなぬいぐるみ。

お気に入りの絵本。

たくさんのおもちゃ。

うずらのたまご。

蛇のぬけがら。

お昼寝用の毛布と枕。

ユドハの服と、ディリヤの服。

それから、かわいい双子の弟。

ぜんぶ置き場所が決まっていて、狭い巣穴につめつめして、大好きなものにぎゅうぎゅうに埋もれる。

やわらかい巣穴はとっても心地好くて、巣穴にきゅっと収まってディリヤとユドハの服に包（くる）まっていると、ディリヤとユドハにだっこしてもらっている時のように心がふわふわする。

本当は、「お菓子及びおやつの持ち込みは禁止です」とディリヤに言われているけれど、内緒でちょびっとだけ隠している。

その小さな空間で思うがままに過ごしたり、弟たちと遊んだり、完璧な出来栄えの巣穴をぐるりと見渡して「ふふっ」と満足げに笑う。

巣穴を真っ暗にすれば、アシュとララとジジ、六つの金色のおめめがぴかぴか光って、ちっとも暗くないし、怖くないし、夜中にディリヤとユドハと一緒にお星さまを見た時みたいな、わくわくした気持ちになる。

大好きなものに囲まれて、嬉しくて揺れる尻尾が狭い巣穴に積み重ねた玩具や本に当たってしまい、時には雪崩を起こし、「あぁぁ～～」と慌ててしまうこともあるけれど、やっぱり、自分で築いたお城は格別だ。

そのまま遊び疲れて眠ってしまうのも特別な気持ちになるし、ディリヤの声で「夕ご飯の時間ですよ」と巣穴の外から呼びかけてもらうのも好きだし、「さて、可愛いアシュはどこだ？」と探すユドハに、お尻と尻尾だけ出して撫でてもらうのも好きだ。

大好きなものがいっぱいで、「あしゅ、まいにちずっとここで暮らしたい……」と夢見るけれど、時には広いお庭で走りたいし、お日様の下でひなたぼっこしたい。

それに、この巣穴はちょっと小さいから、大好きな物は詰めこめても、大好きな人は詰めこめないのだ。

ユドハとディリヤとララとジジとエドナとライコウとフーハクとイノリメとトマリメ。みんなで一度に一緒に巣穴のなかには入れない。

それがちょっぴり残念だけれど、「アシュがおっきくなったら、おっきい巣穴を作ろう」と思えば、なんてことなかった。

だって、ユドハは、大きな巣穴を持っている。

トリウィア宮というこの大きなおうちがユドハの巣で、お城だ。たくさんの人が守られて、安心して、幸せに、のんびりお昼寝できる巣穴だ。

アシュもそんな巣穴が持てる立派な狼になろう、そう思って、今日もちいちゃな巣穴をせっせと整えた。


―✦―


「うぅ……」

庭の芝生に置かれた背の低い椅子に座らされたアシュは、上半身を丸裸にされ、仔犬のような唸り声で悔しさを噛みしめていた。

「頭と、耳と、……背中と、腹と、尻尾の裏と、毛先と……けっこう奥のほうまでべったりいきましたね……」

アシュの背後で膝立ちになったディリヤがアシュの体を検分する。

「ディリヤ……」

「はい」

「じたいは、しんこくですか……？」

「事態は途轍もなく深刻、……というほどではありませんが、そこそこですね」

「そこそこ……」

ディリヤの言葉を繰り返し、アシュは項垂(うなだ)れる。

「では、いまから毛を刈っていきますので、動かないでください」

「……はい」

膝に両手を置いたアシュは神妙な態度でじっとした。

ディリヤに「だめですよ」と言われていたのに、巣穴にお菓子を隠し持っていたのはアシュだ。

お菓子箱に入れておいたはずのお菓子が、なにかの拍子にこぼれ出て、巣穴の隅に落ちてしまった。

乾燥果物を蜜で固めたお菓子だ。

お菓子が巣穴に落ちていることに気付かぬまま、アシュはそのお菓子の上でお昼寝をしてしまった。

お昼寝中のアシュの体温で温められたお菓子の蜜がとろりと蕩け、体のあちこちにくっついてしまった。

しかも、その状態でころころ寝返りを打ってしまったから大変だ。追い打ちをかけるように、溶けた蜜が飴のように腹や頭や耳にくっついてしまった。

「アシュの巣穴も、飴でちょっとぺたぺたしてるの……」

「あとでお掃除ですね」

「はい……」

「まぁ、そんな日もあります。落ち込まずにいきましょう」

「…………ららちゃんとじじちゃんが、無事でよかった……二人とも、いたずらっこちゃんだから」

「きっと、面白がって、べたべたのまま二人でわざとくっついたり、走り回ったり、あちこち触ったりしますね」

「うん」

「アシュは危機的状況を正しく判断してすぐにディリヤに報告してくれたので助かりました」

「でも、アシュはこれから刈られちゃう……」

「はい、刈られます」

散髪鋏(ばさみ)を持ったディリヤは、アシュの尻尾から刈り始めた。

「かっこよく、できるだけかっこよく……！」

「善処します」

アシュが必死で訴えてくるので、ディリヤは、飴でべたべたする尻尾をできるだけかっこよく刈っていく。

「……うぅ……あしゅの……しっぽちゃん……」

尻尾を短く刈られてしくしく。

悔しさを噛みしめ、嘆く。

「鬣にくっついて最悪の事態にならずによかったです」

「しっぽでもさいあくよ」

「はい」

「あしゅ、の……あしゅの、りっぱなもふもふが……っ」

「自業自得ですね」

「あぁぁ〜〜〜」

「はい、動かないでください。このあと、頭のてっぺんと、耳と、腹の毛も散髪しますからね」

「……なんで、どうして……っ、アシュのおなかにくっつくの……」

「腹出して寝てたからですね」

「あぁぁぁ〜〜〜〜……」

打ちひしがれるアシュの心に反するように、鋏の無情なしゃきしゃき音だけが広い庭に響いた。


「次はね、尻尾がぺっとりしない方法でお菓子を隠すの。お菓子箱から落ちないように考えるの」

めげないアシュは、ところどころ短い頭の毛や尻尾の毛を気にしながらディリヤに宣言した。

「そもそも、巣穴におやつを持ち込むのは禁止のはずですが……」

「……」

「と、言いたいところですが、食料確保と食べ物を巣穴に備蓄するのは狼の習性らしいので目を瞑ります」

「ありがとう」

「どういたしまして。巣穴を作ることも、避難場所を確保することも、狩りの練習と同様、狼の訓練の一環ですので、是非、励んでください」

「はげ……」

「がんばって」

「がんばる！」

「ですが、くれぐれも、傷んだ食べ物だけは口にしないでください。傷んだ食べ物、分かりますか？」

「変なもけもけ生えてる！　青とか白とか黒とか！　酸っぱいにおい！　くさいにおい！　いつも食べてる

おやつと比べて色がおかしい！　虫さんがくっついてる！　てんとう虫みたいに水玉模様！　べちゃってしてる！　見たことのないもの、見て分かんないものは触らないで、ディリヤかユドハ、ライちゃんフーちゃん、イノリちゃんトマリちゃんにほうこく！」

「お見事です」

「ららちゃんとじじちゃんが間違って食べちゃうから、ちっちゃい玩具とお菓子は持って入らない！」

「そこはアシュはきちんと守れているので大丈夫ですね。信頼しています。ほかにお約束は覚えていますか？」

「巣穴に持ち込んだら冬場は二日以内に食べる！　食べてないのはディリヤのところへ持っていく！」

「はい。そうです。やばいと思ったら是非ディリヤの判断を仰いでください。いつ保管したかなど分からない食べ物を発見した場合も同様です。なお、巣穴には定期的にディリヤの査察が入りますので、その際には危険物を発見次第、没収となります」

「はい！　頑張って隠します！」

「…………ディリヤも頑張って見つけ出します。ところで、来週はエドナさんを巣穴にご招待する約束をしているようですが……」

「うん。エドナちゃん、アシュの巣穴にいらっしゃいするの。だからね、今日はね、ご招待するにあたり大掃除をします！」

「ディリヤの手伝いは必要ですか？」

「だいじょうぶ。自分でする！」

「分かりました。健闘を祈ります」

ディリヤはその場を離れ、すこし離れた椅子に腰かけるとアシュが一人で巣穴の掃除をする姿を見守る。

基本的にはアシュの自主性に任せているが、やはり、アシュもまだ小さな子供だ。危険物か否かの判断が難しい。誤飲する可能性のあるもの、怪我をする恐れのあるものは大人が除去する。アシュが散歩などで巣穴を不在にしている間に、ほぼ毎日、ディリヤやユドハ、手の空いた大人による確認は怠らない。

だが、これがなかなか難しいのだ。

さすがはアシュも金狼族の狼。

他人が自分の巣穴に入ったら匂いで分かるようで、「なんか、ちょっとちがう？」と違和感を覚えるらしい。

だが、そこはそこ、アスリフ族と金狼族の大人だ。

侵入の痕跡を残さず、アシュにそれ以上を気取らせない。

「あ」

そうこうしていると、巣穴のアシュが声を上げた。

尻尾とお尻を使ってゆっくり穴倉から這い出てくるなり、とぼとぼディリヤのもとまで歩いてくる。

「どうしました？」

「…………あしゅ、思い出したの」

「なにをですか？」

「あめちゃんと、かまきりのたまご……」

「……かっ」

さすがのディリヤも、……久々に、とても久しぶりに、言葉を失うという経験をした。

「えどなちゃんと食べようと思って……」

「か、……かまきりの……たまごを……？」

「ううん。飴ちゃんのほう」

「飴ですか……よかった……」

金狼族は蟷螂の卵も食べるのかと焦った。

アシュに「はいどうぞ」とお茶とともに勧められた蟷螂の卵が国王代理の姉君の口に入る可能性を想像して、肝も冷えた。

「飴ちゃん、ふたつ……」

「飴を隠した場所を忘れたんですね？」

「……はい」

神妙なアシュは、「飴の隠し場所を忘れたので一緒に探してください」とディリヤにお願いする。

「飴は……飴はまぁ、大丈夫です。すぐ見つかります」

アシュと手を繋いで、大急ぎで巣穴へ向かう。

二人でずぼっと巣穴に潜り込み、薄暗い巣内を捜索する。

アシュとララとジジが日中を過ごすせいか、巣穴のなかはほのかに甘いあかちゃんの匂いがした。

「蟻さんがきたらどうしよう……、ららちゃんとじじちゃんとか、エドナちゃんのしっぽちゃんがべとべとになったらかわいそう……もし、エドナちゃんのくるくるふわふわに巻きついちゃったら……」

「地獄ですね」

「じごく……」

「アシュ、安心してください。地獄は回避できました」

アシュの隠していそうな場所を捜索すると、すぐに、小壜に入った飴玉を見つけることができた。

「よかったぁ」

アシュがほっとした表情で尻尾を揺らめかせる。

「……それよりアシュ、先ほど、ディリヤは蟷螂の卵という言葉を耳にしたんですが」

「うん！　エドナちゃんに見せてあげるの！」

「隠し場所、思い出せますか？」

「…………」

「どちらかというと、それがここ最近で一番深刻な事態です。春までには思い出して必ず処置しなくてはなりません。むしろ、できればいますぐになんとかしなくてはなりません」

「しないと、どうなるの？」

「阿鼻叫喚です」

「あび……？」

「エドナさんの危機です」

「……たいへん」

「大変です」

　ディリヤとアシュは顔を見合わせ、巣穴を大捜索した。

　日が暮れて、ユドハが帰宅して、「……夕飯の時間だぞ」と二人を呼びに来てもユドハを巻き込んで捜索を続けた。


「姉上は蟷螂の卵も触れるし、気にもしないぞ？」

「でも、もし、巣穴の暖かさで春と勘違いした蟷螂の卵が孵化してエドナさんの尻尾に潜り込んだら……」

「…………あの、くるくる、ふわふわに……？」

「そう、あの、くるくる、ふわふわに……」

　ディリヤとユドハは顔を見合わせて事態の深刻度を再確認すると、再び蟷螂の卵を探した。

「アシュ、蟷螂の卵を見つけた日の行動を一から思い出して、記憶通りに行動して、どこに隠したか思い出そう」

「うん！」

　それから間もなく、無事、蟷螂の卵は見つかった。

　蟷螂の卵はアシュの巣穴ではなく、アシュの机の抽斗で春を待って眠ってくれていた。


　飴も蟷螂の卵も片付いて、夕飯を食べ、三人の息子を風呂に入れて寝かしつけたディリヤとユドハはようやくひと息ついた。

「今日は朝から大変だったらしいな」

「まぁそんな日もある」

ディリヤはソファに座るユドハの隣に腰を下ろし、肩で息をする。

「風呂に入るか？」

「ちょっと休憩してから一緒に入る」

「分かった。……ところで、アシュの頭と耳と腹が面白いことになっていた」

「……ちょっと短く刈りすぎたかもしれない」

ディリヤはユドハの尻尾を撫でて、「これくらい切った」と尻尾の奥深くに指を潜り込ませる。

「アシュも災難だったな」

「被害を最小限に食い止められてよかったと思おう」

そこまで言って、ふと、ディリヤは頬をゆるめた。

「どうした？」

「短く刈りこまれた尻尾で、ちょっと悲しくて情けない顔になってるアンタを想像した」

「恰好(かっこう)がつかんな」

「そうか？」

「国王代理の尻尾が刈りこまれて一部分だけ短いのを想像してみろ」

「………………」

「な？」

ユドハはディリヤを抱き上げて自分の膝に乗せ、顎下をディリヤの頭のてっぺんに乗せる。

「惚れた欲目だろうな。……どんなアンタもかっこよくて可愛い気がする」

ディリヤはユドハの懐に凭れかかり、背中を預ける。服の下に隠された狼の胸の毛にディリヤの後ろ頭が優しく包まれて、ふわりと弾み、両頬には鬣がやわらかく触れる。

ユドハが両腕をディリヤの腹に回すと安定度がさらに増して、ディリヤがだらけた姿勢になっても滑り落ちない。

ユドハの手に手を重ね、顎下に唇を寄せて甘噛みすれば、尻尾が揺れてディリヤの足に絡みつく。

「年々、アンタは俺を抱き慣れてくる」

「まるでお前のために誂(あつら)えた椅子のようだろう？」

二人で過ごす時間を積み重ねるにつれ、ディリヤの体とユドハの体がぴたりと添うていく。

膝に乗せるほうも、乗せられるほうも、抱き慣れて、抱かれ慣れて、身の預け方も、甘え方も、すこしずつ馴染んでいく。

「俺の巣穴は、アンタの腕のなかだ」

ここが一番安心できて、幸せで、大好きな場所。

この男の傍ほど心落ち着く場所はない。

「では、俺は俺の巣穴に一番大切な宝物を隠しておこう」

ユドハはディリヤを優しく、それでいてしっかりと己の体すべてで抱きしめた。

5．わらわはあと千年はここにいる

今日、アシュは南の離れに住むという異国のお姫様の幽霊に会いに行く。

「では、アシュ。お弁当は持ちましたか？」

「おべんともった！」

ぽん！　肩かけ鞄を、肉球でぽん。

斜めがけの鞄にお弁当が二つ入っていることを確認する。

「おやつと玩具は忘れていませんか？」

「わすれてません！」

鞄には、お弁当のほかに、おやつや玩具が入っている。

おやつは、おばけちゃんと一緒に食べる用。

玩具も、おばけちゃんと遊ぶのに必要なのだそうだ。

「水筒は持ちましたか？」

「はい！」

鞄と一緒に肩にかけた水筒を両手で持って、高く掲げる。

「手拭いは持ちましたか？」

「ぽっぽに入ってます！」

上着の左右のポケットをちょびっと開いて確認する。

「靴はちゃんと履いてますか？」

「……んっしょ……、はいて……、ます！」

幼児特有の体のやわらかさで体を二つ折りにして、足もとを確認する。

「もしもの時は？」

「おっきなこえで、たすけてー！　って叫ぶ！」

「では、一度、大きな声で、ディリヤやユドハ、アーロンさんを呼んでみましょう」

「ディリヤー！　たすけてー！」

「とても上手です」

「ユドハー、だいすきー！」

「お仕事中のユドハが聞いたら泣いて喜びます」

「アーロンおじちゃんのおひげふわふわー！」

「それはもう救援要請ではなくアシュの好きなものですね」

「ディリヤ、だいすきー！」

「はい、ディリヤも大好きです」

「えへへ」

「怪我をして大きな声を出せなかったり、遠くの人に助けを求めたりする時はどうすればいいか覚えていますか？」

「ぴー！」

口で言いながら、鞄につけてある警笛を見せる。

「そうです。それを使ってディリヤや大人の人に助けを求めてください。はい、最後にもう一度、笛を吹く練習をしてみましょう」

「……ぷー……！」

ほっぺを膨らませて、笛を吹く。

ぴー！　……と、立派な音が鳴った。

「良い音です。これならディリヤまでちゃんと届きます」

「やったぁ！」

「最後に、南の離れのおばけさんのことは、なんとお呼びするんでしたか？」

「おひめさま！」

「そうですね。よくできました。南の離れに住むお姫様は、ディリヤやアシュよりも長くこちらに住んでいるおばけさんですから、敬意を払って、礼儀正しく、丁寧なご挨拶をしてください」

「けいいをはらって、れいぎただしく、ていねいにご

あいさつします！」

「では、南の離宮まで……」

「……送ってくれなくていい」

「いいんです」

「……いいんですか？」

「……ですが」

「アシュ、ひとりで行きます」

「……玄関から南の離れまで、ちょっと一緒に歩くのもだめですか？」

「ちょっと一緒に歩くのもだめです」

「…………」

「ディリヤ、そんなお顔をしてもだめです。アシュはひとりで行きます」

いつもアシュがディリヤに向けるような、甘えたのかわいそうなディリヤのお顔。そのお顔で、「一緒に行くのはだめですか？」って可愛く言ってもだめ。

アシュは一人で離れまで行くのだ。

「だめですか？」

「だめです」

「ぜったい？」

「ぜったい」

「どうしても？」

「どうしても」

「ほんとのほんとに？」

「ほんとのほんとに！　アシュはひとりで冒険するの！　ディリヤはついてきちゃだめ！」

アシュはこれからお弁当を二つ持って冒険するのだ。

おばけの出る南の離れへ行って、おばけちゃんと一緒にお弁当を食べるのだ。

おやつもはんぶんこするのだ。

そして、おばけちゃんとお友達になるのだ。

一緒に玩具で遊ぶのだ。

「だからディリヤはおうちでお留守番してて！」

「…………」

「おるすばん！」

「…………」

「おーるーすーばーん！」

「……はい」

「よろしい。では、アシュはいってきます！」

きりっ、と鋭い眼差しでユドハみたいにカッコをつけて玄関へ向かう。

途中で、くるっと後ろを振り返り、ディリヤがついてきていないことを確認して、ディリヤと同じく見送りに出ていたアーロンに「アーロンおじちゃん、ディリヤがついてこないように見ててね！」とお願いする。

「善処いたします。いってらっしゃいませ、アシュさま」

「はい！　いってきます！」

「いってらっしゃい、アシュ。気を付けて」

「はぁい！」

ディリヤの「いってらっしゃい」の声を背中に受けて、アシュは尻尾を振り、いってきますのご挨拶。

胸を張り、両腕を大きく振り、一歩一歩をしっかり踏みしめて、南の離れへ。

いざ、進んだ。

ディリヤとアーロンはアシュの背中が見えなくなるまで見送った。

「…………アーロンさん」

「はい」

「じゃあ、俺、後ろをついていきますから」

「アシュ様にお願いされた手前、このアーロン、アシュ様のあとをついていかぬようディリヤ様をお引き止めする善処をいたしますが……」

「はい、確かに、アーロンさんは俺を引き止めました」

「では……」

「いってきます」

「はい、いってらっしゃいませ。先の戦の諜報活動で磨いたディリヤ様の隠密行動でしたらアシュ様がお気付きになることはまずございませんでしょう。……ご安心ください、この件はアシュ様には内密にいたします」

「ありがとうございます」

理解あるアーロンに見送られて、ディリヤはアシュのあとを追った。

南の離れまでの道のりはそう長くない。道中は石畳が敷かれて整備もされているし、人通りも多い。

ユドハの屋敷の使用人たちも、アシュを見かけるたび、「ぼっちゃま、おひとりでおでかけですか？」と声をかけてくれている。

そのたびに、「はい！　おでかけです！　アシュはこれから南の離れに行って、お姫様にご挨拶して、おべんとうを一緒に食べます！」と元気よくお返事していた。

心配性の侍女は、「ぼっちゃま、わたくしもごいっしょに」と尻尾をおろおろさせている。

庭師は、「なにかあったら呼んでくださいましよ」と言って、お姫様へのご挨拶用にきれいな花を一輪持たせてくれる。

石畳の修理人は、「おひとりでおでかけに？　そりゃいけません。あそこは暗いですからね。屋敷の狼みんなで行きましょう」と声をかける。

心配性の侍女は、「やっぱりわたくしもごいっしょに」と追いかけてきて、アシュの後ろに続く。

そうして南の離れまで歩く間にアシュの後ろには大行列ができた。

「もう！　ついてきちゃだめ！」

アシュが立ち止まり、め！　と、ほっぺを膨らませる。

「みんなで行くのは今度！　今日はアシュ一人です！おうちでおるすばんしててください！　はい、アシュのお菓子をあげますから、いいこいいこでおるすばんですよ」

アシュは、みんなにお菓子を配る。

昨日、エドナと一緒に作った果物の飴がけだ。

アシュの喉に詰まらないように、ひと口大に切った果物に、とろりと飴をかけて、冷やし固めてある。

それをきれいな紙にひとつずつ包んで、たくさん鞄に入れていた。

南の離れには、お姫様のほかにもおばけちゃんがたくさんいるかもしれない。そうしたら、みんなでお菓子をわけわけするのにたくさん必要になるから、たくさん用意したのだ。

それをひとつずつ持たされた使用人たちは、すごすごと己の持ち場へ戻る。

戻る道すがら、隠密行動をとるディリヤと鉢合わせて、「あぁ、ディリヤ様が後ろからついていらっしゃるなら安心だ」と胸を撫で下ろした。

「……ディリヤ様、こんなところに隠れてなにをなさっておいでで？」

その一件を知らない噴水の管理人が、噴水の物陰に隠れ、息を潜める刺客のようなディリヤを見つけ、声をかけた。

「……ちょっと、息子の尾行を……」

ディリヤはそう返答しながら「我ながら胡散臭いな……」と思った。

「自分はディリヤと名乗る者です。これより、我が息子であり、ユドハの息子であるアシュがこちらの離れにお邪魔いたします。騒がしくするかと思います。どうぞご寛恕ください。不肖の息子になりかわりまして、このディリヤが先んじてお詫び申し上げます」

南の離れへ先回りしたディリヤは、離れのお姫様に挨拶と詫びを入れた。

先日、仕事の合間にユドハも同じようなことをしたらしい。

ディリヤはおばけを見たことがないし、信じるも信じないも人それぞれだと思っているが、やっておいて損するわけではないから、やっておく。神頼みも、先祖供養も、アシュのためになるなら、なんだってする。

もちろん、アシュのためだけではない。

この離れに住み暮らすお姫様への敬意も忘れない。お姫様が実体として存在していようといまいと、存在している前提で礼儀を払う。

なぜなら、おばけがいることを否定できないし、いないことを肯定もできないからだ。

それに、アシュが離れを冒険するにあたり、ユドハやエドナ、アーロン、屋敷の使用人たちから話を聞いたところ、これが、あながち単なる怪談話でもないようなのだ。

エドナとユドハ、離れに何度も出入りしていた姉弟の話をまとめると、こうだ。

「わたくし、小さい頃から、あの離れに行くといつも髪のリボンがなくなるのよね。……リボンだけなのよ？　宝石やほかの装飾品はなくならないの」

「確か、あそこで失くした姉さまのリボンは一本も見つかりませんでしたね……」

「そうなのよ。……それに、ほら、あなたも……」

「あぁ、そうですね。あそこでアーロンから隠れて一人で昼寝していたら、いつの間にか鬣を三つ編みにされていたことがあります。てっきり、姉さまの仕業かと思っていましたが……」

「わたくしじゃないのよね、それ。……そうそう、スルド兄様があの離れの一室で具合が悪くなった時は、……隣の部屋にいたあなたの肩だったか鬣だったかを誰かが引っ張ったような気がしたんでしょ？」

「そうです。そのおかげで兄上が倒れる前に助けられました」

「ふしぎよねぇ」

「ふしぎです」

「でも、悪い感じはしないのよね」

「しませんね」

……ということらしい。

続いて、アーロンの証言はこうだ。

「あの離れは、このアーロンがこの世に生を受けるよりもずっと以前から、お客様がいらっしゃった際の応接間、宿泊施設、美術品や芸術品の展示場として使用されています。……が、それにはこんな逸話があるからです」

アーロンがそのあとに続けたのは、こんな話だ。

「南の離れにお客様をお通しした際、その場にはいないはずの子供の笑い声を聞けば、そのお客様は良いお客様。飾っている生花が常よりも長く咲き誇れば、とても良いお客様。地団駄を踏むような足音や、机や窓を叩く音が聞こえたり、突然、なにもないのに花瓶や小物が棚から落ちるなどすれば悪いお客様です」

アーロンはそれを信じているのだろうか……？

ディリヤがそれを問うと、こんな答えが返ってきた。

「信じております。わたくしの経験で申し上げますと、旦那様に危害を加えようとした悪いお客様がいらっしゃった際は、大変分かりやすくわたくしに教えてくださいました。ありがたいことに、彼女……、おそらく彼女、それも少女だと思われるのですが、その方は、わたくしにユドハ様の危機を伝える時は、いつも同じ方法でお伝えくださいます」

それはどういう方法で？　……ディリヤが重ねて問うと、こんな返答があった。

「花を枯らす、というとても美しい手法で」

そういった眉唾話を信じないであろうアーロンが、離れのおばけのことだけは信じている。

それも、とても敬意を払った様子でその状態を受け入れている。

もちろん、アーロンは、彼女の存在を信じる前に、離れの警備や見張りを強め、巡回を増やし、その現象を否定するために、真実を見極めるために、屋敷の保全に努めるために、ありとあらゆる手立てをとった。

そのうえで信じ、肯定派に回っているのだ。

アーロンのその話を聞くだけで、ディリヤはなぜか納得するものがあった。

このほか、複数名の使用人に聞き合わせをしたが、皆、口をそろえて南の離れにおばけがいる前提で話を進めた。

「ちょっといたずら好きですけど、悪いことはしませんから。離れの庭で、帽子をかぶって芝生の手入れをしていると、帽子を、こう……、ひょいと持ち上げて、くるくる回して飛ばしていっちゃうんですよ」

庭師はそう言った。

「私、料理人なんですが、離れに逗留中のお客様にお料理を提供する時は、本棟の厨房で料理を仕込み、離れの台所で火を入れて最後の仕上げをして提供するんです。……その時にね、前菜をはじめ、食後の小さなお菓子とお茶まで厨房の隅にテーブルを作って置いておくとですね、どうにも……乾いてるんですよ。味もすっかり抜けてしまって……、不思議ですよね」

料理人はそう言う。

「お掃除の時に窓を開けて風通しをして、今日はいい天気ですね、と話しかけると、朝露に濡れたお花のような、かぐわしい匂いがするんですよ」

とある侍女は、そう言う。

「忘れ物をした時に、ことん、と可愛らしい音がするのです。……で、後ろを振り返ると、忘れ物に気付く。そういうことがありました。同じ経験をしている者が私の知るかぎり三名はいます」

とある侍従は、そう言う。

この屋敷の全員が不可思議な経験をしている……、というわけではないが、聞けば聞くほど真実味が増す。もしかしたら、この一連の不可思議を彼女によるものだと思いたい意識が働くのかもしれない。

もしかしたら、単なる勘違いや思い込みもあるのかもしれない。

冷静に考えれば、帽子は風向きでそうなっただけかもしれないし、料理は蓋をせずに置いておけば多少は乾燥してカサが減るし、時間とともに味も落ちるだろう。掃除の時に窓を開ければ庭の花の匂いが風に乗ってやってくるかもしれないし、音がするのは単なる家鳴りかもしれない。

それでも、離れに住むお姫様がそうするのだと思ったほうが、なんだかちょっと不思議な感じがして、愛おしくなる。

だから、信じる者が多い。

それだけの話だ。

この屋敷の誰も彼も、おばけだ！　……と大騒ぎせず、離れの姫君をひやかしに行ったりもせず、興味本位の噂話にしたりもしない。この屋敷の一員のように、ごく自然にその存在を受け入れ、ごく当然のようにその状態で生活している。

親しみを持って、その存在を肯定している。

姿が見えないだけの、ここに暮らす人。

離れの姫君。

そう呼んで、愛している。

親が子の世話を焼くように、庭師が草花を丹精するように、家令が家政を取り仕切るように、離れの姫君は離れで暮らしている。

皆が働き、仕え、人生の一部分を過ごす、この美しいトリウィア宮。その離れに暮らす姫君を自分たちの一員として愛しく思っている。

だから、どうかこのままで。

だからこそ、誰一人として真相を究明しようとしたり、土足で姫君の住まいを荒らそうとしない。


そういうことだ。

「おひめさま！　こんにちは！　アシュです、おじゃましまます！」

そうこうするうちにアシュがやってきた。

ディリヤは物陰に隠れて様子を窺う。

アシュは玄関でぺこんと頭を下げて、「おひめさま、お花どうぞ。きれいですよ。それから、おやつもあります。アシュとあそびましょ！」と声をかける。

すると、どこからともなしに、いたずらっぽい笑い声が聞こえた気がした。

夜、ベッドで横になる。

ひとつの寝床に入ったユドハとディリヤの間にはアシュがちょこんと収まっている。

ユドハのお胸のふわふわがアシュの右のほっぺ。

ディリヤの肩口のあたりがアシュの左のほっぺ。

二人の間に挟まれて、くぁぁあ～……と、おっきな欠伸をする。

ユドハの尻尾がアシュのおなかをあっためる。

ディリヤの手がアシュのおむねをぽんぽん。

「……負けちゃう」

「負けていいですよ」

「眠気に勝たんでもいいだろ」

ディリヤとユドハが静かに笑う。

夜の、やさしい声。

昼間の声とは違って、ちょっと内緒話のようで、密やかで、声も小さくひそめて、その声を聴こうとして目を閉じ、耳を欹（そばだ）てていると、そのまま、くぅ……。

眠っちゃいそう。

そんな、やさしい夜の声。

「……でも、きょうは……まだ、寝たら……だめ、なの……」

もっともっとお話しするの。

今日、一緒に遊んだお姫様のお話をするの。

冒険のお話をするの。

「……あのね、奥のお部屋の、壁のところに、……ちっちゃい、とってもちっちゃいお部屋があって、そこにね……、かわいい宝石箱があって……、なかを見せてくれたの……、リボンがいっぱい入ってて……えどなちゃんの、にぉい、して……」

「…………」

「…………」

ユドハとディリヤは、顔を見合わせる。

それはもしかして幼いエドナの失くしたリボンだろうか？

「それでね……、お庭に出て、おもちゃであそんだの……。おやつと、おべんと、一緒にたべたの……ディリヤ、おいしかったよ……、ごちそ、さま……」

「はい」

「……………ふしぎね、……おべんと、気付いたら、ひとつ……、からっぽで……」

「からっぽだったんですね」

「あしゅ、びっくりしちゃった……」

「びっくりしちゃったんですね。……でも、だいじょうぶですよ」

「だいじょうぶ……」

「そう、だいじょうぶです」

「…………お庭に出て、遊んでたのに……アシュ、寝ちゃったの……。おひるね……、ディリヤがおむかえに来てくれて、うれしかった……」

「いつでも迎えにいきます」

「あのね、……あしゅね、お庭に、おもちゃ忘れそうになったの……そしたらね、ことん、って音がして……、振り返ったら、すぐそばに、おもちゃ……」

「おもちゃ……？」

「……、ゆどは、……おべんきょうサボっちゃだめですよ。おひるね、したら……こんどは、みつあみじゃなくて……あみこみ……」

ぐぅ……。眠ってしまった。

ディリヤとユドハはアシュを起こさないように目線だけで「寝たか？」「あぁ」と頷き、そこからもっと声をひそめて話をする。

「奥のちっちゃい部屋って、ユドハ知ってるか？」

「知らない。聞いたこともないぞ」

「リボンってエドナさんのリボンだと思うか？」

「姉上に確かめてもらわんことには……。それより、弁当が空っぽっていうのは？」

「それが、……アシュ一人じゃ食べきれない量の弁当を作ったんだよ。なんせ二人分だし……。なのに、弁当箱は両方とも空で、アシュのじゃない弁当箱は、……その、きれいに洗ったあとみたいになって、代わりに、花が……」

「花が……」

「庭に咲いてる花が敷き詰められてた」

「今日、居間の水盆に活けてあった花か？」

「そう、それ」

「アシュが摘んでくれたんじゃないのか？」

「アシュは、お花がかわいそう、って言って、あんまり花を摘まないんだよ。あと、玩具を忘れそうになった時、ことん、って音……」

「聞いたのか」

「聞いた……」

「アシュが？」

「アシュが」

「まさかお前も……？」

「聞いた」

「庭で？」

「庭で」

「庭でことん？」

「ことん」

「聞いたのかぁ……」

「聞いたんだよなぁ……」

二人して、意味もなく天井を見上げる。

どうにもこうにも、この不可思議に納得するだけの理屈を思いつかない。

突き詰めれば思いつくのだろうが、気持ちがそれを拒む。

「それより、ユドハ、……アンタ、勉強サボって離れで昼寝してたのか？」

「小さい頃の話だぞ？」

「それ、アシュに話したか？」

「話した」

「三つ編みのことは？」

「…………」

「ユドハ？」

「……話してない」

「じゃあ、誰かから聞いたのか……？」

「…………」

「…………」

二人して黙り込む。

「ん〜〜……」

アシュがうるさげに両手をばんざいして、ころっと寝返りをうち、ディリヤとユドハの顔面を殴る。

「…………」

「…………」

二人して殴られた顔を押さえて、じっと痛みに耐える。

それから顔を見合わせて、「寝るか」「寝よう」と頷く。

アシュの両頬にそれぞれが唇を寄せて、ちゅ。

ディリヤはユドハに。

ユドハはディリヤに。

くちづけを……。

おやすみ、と視線を交わし、幸せな一日の最後に幸せな眠りについた。

「ディリヤ様」

「はい」

翌朝、アーロンから話があると声をかけられた。

「昨日のアシュ様の冒険譚をお伺いして、すこし調べたのですが……」

言うなり、アーロンはおもむろに古い間取り図をテーブルに広げた。

「……これは？」

「およそ、五百年から六百年ほど前のこの屋敷の設計図です。わたくしたちがいます現在の場所がこちら、そして、南の離れが、……この辺りになります」

「はい」

ディリヤはアーロンが指し示す場所に視線を移す。

「そして、こちらが現在のこの屋敷の間取り図の写しです」

古い地図の上に、新しい地図を重ねる。

新しい地図の写しは、古い地図と違って油紙のような透ける材質で、二枚重ねても下の古い地図を判読できる。

新しい地図は、古い地図よりも敷地面積が拡張されており、場所によっては、一階建て部分に上層階を積み上げて二階を造ってあった。

「これは……建て増しですか？」

「はい。何度か改築や増築をしておりまして……おそらく、アシュ様が仰っていた小部屋というのは、この辺り……、ここでございます」

「…………四方が……壁で……」

「埋まっておりますね」

「完全に埋まってる」

「完全に埋まっております」

「…………出入り……」

「不可でございますね」

「…………」

「ちなみに、本日、わたくしが現場に赴いて調べて参りましたが、現在、出入り可能な窓や隠し階段もなく、いずれからの侵入も不可となっております」

「アシュは昨日、ここに入ったらしいんですが……」

「ディリヤ様」

「はい」

「昨日、ディリヤ様はアシュ様の後ろをついて歩いておいででしたが……こちらの部屋には？」

「それが、俺は部屋に入ってないんです。一瞬、アシュの姿を見失って……」

「ディリヤ様が……見失う？」

「ええ、俺が、見失うんです」

「離れの姫君はかなりのやり手とお見受けいたします」

アスリフのディリヤが見失う、という状況に、さすがのアーロンも驚きを隠せない。

「見失った時、その部屋のある壁のほうからアシュの声が聞こえて、でも、その壁の向こうに続く扉はなくて……」

そういうことが、あの離れで何度かあった。

でも、姿が見えないのは瞬きをするほど短い時間。

なのに、その瞬きをしている間に、アシュはもう別の場所に移動している。

そう、別の場所にいるのだ。

声が聞こえるのに姿がなかったり、部屋にいたはずなのに廊下を歩いていたり、広間で遊んでいたのに庭に出ていたり……。

ぽん！　と魔法のように現れて、両手と尻尾を振って、とてとて歩くアシュが忽然と出現する。

ディリヤがアシュを見失いそうになると、屋内にもかかわらず風が吹き、ふわりと甘い花の香りがして、そちらを見れば、アシュがいる。

そして、アシュが遊んでいる時、アシュは一人で遊んでいた。なのに、アシュはお姫様と遊んだ、……とそう言うのだ。

「先程の古地図をご覧いただいたうえで、さらにこちらの文献をご覧ください」

「これは？　本、ですか……？」

随分と古い本だ。

革の装丁で、布のような質感の、しっかりした上等の紙を使っている。

背表紙には、通し番号と年代が刻まれていた。

かなり古い。五百年以上前のものだ。

「こちらは、この屋敷にお招きした賓客、ご逗留なさったお客様などのお名前、お国、お持ちになった荷物や貴重品、使用人の一覧です。……ディリヤ様、この項目をご覧ください」

アーロンは本を開き、ディリヤのほうへ書面を向ける。

そこには、ずっと昔に滅んだ異国の姫君が、その離れの、その部屋で亡くなった、と記されてあった。

まだ五つか六つで、生来の病がち。療養のため、家族と離れ、気候に恵まれたこのウルカ国で世話になっていたらしい。

情報が少なく、ほかにはなにも記されていない。

「出入国管理局、外務や広報、公務館に問い合わせて情報収集し、さらに、この屋敷の図書室でいますこし調べれば多少は詳しい報告も上がってくるやもしれませんが……」

「アーロンさん」

「はい」

「この件は……」

「このままで？」

「はい、このままで」

「では、異国の姫君のお好みに合いそうな菓子やお茶、リボンやドレスをご用意して、茶会を開くのはいかがでしょう」

「是非手伝わせてください」

「お願いいたします」

アーロンは古い文献を閉じ、ディリヤは間取り図を丸めた。

素敵なものは、素敵なままで。

彼女がこの屋敷で楽しく過ごしてくれているなら、このままで。無闇に騒ぎ立てず、彼女の生活を脅かさず、彼女の望むとおりに。

もし、これから先、遺品が見つかったなら、彼女の生まれ故郷のあった場所に届けるのも良いかもしれない。

かの姫君がなにかを望むなら、きっと、自己主張のしっかりとした彼女のことだから、どうにかしてディリヤたちに伝えてくるだろう。

その日までは、この屋敷で楽しく暮らしてほしい。

異国の地で果てた姫君が、どうか、いま、さみしくないように。幼い姫君が、どうか、どうか、しあわせでありますように。

「お茶会するの？　アシュもおてつだいしたい！」

お勉強の休憩時間になったアシュがやってきて、ディリヤの足にしがみつく。

「では、図書室へ行ってお菓子の本を借りましょう」

ディリヤはアシュを抱き上げる。

「……おかしのほん？」

「次のお茶会は、異国情緒あふれるお茶会です。姫君の喜ぶ異国のお菓子をたくさん作りましょう。エドナさんもお招きして、スルドさんの形見の品も飾って、ユドハももちろん、お屋敷のみんなが楽しめるお茶会にしましょう」

「えどなちゃん、きっと、いっしょにお菓子つくってくれるよ」

「そうですね、じゃあ、エドナさんにお手伝いをお願いしてみましょう」

「うん！」

はぐっ。ディリヤのほっぺを甘噛みして、アシュが笑った。

こうして、その年から、年に一度、南の離れで異国の姫君のためのお茶会を開くようになった。

お茶会の日は、毎年、いつも、花が満開に咲いた。

私の悲嘆に暮れた悲しみの心

隣を走ってた奴の頭が吹っ飛んで、俺はそれを後目に走る。

「走れ！　走れ走れ走れ！」

走れ、進め、殺せ。

一匹でも多く狼を狩れ。

至極単純明快な命令に従い、敵陣へ突っ込む。

平原の泥沼を突っ切る。

そうする間に、また一人、隣を走っていた奴がいなくなった。

突貫なんて、馬鹿な作戦だ。

それが分かっていても、兵隊にはその事実を上申するほどの気力もない。気力というよりも、手段と立場と身分と学がない。

兵隊は、死ぬまで兵隊。

頭を使わずに、体を使う。

兵隊が頭を使う必要はない。

兵隊は瞬時に判断して、瞬時に己の肉体へ命令を下して、瞬時に行動へ移して、瞬時に敵を殺す。

そうやって脳味噌と体を最短距離で繋げて行動すれば生き残る。生き残る方法を考えなくても、気付いたら、今日も一日生き残っている。

隣を走ってる奴がいなくなっていても、いなくなったことにすら気付かなくても、今日も自分はここにいる。

あとは運だ。

ディリヤよりももっと短距離で脳と体を繋げられる奴でも、運が悪けりゃ死ぬ。

だから、最期は運だ。

時々、「あの赤毛の後ろにくっついてりゃ死なずに済む」と言って、後ろに張り付いてくる奴もいる。

でも、結局は死ぬ。

単純に運が悪かったり、ディリヤの足の速さについてこられなかったり、ディリヤの後ろにいたから殺されたり、……まぁ、いろいろだ。

「貴様、出世する気はあるか？」

「ないですね」

「……だろうな」

ある上官は苦笑して、それでも、すこしディリヤに目をかけてくれた。たぶん、自分の息子と同じ年齢の兵士が気にかかったのだろう。

その上官の部隊に転属になると、前線から後方に回された。

遺跡の発掘作業とかいう死ぬほどつまらない仕事がディリヤの仕事になった。

これなら前線でとっとと死んだほうがマシだと思った。

埃臭い場所でちまちまと土を掘り返し、副葬品の修復を行い、整備して作戦基地を作り、……随分と長い時間を過ごしたようにも思うし、あっという間だったようにも思う。

戦況に変化があってその遺跡が用無しと判断され、放棄の決定が下り、再び前線へ戻った。

だからまぁ、これも運だろう。

ディリヤに目をかけてくれた上官は、前線で指揮を執るさなかに戦死した。

ディリヤのいた部隊は、頭だけがすげ替わって別の戦線へ配置された。

転戦に次ぐ転戦で落ち着く暇もなく、幾度目かの配置先で、ディリヤにまた新たな転属命令が下りた。

狼狩り。

そういう部隊に入った。

その部隊は、皆、なにかしらの特技を持つ者たちで構成されていた。

狼と同じくらい夜目が利く人間。狼と同じくらい鼻が利く者。ウルカ国軍から寝返った情報通の狼獣人。対狼戦に特化した職業軍人。医療技術に秀で、薬品や薬草の知識が豊富な軍医。

ディリヤは、狼獣人に匹敵する身体能力、心肺能力、運動機能、戦闘能力、そして、この戦争で培った諜報の技術、手先の器用さとそれを遺憾なく発揮する工兵としての技能、それらを必要とされた。

狼狩り。

その名のとおり、狼を狩ることに特化した部隊だ。

正式名称はもっと複雑らしいが、その通り名で充分に通じた。敵にも、味方にも、その名を名乗れば道を譲ってもらえた。

この時が一番たくさん狼を狩り殺したように思う。

隣を走っていた奴が、その日の夕飯の時も隣にいて「あ、死んでない」と驚いたのも、この時が初めてだった。

「おい、赤毛」

狼狩りで、ディリヤはそう呼ばれていた。

お互い誰も本名を知らなかった。

みんな、階級か、見た目か、仇名で呼びあっていた。

己の国を裏切ったウルカの狼獣人は、「裏切り者」と呼ばれていた。

裏切り者はそう呼ばれて怒るでもなく、むしろ満更でもなさそうで、いつも「しょうがねぇだろ。嫁さん、人間なんだからよ」と裏切ったことを誇らしげに笑っていた。

裏切ったことを誇らしげに笑えるようになるまでにこの裏切り者にどれほどの葛藤があったのか、ディリヤには分からない。想像もできない。知る気もなかった。

でも、好きな人のためにぜんぶ捨てたその心意気はなかなかのものだと思った。幼い思考ながらも、「そんなに想われて、嫁さんは幸せモンだな。それに、そこまでできる相手と番えてこの狼も幸せだ」とも思った。

「アスリフの赤毛」

ディリヤは部隊で一番年下だった。

ただ、狼を殺している数は一番多かったから、それなりに敬意を払ってもらえた。

「お前、戦争が終わったらどうすんだ」

そう尋ねてきたのは誰だったか……。

顔も、声も、覚えていない。

確か、それを問われたのは昼メシを食ってる時だ。

それだけは覚えている。

その日は久しぶりにスープに肉の塊が入っていた。

昨日の晩、斥候に出た帰り道でディリヤが鹿を一頭狩った、その鹿肉だった。

「お前、狼狩りのついでに鹿も狩るのか！」

「やるじゃねぇか！」

髪をぐしゃぐしゃに掻き混ぜられて、大人たちに寄って集って撫でくり回され、褒められた。

生まれ育った故郷の風習として、獲物をみんなに分け与えることは身に染みついていたから、ディリヤは、戦時中でも獲物を狩ると、自分で調理して、部隊の全員で分けて食べた。

どこの国の軍においても、なによりもまず食材の調達ができて、料理が上手く作れる奴が大事にされた。明日死ぬかもしれない場所で、誰しも豚の餌は食いたくないからだ。

戦場での楽しみなんて、メシぐらいしかない。

ディリヤは、自分から部隊の誰かに歩み寄る必要もなく、獲物を使った料理を振る舞うだけで、部隊から諸手を挙げて歓迎された。同時に、そんな経験はこの部隊が初めてであった。

言葉数も少なく、笑いもせず、目つきの悪いクソガキ。すべてを見透かすような目で大人を見て、責めるような視線で大人を追い詰める。

自分一人だけがいつも生き残る悪鬼。狼の血で赤いのか、はじめから赤いのか分からない、狼殺しの赤毛。

前の部隊では、そうして嫌われていた。

「アイツは話しかけても反応が薄いから嫌いだ」

「あの赤毛、なに考えてんのかちっとも分かんねぇ。気味が悪い」

「あいつだけが強い。そんなのおかしいだろ。周りの奴らだけが死んでいく。死神だ」

「分かり合いたくもない。そもそも会話できそうにないから、あいつは輪の外へ追い出そう」

部隊で嫌われると生きていきにくい。

他人のことばかり気にしてぶつくさ言ってる奴ほど早く死ぬが、メシが回ってこなくなるのは困る。

そんな状況で敵と混戦に陥った時などは、味方に襟首を掴まれて、狼の牙から身を護る盾代わりにされたこともある。

皆、自分が生き残るためになら、なんだってする。

脳と体が直結すればするほど、咄嗟（とっさ）の判断は、生きる本能として発揮される。

ただ、すこし違う奴らもいる。

脳から体への命令が速くて、生存本能が強いくせに、頭の片隅がいつも冷静な奴らだ。

狼狩りに集められた連中だ。

すくなくとも、いまディリヤの所属している部隊はそういう連中の集まりだった。

狼狩りは、それぞれの特性を活かして作戦行動に従事していたから、誰かが誰かの足を引っ張ることもなく、戦果を挙げ続けた。

要は、狼を狩ることだけに特化した戦闘集団。個人主義の出来のイイ連中の集まりだったというだけの話だ。

狼狩りの兵隊は、ディリヤを恐れず、毛嫌いもせず、大人と対等に扱った。

冷静にディリヤの技量を見極めて、狼の盾にするよりも有意義な使い途（みち）があることを弁（わきま）えていた。

殺すよりも活かすほうが有意義だと判断していた。

戦場で必要なのは、生きる技能だ。

狼狩りには、友情や同情、劣等感や優越感、倫理感や道徳観念、共感性や社会性なんて必要ない。

必要なのは、己の責任をまっとうすることができる技能だ。

メシを作ることも、斥候に出て情報収集することも、狼を狩ることも、作戦を立てることも、それを実行することも、なにもかも自分でできるということ。

こいつなら情報収集を完璧にする。

こいつなら確かな作戦を立てる。

こいつなら必ず任務を遂行する。

こいつになら任せられる。

自分の命のひとかけらを任せられる。

そういう奴は部隊で歓迎される。

無能な奴ほど足を引っ張る邪魔者扱いされる。

活かすよりいっそ死んでくれたほうが助かると判断される。

己に課された責任さえまっとうすれば、それだけで信頼は得られるのだ。

情なんてものは、戦争に必要ない。

「でもな、世のなかには、愛する人のためになら死ねるって奴もいるんだよ」

そう言ったのも、誰だったか覚えていない。

同族を裏切った、あの狼獣人だっただろうか……。

それとも、ディリヤの怪我の手当てをしてくれた軍医だっただろうか……。

その発言を聞いた時、それはそれで幸せだろうな……と、ディリヤはそう思った。

好きな人のために死ねるなら本望だろう。

満足のいく死に方ができるなら幸せだろう。

蛆(うじ)の湧いた蠅(はえ)まみれの場所で死ぬにしても、ただ死ぬのと、愛した人のために死ぬのとじゃ、後者のほうがまだマシだ。

愛する人のために死ぬ、という大義名分の下に、生きて、死ぬのだから……。

己の責任をまっとうした気持ちに浸って、死にゆくのだから……。

「お前なぁ、メシはもうちょっとメシらしく食えよ」

狼狩りの一人がそんな発言をしたのは、ディリヤが、兎肉のスープに古いビスケットと野菜クズをすべてぶち込んで、ふやかして、ぐちゃぐちゃに掻き混ぜて、一気に飲み干していた時だ。

「…………」

俺が狩った兎で、俺が捌いた肉で、俺が作った料理だ。俺がどう食おうが勝手だ。これなら一気に流し込んでとっとと食える。だらだら食ってて敵襲があって食いそびれるよりマシだ。

そう言いたかったが、そんなに長い言葉を喋るのが億劫（おっくう）で、小言をくれた男の食器から兎肉の塊を奪って食った。

男は笑ってそれを許した。

まるで己の幼い弟を見るような目でディリヤのそれを許した。

そういえば、誰かの器から食べ物を奪ったり、食事時に話しかけてくる奴がいたり、こんなふうに考えたりするのも初めてだとディリヤは気付いた。

「お前、戦争が終わってもちゃんと生きるんだぞ」

そんな言葉をかけられたこともある。

いまもちゃんと生きているのに、これ以上どうやってちゃんと生きろっていうんだ。

ディリヤはそんな感想を抱いたが、結局、なにひとつとして自分に向けられた言葉に言葉を返さなかった。

それが「会話をしよう」という大人からの合図だと分からなくて、会話する必要が分からなくて、必要がなくても会話することだってあることすら知らなかった。

「戦争始めた俺ら大人が言うのもおかしな話だけどな、お前、十二やそこらから戦争しか知らねぇってのは、よくねぇよ」

「…………」

その夜は短刀の手入れをしながらその話を聞いた。

狼を殺した短刀に血糊（ちのり）がべっとりついていたから、柄の部分に巻いていた滑り止めの布を外して、隙間に沁み込んだ血をこそげ落とし、刃毀（はこぼ）れや錆（さび）を確認しながら、「殺すことばっかり覚えるなよ」という説教を聞いていた。

でも、明日もたぶんきっとこの短刀で殺すだろう。

明日は大雨が降るらしいから、渡河している狼の軍隊が川の中腹に差しかかったのを見計らって、上流にしかけた発破材を爆破させて土石流を発生させ、一度にたくさんの狼を殺すだろう。それでも生き残った幸運な狼を、この短刀で殺し、止めを刺すだろう。

それで金がもらえるんだから、それで金を稼いでなにが悪いのだろう。

あぁ、でも、きっと、年上の生き物がみんなしてデイリヤにそう言うってことは、なにかしら、どこかしら、この生き方は破綻しているのだろう。

人間も獣人も関係なく、大人のどちらもが口をそろえて言うということは、つまり、そういうことだ。

きっと、こんな生き方は長く続けられない。

世のなかがそういうふうにできているのだろう。

こんな生き方ができたとしても、それはきっと大多数の生き物が眉を顰めるような生き方なのだ。

子供のディリヤがそんな生き方をしていると知った大人は心苦しく感じるから、そんなことを言うに違いない。

稀に、ディリヤのこの生き方を肯定する大人もいたが、決まって最後には、なぜか、「俺はいいんだよ、でも、お前はまだやり直せる」と言った。

大人が真剣な顔をして年若いディリヤにやり直しをさせようとするってことは、彼ら自身がやり直したいということの表れだ。

ディリヤには思い止まってほしい。自分はもう引き返せないけれど、ディリヤにはそうしてほしい。

大人とは不思議な生き物だ。

見ず知らずの子供のディリヤに、まるで親のような心配をして、自分の未来を託し、取り戻せない過去を重ねる。

まるで、そうしてディリヤに助言を与えることが自分たちの責任であるかのような行動をとる。

他人なのに、ディリヤへの責任を果たそうとする。

他人なのに、ディリヤの責任を背負おうとする。

そうすることがまるで救いであるかのように、そうする。

「でも、アンタら死ぬだろ」

彼らが大人としての責任を持ち出した時、ディリヤはいつもそう答えてやる。

明日死ぬかもしれないのに誰かの責任なんて背負う必要はない。余計なものを背負ったら、それが足枷になって、重荷になって、いざという時の判断が鈍る。

死ぬ確率が高くなる。

戦場で他人のことを気にかける必要はない。

戦場で必要なのは、自分が生き抜くための技量だ。

「そうは言うけどな、赤毛……、お前こそ、こないだ、裏切り者のこと助けただろ?」

「アンタらと違って、俺は他人の命を背負ってやる余裕があるんだ」

このなかで一番たくさん狼を狩っているのは、このディリヤだ。

それに、嫁が故郷で待ってる奴に目の前で死なれたら、寝覚めが悪い。

それだけだ。

助ける余力があったから助けただけ。

助ける余力がなければ、助けなかった。

隣を走ってる奴が転んだ時に、たまたま手を差し伸べられたから、手を差し伸べただけだ。

「そうやって、お前、どれほど仲間を助けた？　その代わり、お前がどれほど怪我をした？」

「………アンタら、俺の命に責任があるんだろ？」

「いまお前に死なれると困るからな」

「俺もいっしょ。俺は俺の責任まっとうしただけ」

ここで死なれるよりも、次の戦場で死ね。

アンタらには生きててもらったほうが次の作戦もうまくいく。まだ生きててもらわなきゃいけないから、助けただけ。

それでも、やっぱり、助けるより消えていく命のほうが多いのは事実で……。

最初の頃に比べたら、仲間の数は随分と減った。

みんな、狼に狩られた。

戦況がいよいよ悪化してくると消耗戦に突入した。

狼狩りは、果たしてそれで狼を狩れるのかと疑問視するほどの人数まで減った。

新規で投入された人員は経験と技能を有した者ではなく、即戦力にはなり得ず、同時に、一から育て上げるほどの時間と人的余裕もなかった。

「狼狩り、最後の任務だ」

戦場には不要な人間味を持ち合わせた上司は、狼狩りの生き残りを集めてそう宣言した。

生き残り、つまりはディリヤだけを指令室へ呼び寄せ、そう伝えた。

その時には、ディリヤに大人の責任を説いてきた者たちはもう一人も残っていなかった。

最初期から狼狩りに所属していた兵士で残っているのは、ディリヤだけになっていた。

隣を走ってた奴が、その日の夕飯時に隣にいない日が増えて、最後にはもう誰も隣にいなくなった。

だから、やっぱり、……あぁ、運だな、と思った。

俺の運が尽きるのはいつだろう、そう思った。

いずれはディリヤも、「隣を走ってたアイツが今日の晩メシ時にいない」と思われる側になる日がくるのも近かった。

「こんな作戦、愚かだ」

軍人が言う言葉ではないが、上官の手には極秘の指令書があった。

端的に言うと、暗殺命令だ。

某国が贈る金狼族への献上品に刺客を紛れ込ませて金狼王を殺せ、という命令だ。

ディリヤは、瞬時に己の責務と役割を理解した。

ディリヤは、自分がこの作戦で死ぬことを理解した。

成功しても、失敗しても、死ぬことを把握した。

暗殺に失敗すれば、狼に喰い殺される。

暗殺に成功しても、暗殺に関係した者は口封じで味方に殺される。

「給金、今作戦の特別手当と弔慰金および恩給の清算と先払い。今作戦にあたっての必要な装備品の手配と支給」

ディリヤは即座に要望を出し、そのほぼすべてが聞き届けられた。

まぁ、どうせディリヤは死ぬだけだ。

死ぬためのお膳立ては、目の前にいる上官の下にいる優秀な部下どもがする。

ディリヤは、ただ実行するだけだ。

作戦を頭に叩き込んで、それを体に覚え込ませて、実行するだけ。

でもまぁ、もし、この場に狼狩りの大人たちがいたら、きっと、こう言うだろう。

「アスリフの赤毛、お前が一番苦しい役回りかもしれん」

「さんざん狩りまくった狼に喰われながら腹上死か、笑い話にもならんな」

「お前の持ってる短刀、よく切れるだろ？　いざとなったらそれで死ねよ、そのほうが楽だ」

「絶対に狼に捕まるなよ」

生きていたなら、皆、口をそろえてそう言っただろう。狼に喰い殺されてきた兵士を、何人も、何十人も、見てきた彼らなら、きっとそう言っただろう。

「故郷への連絡は……」

「金だけ送りたいので、確実な方法で手配を。このご時世、送金機関も信用できませんから」

「私が責任を持つ。……君、家族は」

「いません」

「遺品は」

「軍で処分してください」

「なにか、言い残すことは……」

「責任はまっとうするつもりですが、成功するとは限りません」

そう言った時の、あの上官の顔。

金狼族の王が一人死んだところでこの戦況は覆らないのだと物語る、あの、なんともいえぬ歪んだ表情。

成功しない確率のほうが高いことを承知のうえで、己の手脚としてよく働いた部隊の、その最後の一人に死ねと命令するしかない理不尽な状況。

ディリヤがそれを分かったうえで不平不満も垂れずに命令に従う姿を見た時の、あの絶望。

傭兵のディリヤではなく、職業軍人のこの上官が絶望するような現状。

「すまない」

「気にしないほうがいいですよ。気にしてたら、アンタ、戦争終わってからまともに生きていけないですよ」

こんなことでいちいち罪悪感を覚えて苦しんでいたら、ぜんぶ終わった時に普通の生活に戻れなくなりますよ。

……あぁ、だからアンタは前線の指揮じゃなくて、ここにいるんですね。本国の大将閣下のご子息だから、この、安全な場所にいるんでしょうね。

この安全な場所で終戦を迎えて、狼狩りが立てた手柄を手土産にして本国へ戻り、出世する。約束された将来だ。

いい時期に赴任してきましたね。

「君は、国のために死ぬのか」

「…………」

馬鹿だなぁ、この人。

十七のガキに、国家に殉じるほどの大義名分なんてあるわけないだろ。

国に対する責任なんか持ってるわけねぇだろ。

この国の生まれでもないのに、愛国心なんかあるわけねぇだろ。

俺が死ぬのは、俺の命に責任を持ってるからだ。

死に方は、自分で決める。

生き方も、自分で決める。

自分で決めたら、責任を持って、生きて、死ぬ。

ただそれをまっとうする。

それだけだ。

死ぬも生きるも、俺の自由だ。
誰にもこの死を嘆いてなんかいらない。
悼んでなんかいらない。
悲しんでなんかいらない。
偲んでなんかいらない。
思い出してなんかいらない。
この生も、死も、俺のものだ。
誰の責任にもさせない。
いいことなんかなにもなかった人生。
そうして終えるのだ。
生きている時も、死ぬ時も、死んだあとも。
誰かを愛することも、愛されることもなく。
誰かにこの名の意味するところを伝えることもなく。
それを差し出す先もなく、分け与えることもなく、
尽くすこともなく。

　それを差し出すことの喜びも、受け入れてもらうことの喜びも知らず。

　マディヤディナフリダヤは、ただ、生きて、死ぬのだ。

殿下のつがいの可愛い話

1．他愛もない話

ディリヤはあまり表情が変わらない。

平常時も、アシュを叱っている時も、美味（おい）しいものを食べた時も、痛い時も、苦しい時も、楽しい時も、嬉しい時も、ほとんど表情が動かない。

感情を頬に乗せるのが得意ではないのだと思う。

本人は笑顔のつもりでも、ほんのわずかに頬がゆるむ程度のはにかみにしかならない。

本人がしかめっ面を作って、子供にも分かりやすく叱っているつもりでも、わずかに目もとが厳しくなる程度でしかない。

大怪我をした時にはさすがに表情を歪めるが、それも「出産より痛いことなんてないから、たいしたことない」と気丈に振る舞う。

楽しい時も、嬉しい時も、本人はすごく表情が動いているつもりらしいが、隣で見ているユドハからすれば、そうでもない。

「でもそれは、いままで、お前が感情を表に出しても、どうした？　と尋ねる誰かが傍にいなかったからだろう」

ユドハはそう指摘した。

親兄弟、友人、恋人もいなかったディリヤは、感情を表に出しても、それに反応を返してくれる相手がいなかった。

相手がいないのに、感情を表に出す必要はない。

感情を表情に乗せるだけ、徒労だ。

自分の気持ちを伝える相手がいないなら、自分の感情は自分のなかで処理するしかない。

そうするうちに、相手に伝えることを諦める。

最初から、誰かになにかを期待しないのが当たり前になる。

そうして生きるうちに、自分の感情を自分のなかで押し止める癖がついたのだろうとユドハは推測する。

「もともと言葉数も少ないほうじゃないか？」

「すごいな、なんで分かるんだ？」

「そりゃぁな……」

気持ちを伝える相手がいないなら、言葉を使って分かり合うほどの近しい相手もいなかったはずだ。

戦争中や、仕事の時は、それこそ、感情よりも優先するものがある。

命のやり取りをする場面では、言葉を簡潔に用い、的確な指示や明確な伝令を相手に届けられれば、多くの言葉を必要としない。

もっと突き詰めれば、兵士が敵を殺す時に、感情や思考、言葉は必要ない。

ディリヤが自主的に選んできた仕事も、他人とのかかわりや会話を優先するものではなく、言葉や感情もまた不要なものが多かった。

「アシュが生まれてからは、できるだけ喋りかけようと思って、頑張ったんだ」

ディリヤはそう言う。

そうして意識して頑張らなくてはならないほど、口数が少なかった。

それほどまでに、一人で、強く、生きてきた。

「だから、一人で頭のなかでたくさん考える癖がついたんだな」

「アンタはなんでいつも俺のことがそんなに分かるんだ？」

ディリヤはとても不思議そうにユドハを見つめる。

ディリヤ自身ですら言葉にしにくい、ディリヤ自身の感情、考え。その、実体のないものを、ユドハがいつも納得のいく言葉で表現してくれる。

ディリヤにはそれが不思議らしい。

そんな時、ユドハはこう答える。

「いつもお前を見ているから」

「それじゃ答えになってない」

「……そうだな、突き詰めて言えば、俺がお前を理解したいと思うから、だろうな」

「なんというか、アンタの答えはいつも、こう……難しい」

ディリヤは、なんとなく分かったような、分からないような、難しい顔をして、「アンタは誰かの上に立つ人だから、他人の表情の変化とか、心の機微とか、そういう細かいところにも気が付くんだろうな。きっと、観察眼が鋭いんだ」と、すこし見当外れな誉め言葉をくれた。

「すこし違うな」

「違うのか？」

「お前が好きだから、お前を理解したいんだ」

政治や軍事とは違う。

好きだから、理解したい。

好きな人のことをすこしでも知りたい。

好きな人の考えていることを、すこしでも理解したい。

分かりあいたい。

好きな人の、好きなものをひとつでも多く知りたい。

好きな人を喜ばせたい。笑わせたい。楽しませたい。

幸せにしたい。

ユドハとつがいになってよかったと思ってもらいたい。

だから、ディリヤを理解しようとする。

そして、ディリヤのことを一番に知っているのは自分でいたい。

ほかの誰かでは許せない。

これは、愛情と独占欲と、執着だ。

狼の本能であり、ユドハの性格だ。

そうしてディリヤを理解することも、ユドハには幸せな行為だから。

「それに、お前はわりと分かりやすい」

幸せな時は目もとが優しくなるから、ディリヤは簡単だ。

アシュを見守っている時のディリヤは、とても優しい目をする。可愛くて可愛くてたまらないと、そんな様子でアシュを見ている。

アシュを叱ったり、躾(しつけ)をしている時でさえ、「ディリヤはアシュが可愛くてたまらんのだろうなぁ」と見てとれるほど、子を想う親の表情をしている。

アシュを見つめる眼差しだけではなく、ユドハを見つめる眼差しもまた、正直で、雄弁だ。

ユドハのことが大好きでたまらないと視線で伝えてくる。

ユドハを見つめている時のディリヤは瞳がキラキラしているし、この世で一番美しい表情をする。

でも、それは、ユドハを見た時だけに見られる表情だから、ユドハ以外の誰も知らない。

これは、ユドハだけに許された幸福であり、特権だ。

ユドハだけに向けられる、ディリヤの愛ゆえの、特別なものだ。

そして、なによりも特筆すべきは、ディリヤが狩りをしている時の眼だ。

アスリフのけものの眼だ。

城へ来た頃、ディリヤは何度か金狼族を相手に立ち回った。自分よりも図体の大きなオス狼を相手に、見事に戦い抜き、勝利した。

あれぞ、オスの眼だ。

血を流し、拳を使い、刃を振るう。

家族を守るために、戦う。

守るべきもののためになら、敵を屠ることに躊躇いを見せない。

その眼差しの美しさ。

意志の強さ。

ユドハはそれを目の当たりにした時、興奮した。

正直なところを言うと、ディリヤの戦闘能力の高さに惚れた。

強さに惚れた。

アシュを守り育ててきた心根の強さにも惚れていたが、物理的な強さにも惚れた。

かつて、ユドハは、その時のことをエドナに吐露したことがある。

「あの瞳に射貫かれるたび、心臓が高鳴ります」

「まるで恋する乙女ねぇ」

エドナからは、そんな言葉をもらった。

確かに、そのとおりだと思った。

ディリヤと会うたび、ユドハは惚れ直していた。

なんて強い男なのだろう。そう思うたび、ユドハはディリヤに恋をした。

そんなにも強く逞しく美しい男が、ユドハのつがいなのだ。毎夜、ユドハに組み敷かれ、この腕のなかで身悶え、感じていることを隠しもせずユドハに伝えてくれる控えめに喘ぐ声も、きもちいいと譫言を漏らす声も、ユドハだけが聞ける。けもののように乱れる姿も、すべて、ユドハだけのもの。

こんなにも強い男が、ユドハに抱かれることを喜び、子を孕み、産んでくれるのだ。

ユドハは、自分のつがいと子を己の巣穴に囲い込み、己の縄張りの内側で大事に大事に守りたい性格だ。

そのうえで、ユドハはこうも思う。

ディリヤという赤毛のけものは、ユドハの巣穴や縄張りを、そこで安穏と暮らす子を、ユドハと同じように守る存在でもあるのだ、……と。

ユドハは、ディリヤと子供たちを守る。

それと同じように、ディリヤもまた、ユドハと子供たちを守る。

いままで、守ることばかりが幸せだったユドハに、ディリヤは、初めて、背中を預けることの心地好さを教えてくれた。

ディリヤは、その身を以って、ユドハに愛を知らしめた。まず、行動することで、ユドハに真摯に向き合ってくれた。誠実であろうと努力してくれた。

「アンタはなんでそんなに俺の考えてることが分かるんだ？」

その日も、ディリヤはそう尋ねてきた。

ディリヤはこういうところが可愛い。

まるで好奇心旺盛な子供のようだ。

本当に不思議そうに、「すごいな、魔法使いみたいだ」と、ユドハに尊敬の眼差しを向けてくれる。

その表情が「すごいねぇ、ユドハ」と言う時のアシュにそっくりで、「親子だなぁ」とユドハは微笑まずにはいられない。

「微笑ましい顔してないで、返事」

「お前はいつも態度で示してくれるからな」

返事をねだられて、ユドハは、その日、そう答えた。

そう、それが答えなのだ。

表情では分からないことも、行動を見ていれば分かる。

ディリヤは、ユドハが根を詰めて公務をこなしていると、心配していることは顔に出さず、夜食を作ってくれたり、すこしでも眠れるように毛繕いをしてくれたり、小休止を取るようにユドハを誘導してくれる。

ユドハの帰りが遅い日や、自宅へ帰れない日が続くと、「こちらは大丈夫。家族全員元気。そちらも食べて眠ることだけはしてください。返信不要」と短い近況報告を手紙にしてくれて、ユドハを安心させてくれる。

自分が口下手で、表情が乏しいことを自覚しているから、できるだけ態度で示そうと努力してくれている。

ユドハを愛することを、一所懸命にしてくれる。

愛を尽くしてくれる。

ディリヤは、いつも、いつも、いつも……ユドハのことを思ってくれている。

それを、行動で示してくれる。

だから、表情があまり動かなくても、分かることがたくさんある。

だが、共に暮らし始めて一年ほどだ。

分かることが増えたとはいえども、まだまだ分からないことも、知らないこともたくさんある。

これからの長い人生で、アシュや、これから生まれてくる双子と一緒に腹を抱えて「幸せで死にそう」とディリヤが大きな口を開けて笑い転げる日がくるかもしれない。

ディリヤの性格上、それは難しいかもしれないが、そうなるくらい、なんの憂いもなく笑って過ごせる日々を作っていきたいとユドハは思う。

ディリヤと二人で作り上げていきたいと思う。

ディリヤとアシュが城へ来てまだ四ヵ月。

ユドハは、ディリヤと他愛ない話をしながら改めてそう思った。

ディリヤとアシュが城で生活を始めて四ヵ月とすこし。

クシナダとの一件の後始末で、ユドハは十日ばかり家に帰れぬ日が続いていた。

ディリヤは双子を腹に抱えて、家でじっとしていることが多い。時折は散歩などもしているらしいが、つわりや体調不良で臥せっていることが多い。

できるかぎり、仕事を家に持ち帰ってディリヤの傍にいるようにしていたが、どうしてもユドハ本人がいなければ進まない公務もある。

大事な時期にユドハが留守をして、ディリヤは慣れぬ場所でアシュと家に二人きり。

心細い思いをさせているだろう。外出もままならず、気が滅入っているだろう。贈り物や食べ物、余興や暇潰しがどれだけあっても気が晴れぬだろう。

そうしたことばかりが気がかりで、ユドハは家路を急いだ。

深夜に帰宅したユドハはディリヤとアシュの寝顔を見て、なぜか、自分のほうが安堵していた。

二人ともがよく眠っている姿を見て、肩から力が抜けた。この十日間、張り詰めていたものが自然とやわらいだ。

家族の寝顔を見ただけで、こんなにも気持ちが安らぐのだと、ユドハは初めて知った。家族が幸せに眠ってくれているだけで、こんなにも嬉しいのだと、初めて知った。

そうして、またひとつ幸せを知れて、それがまた、たまらなくユドハを幸せにしてくれた。

ユドハは眠るディリヤの隣へもぐりこみ、アシュを抱いて眠るディリヤごと抱き寄せ、短い眠りについた。

「出かけるのか？」

夜半、ディリヤが目を醒ました。

「すまん、起こしたか？」

短い眠りに耽ったのも束の間、ユドハは再び寝床を出ていた。

身支度を整えていたユドハは寝台へ歩み寄り、寝乱れたディリヤの髪を撫で梳く。

ディリヤの隣では、両手足を伸ばしたアシュがのびのびとよく眠っている。

「いつ帰ってきたんだ？」

「数時間前」

「……まだ夜中だ。また出かけるのか」

「あぁ、寝ていてくれ。軍務ですこし急ぎの事態が発生したんだ。今日の昼には一度戻る」

「分かった」

ディリヤは頷き、寝床を出ると、ユドハの身支度を手伝った。

寝ていていいと言っているのに、ディリヤのこういう優しさにユドハは救われる。

ディリヤは手櫛でおおまかにユドハの鬣の流れを整え、櫛を使って、手早く、美しく、人前に出られる毛並みに仕立ててくれる。

ユドハは、着替えや身支度に他人の手を借りない。厄介な礼服などの時は侍従に手伝ってもらうが、基本的に、日常のことは自分でするのがユドハの流儀だ。

それに、軍服なぞは手早く着られるようになっているので、人の手を借りるほうが余計な時間を食う。

それで言うと、ディリヤは実に気配りが行き届いていて、一人でするよりももっと早く身支度が整う。

ユドハが上着に手を伸ばそうとすれば、ディリヤが既に上着を手に持ち、前を広げ、袖を通しやすいようにユドハの背後に回ってくれているのだ。

「では、いってくる」

「いってらっしゃい、気を付けて」

この日も、ディリヤの顔だけを見ていると、やはり、あまり表情に変化はなかった。

ユドハと離れることも、特に名残惜しそうでもなかった。その表情からは、心細さも、さみしさも、不安も、なにも、感じ取れなかった。

今日だって、十日ぶりに一緒の寝床に入れたというのに、ほんの数時間で離ればなれにされた。

なのに、「しょうがない」という表情でもなく、別れを我慢している表情でもなく、悲しげでもなく、ただ、淡々と「それがアンタの仕事で、俺はアンタのつがいだから、こうなることも承知のうえだ」といった様子で、見送りに立ってくれた。

「ではな……」

「ん」

ユドハが戸口へ足を向けると、ディリヤも後ろに続く。

「ディリヤ」

「うん、いってらっしゃい」

「…………」

「ユドハ、どうした？」

もう出かける準備は整ったのに、いつまで経ってもユドハが戸口から先へ進まないことにディリヤが首を傾げる。

「さみしいな、すまん。早く帰ってくるからな」

「……あぁ、もう……まただ」

ユドハに謝られて、ディリヤはそれでやっと、また、自分がユドハの尻尾を摑んでいることに気付いた。

気付いて、居た堪れないような、恥ずかしいような顔をして、「ごめん」と詫びて、手を離した。

素直でかわいいディリヤ。

ここぞという時に、はなれがたさを感じて、こうして尻尾を摑んでしまう。

今日は、よっぽど離れたくなかったのだろう。

部屋を移動する間、ずっとユドハの尻尾を摑んで、戸口まで歩いた。

あまりにもその姿が可哀想で、可愛くて、健気で、このままディリヤを置いて仕事へ行くことができなくて、ユドハは思わずこう言ってしまった。

「このまま一緒に仕事場まで行くか？」

「いいのか？」

いつもなら、「公私の区別はしろ」と言うディリヤが、ぱっ、と顔を輝かせた。

それは、ユドハが初めて見る表情だった。

その顔が、あんまりにも可愛くて、子供みたいに無邪気に喜ぶ笑顔で、アシュが笑う仕草によく似ていて、ユドハはたまらずディリヤを抱きしめた。

「……ユドハ？」

「おいで」

おいで、と言いながら、ディリヤを抱き上げた。

「ユドハ、下ろせ」

「いやだ、連れて行く」

「まだ、寝間着……」

「そうだな」

「アシュが……」

「分かってる」

その足で寝室へ戻り、眠るアシュをディリヤに抱かせて、ディリヤごとアシュを絹の肌掛けで包む。

「これなら、俺以外の誰の目にも触れない。昼まで執務室の隣の部屋にいろ」

「靴……」

「帰りもこのまま抱いて連れて帰ってやる」

「アシュの、朝メシ……」

「運ばせる」

「……でも」

「いいから、そうしろ」

すべての言葉に対応策を返して、最後の最後には有無を言わせず部屋を出て、廊下を歩く。

「……ユドハ」

「なんだ？」

「仕事場に入ったら、絶対に邪魔しないから……」

「お前の性格なら、そうだろうな」

「今日だけ、だから……」

「分かった、今日だけの特別にする」

「……なぁ、ほんとに……」

「邪魔じゃない」

「そっか……」

「そうだ」

「うれしい」

「そうか」

ディリヤはしっかりしているようで、寝起きはちょっとぼんやりだ。腹に子を抱えていることもあってか、どこか注意不足で、ぼんやりが極まる。

こういう時のディリヤは、いつもよりすこし素直に甘えてくれる。

素直な感情が表情として溢れる。

そんなディリヤをユドハが守って、甘やかす。

「…………」

甘えたなディリヤが、ユドハの懐で丸くなる。

アシュを抱きしめて、肩でひとつ息をして、ユドハに体重を預けてくれる。ディリヤの小さな頭がユドハの首筋の飾り毛に埋もれる。

本当はユドハの首に腕を回したいのだろうが、ディリヤの腕はアシュを抱いている。だから、代わりにこうして狼のようにユドハに甘えてくれる。

十日間も、同じ寝床に入る時間がないほど離れていた。腹に赤ん坊がいるのに、アシュと二人きりでさみしく、心細く、不安にさせた。

お互いに大人で、お互いに立場を理解していて、お互いに親だから、お互いに辛抱していた。

だからと言ってはなんだが、深夜の呼び出しの時くらい、その往復路で親子水入らずの時間を過ごすくらいは許されるはずだ。

公務に励む王代の執務室の、その隣室に、身重の伴侶と我が子を置くくらいは許されるはずだ。

それができるのが、ユドハの特権なのだから。

「ユドハ」

「なんだ？」

「ちょっとでも長く、アンタと離れずにいられるのは、うれしい」

「あぁ、俺も嬉しい」

月明かりの下、歩く。


初めて出会った日も、こんな月明かりだっただろうか……。なんとなしに二人ともが考えて、どちらからともなしに唇を重ねた。

そうしたら、ディリヤがあんまりにも幸せそうな顔で笑うから、あぁ、我がつがいは、こんなにも愛らしい表情をするのだと、ユドハはまたひとつ幸せを知れた。

ディリヤが「なにか嬉しいことあったか？」と尋ねてくるから、「お前の愛らしさをまたひとつ知れた」とユドハが答えた。


月の光を浴びて、金の狼が赤毛を抱いて歩く。

束の間すら惜しんで、つがいが、十日分の他愛ない言葉と感情を行き来させる。

互いの耳を打つ言葉に、穏やかな安らぎを得る。

睦み合うつがいの、その隙間では小さな仔狼がくぅくぅ。大好きなディリヤとユドハ、両方のにおいに包まれて、かわいい寝息を立てていた。

「アンタに協力してほしいことがある」

「俺にできることならなんなりと」

ディリヤの言葉にユドハは二つ返事で頷いた。

「たいしたことじゃないんだ。週に一回か二回、アンタを、こう……お姫様だっこさせてくれると嬉しい」

ディリヤは中空でユドハを持ち上げるようにお姫様だっこの真似をする。

「……？」

「それから、ちょっとした力比べなんかをしてもらえると大変ありがたい」

「……おひめさまだっこと……」

「ちからくらべ」

「俺が、お前に、お姫様だっこをされるという理解で間違っていないか？」

「間違ってない」

「……分かった」

「どうもありがとう」

「それで、俺はなにをどうすればいいんだ」

「そこに突っ立っててくれ」

「分かった」

ユドハが頷いてまっすぐ立っていると、ディリヤが深呼吸して肩を回し、ユドハの背後に回る。

「……っ！」

ユドハの背中と膝裏に腕を回したディリヤが力を籠めた。

「…………」

「…………」

「…………」

「無理だな」

「……あぁ、無理だと思う」

ディリヤがしみじみとそう結論づけるので、ユドハも同意した。

たぶん、ディリヤも不可能を理解したうえで試したのだろうが、改めて無理だと確信したらしい。

「そもそも、背中と膝の裏に腕を回すことすらギリギリだった」

「すまん……俺の図体がデカくて重いばっかりに……」

「いや、デカくて重いのはいいことだ。次の協力を頼んでいいか」

「もちろん」

「じゃあ、こっちに来てくれ」

ディリヤに手を引かれて、ユドハは窓際のテーブルに誘われる。

ユドハが席に着くと、ディリヤはクッションをひとつ持ってきてテーブルの上へ置いた。

ディリヤ自身はユドハの対面へ腰かけ、そのクッションに肘を乗せる。

「次は力比べか？」

「そう。腕相撲」

ディリヤがクッションに肘を立て、手を差し出す。

ユドハも同じようにして、ディリヤと手を組んだ。

お互いにもう片方の手はテーブルの端を摑み、「そちらの合図でいいぞ」「どうも」と声をかけあって、ディリヤの合図と同時に腕に力を籠める。

力比べではあるが、ユドハが本気を出すとディリヤの腕が折れるので、そこは加減する。手加減されていると分かったうえで、ディリヤは自分の出せる力をぜんぶ出す。

そもそも体格差があるから、ユドハの手中にディリヤの手がすっぽり隠れてしまい、正しい腕相撲にすらなっていない。

この力比べもまた、双方ともに、ディリヤが勝てないことを承知していた。

ディリヤにしてみても、いま自分の力がどれくらいなのか、それを推し量るためにこうしているだけであって、勝つことが目的ではない。

「……っは、っ」

息を止めていたディリヤが大きく息を吐き、腕の力をゆるめる。

「無理はするなよ。筋を痛めるぞ」

「ん、そうする」

ディリヤは一度ユドハから手を放し、赤くなった手を振って脱力させる。

「さて、説明してもらおうか？」

「お姫様だっこと力比べの？」

「そうだ」

「この前、アシュが言ったんだよ。アシュがユドハみたいにおっきくなったら、ディリヤにだっこしてもらえないねぇ……って」

「なるほど」

「あまりにも悲しげに言うから、できるだけ長くアシュをだっこできるように鍛えようと思った」

ララとジジを産んでから、かなり体力も落ちたし、筋力も減った。

これから鍛えるにあたり、今現在の自分の力量を知るためにユドハに協力してもらった。

村にいた頃は、ただ生活しているだけで訓練になったし、体も鍛えられたけれど、ここは平地だし、日常的に狩りもしないし、山の登り下りもしない。

日課として毎日同じ山にでも登っていれば、初日に比べて半年後のほうが楽に山に登れるようになったな……と判断することもできるけれど、ここではそれも難しい。

だから、ユドハを相手に自分の力量を推し量ることにした。ユドハなら毎日一緒にいるから、週に一度、訓練の成果を確かめるのにぴったりの役割だった。

「せめて、アシュがもうだっこしてほしくないって言う日がくるまでは、望まれればいつでもだっこできるようにしときたいんだ」

「お前はいい親だな」

「いい親である努力はしたいと思っている。さて、国王代理をだっこの練習に使って大変申し訳ありませんが、何卒ご協力のほどを……」

「ご随意に、我がつがい殿」

さて、もう一戦。

力比べだ。

クッションに肘を置いて、ユドハとディリヤは再び手を組み合う。

一度目よりも粘れるようにディリヤはぐっと力を籠めて、斜め下を見ていた視線をユドハのほうに持ち上げて、「それと、合法的にアンタといちゃいちゃする方法だな、って、ちょっとだけ思ってた。これ、名案だろ。こうやって手を繋いで向かいあってるだけでどきどきする」と笑った。

ユドハは、こういうのに弱い。

「あなた、ディリヤに恋する乙女のようねぇ」

エドナをしてそう言わしめるほどに、ユドハはディリヤの何気ない口説き文句にいつも胸をどきどきさせられていた。

ディリヤを前にすると、百戦錬磨のユドハも単なる恋する男でしかなくなってしまうのだ。

愛してやまないつがいから、まっすぐな好意や愛を向けられてしまうと、その幸いを噛み締めるうちに、胸がいっぱいになってしまう。

「ユドハ？」

ユドハの腕の力がゆるんだ瞬間、ユドハの手の甲がクッションに倒れた。

「すまん」

「急に力がゆるんだ。アンタなにかよそ事を考えてただろう？」

「お前のことを考えていた」

「俺が目の前にいるのに俺のこと考えてたのか？」

「そうだ。お前を見ながらお前のことを考えていると幸せなんだ」

「そっか……じゃあしょうがない。俺のこと見ながら俺のこと好きなだけ考えてくれ。でも、もし可能なら、俺の力がどれくらいのものか、それも考えてくれるとうれしい」

「分かった。努力しよう」

三戦目。

手を組んだまま、ユドハの手の中でディリヤがその手をしっかりと握り直す。

なんでも一所懸命なディリヤ。

腕相撲なんて、お姫様だっこなんて……そんな児戯にも等しいバカげたことを……と思う暇もなく、こんな些細な日常の戯れでユドハの気持ちを明るく、楽しく、心穏やかにしてくれる。

こうした何気ない日常をユドハに持ちかけてくれるのはディリヤだけだ。

まるで、昔からの学友のように、幼馴染のように、親友のように、戦友のように、そして、恋人のように、常に対等である伴侶のように、ユドハの傍で自分らしく生きてくれる。

ディリヤがそうして生きてくれるから、ディリヤの傍にいるユドハも自分らしさを取り戻せる。

ディリヤのいる場所が、日々、忙殺されがちなユドハにとっての唯一の安らげる場所になる。

ディリヤのこうした思いつきやアシュの希望を叶えようとする真面目さに触れると、自分もこうした日々の何気ない楽しみを忘れずに生きねばと改めて思わせてもらえる。

こうした時間を過ごすことで、心安らぐ自分がいる。

「ユドハ」

「どうした？」

ディリヤの全体を見つめていた目線を、ディリヤの瞳へと移動させる。

「………」

ちゅ。身を乗り出したディリヤがユドハの鼻先に唇を押し当てた。

「………」

「なんだ、ちがうのか？」

「なんで、むしろ、逆に……そうだと思ったんだ？」

「だって、俺のこと大好きな目で見てるから、してほしいのかと思った」

「ちょっとちがう」

「ちょっとちがったか。まぁいいや」

アシュみたいな言い方で笑って、「ほんとは俺がしたかっただけかもしれない」と笑った。

笑った顔がまた可愛くて、今度はユドハが、かぷっ、とディリヤの鼻を噛んだ。

噛まずにはいられない衝動があった。気付いた時にはもうそうしていたから、これはユドハの本能だ。

ディリヤはすこし驚いた顔をして、「そんなに熱心に見つめられたら、溶けてなくなっちゃいそうだ」と、アシュが笑って言うみたいに、くすぐったげにはにかみ笑った。


「かわいい」

かわいい、かわいい、かわいい。

目の前にいる我がつがいが可愛い。

尻尾が我慢できない。この衝動を抑えられない。常日頃、何事にも自制心を発揮するユドハだが、ディリヤを愛でることにかんしては、なにひとつとして辛抱できなかった。

「かわいくてたまらん」

「アンタが俺を可愛いって言う瞬間は、いつもよく分かんないな」

「四六時中可愛いと思っている」

「……お、おぉ……すごいな……」

「この可愛いは、愛しいだ」

「うん……」

急にディリヤの口数が少なくなる。

「どうした？」

「……なんでもない。ただ、ちょっと噛み締めてるだけだ」

もうちっとも力の入ってない手でユドハと手を繋いだまま手前へ引き寄せ、ユドハの拳の骨に唇を押し当てる。

愛しい愛しいつがい。

ディリヤと一緒にいる時だけ、眉間の皺がなくなって、尻尾がくったり寛いでいる。かと思えば、急に尻尾がぱたぱた揺れたり、テーブルの下でディリヤの足に絡みついてくる。

そんな姿を見せられたら、愛しくてたまらない。

愛し愛されることの喜びを、こうした何気ないひと時に知っては、言葉にならない幸せな感情で埋めつくされる。

ディリヤは、いまその幸せを噛み締めているのだ。

「ディリヤ、ひとつ俺にも協力してくれるか？」

「喜んで」

「では、こちらへ」

ディリヤの返事をきくなり、手を繋いだまま席を立たせる。

まっすぐユドハを見上げて見つめる。ディリヤの腰に腕を回し、爪先が浮くほど抱き上げた。

ディリヤは「抱き上げられたあとに俺がなにか協力するのかな？」という顔で、ユドハのすることを見守り、次の言葉を待ってくれている。

ユドハは、そんなディリヤの唇に口吻の先を押し当てる。

それでもディリヤは「このあとに俺が協力することがあるのかな？」とまだ待ってくれている。

だからユドハは「俺がお前を愛でることに協力してくれてありがとう」と笑った。

そうしたらディリヤはまたひとつ可愛く笑って、「もっといろんな可愛がり方をしてくれていいぞ」とユドハの頭を抱きしめて、耳と耳の間に顔を埋めた。

ディリヤは自分の匂いをユドハにすりつけて、自分の匂いが大好きなつがいと同じ匂いになるようにくっついて、体のぜんぶでユドハを抱きしめる。

ユドハも同じようにして、毛並みが乱れるほどディリヤに頬を寄せて、強く強く抱きしめた。

そうして、いつまでも飽きることなく、つがいとじゃれあった。


後日。

「ユドハ、ちょっとこっち来い」

「…………」

「……っ！」

おもむろにディリヤがユドハをお姫様だっこしようとその場で踏ん張る。

ユドハは、きゅっと胸の前で腕を組んでちょっとでも小さくなろうと頑張り、すこしでもディリヤの負担を減らすように片足を自力で持ち上げて地面から浮かした。

遠目から見れば、それは到底お姫様だっこをしようとする二人の姿ではない。

謎の状態だ。

「……あの夫婦、時々よく分からないことをするのよねぇ……」

通りすがりのエドナが、仲睦まじくじゃれあうつがいに微笑み、ディリヤが膝や腰を痛めないことだけを祈りつつ、そのまま通り過ぎた。

「あそんでるの？　ディリヤとユドハ、あそんでるの？　あしゅもあそぶ？」

そんなディリヤとユドハを見つけたアシュが、浮かせたほうのユドハの足にしがみつき、ぷらぷらぶら下がって揺れていた。

遠目から見ると、よりいっそう訳の分からない状態だったが、家族そろって楽しそうに笑っていた。

3. 秘密を知るのは殿下だけ

かつて、顔見知りの敵から「お前は一体いくつ武器を隠し持ってるんだ?」と問われたことがある。

敵に己の武器の数を正直に申告するはずもなく、ディリヤは「ケツの穴まで調べてみるか?」と煽って、笑い飛ばしてやった。

「それで……お前の武器は一体いくつあるんだ?」

ユドハまでそう問うてくるから、ディリヤは「アンタは特別」と笑って、ユドハの膝に乗った。

不思議そうにするユドハの首に両腕を回し、三角耳に唇を寄せ、「殿下、どうか隅から隅までこの体をご検分ください」と甘く囁く。

ユドハは片目を眇(すが)めて口端を持ち上げ、「では、早速」と上着越しにディリヤの体に触れた。

「まずは……上着の袖の左右に二本ずつだ」

「ご明察」

「それから……背中側、服の裏地の縫い目に一本」

「うん」

耳もとで囁かれる低い声に聞き入り、ディリヤは目を閉じる。

上着に仕込んだ武器は、刃は平たく、爪の厚みほどしかない。紙のように薄い持ち手は上着の上から触れたくらいでは分からない。もちろん、姿勢を崩した時や不意の事故でディリヤ自身が負傷しないように対策もとっている。

身が重くなるのは苦手だし、素早い対処を重視しているから、上着に重い武器は仕込んでいない。

「ここと、……それから、ここだ」

上着を一枚脱がせ、床へ落とすまでの間に、ユドハはもう一つ、二つ……と武器を見つける。

「……っ、ん」

ユドハの大きな手がディリヤの腰を摑み、服の上から肌を撫であげる。脇の下までその手が辿り着くと、ディリヤは「くすぐったい」と身をよじった。

「見つけた」

ユドハの指に硬質な感触が触れた。

服地の下に隠されている刃を確かめるべく、首もとからひとつずつボタンを外し、ディリヤの肌を白日にさらす。

人間の体は細く、毛皮に覆われていない皮膚は薄く、骨も脆い。肌着は身に着けているが、普段は隠れている鎖骨が露になった途端、頼りなさを感じてしまう。

「もっと、ふつうに……探せ」

ディリヤは短く吐息を漏らし、不平を垂れる。

武器を、ひとつずつ剝がされていく。

まるで身包みを剝がされるように、無防備にされていく。

ユドハの手で、無力な生き物にされていく。

それだけでもたまらない気持ちになるのに、ユドハの手の熱さがディリヤの内側を刺激する。

「普通に触れているつもりだが、その気にさせてしまったならすまない」

「…………」

「今日は我慢を覚えてみるといい」

可愛くて凶暴なけものを躾けるように、ユドハがディリヤの耳朶を噛む。

それでまたひとつディリヤが肩を震わせるから、ユドハは「我慢だ」といじわるを囁く。

肌着一枚にされるとどうにも心許なく、ディリヤは狼の膝の上で身じろいだ。意図せず、両足を開いて跨いだユドハの太腿に自分の下肢を押し当てるような動きをしてしまい、「いまのは、ちがう……」と弁明する。

「あぁ、いまのはちがうな」

「……ん」

「では、検分を続けよう」

「はやく……」

「急かすな、我慢のできる賢いけものには、あとで褒美があるぞ」

「…………」

がぶり。ユドハの耳に噛みつき、抗議を示す。

ユドハはディリヤがじゃれつくのを笑って許し、はだけたシャツの前から手指を差し込んだ。

「いつも、これが曲者だ」

ユドハがまたひとつ笑う。

よく鞣した革のベルトが、肌着越しのディリヤの肌を這っている。これは、短刀を隠し持つために必要なベルトだ。

風呂や就寝の前後は外しているが、大抵は装備したままにしていて、身に馴染んでしまえば服の一部とさほど変わりない。

だが、ユドハにしてみれば、思いがけず事に及ぶにあたり行く手を阻む難所になる。

「だが、これはこれで……好ましい」

使い込まれた革はやわらかく、布一枚を隔てているとはいえディリヤの白磁の皮膚に食い込み、骨や肉のかたちを美しく際立たせる。

狼の爪先でベルトをすこし持ち上げれば、皮膚の薄い肌は革に擦れてうっすらと朱に色づき、艶を帯びている。

「アンタ、これ、お気に入りだな」

「あぁ。……しかしながら、案外、肌に痕は残らんものだな」

「今日はそんなに動いてないし、そのへんは調整できるから」

ディリヤはユドハの手をやんわりと引き剝がし、「殿下、お触り禁止です」と窘める。

「お触りは禁止なのか」

ユドハの耳と尻尾が、残念そうにしょぼんと垂れる。

「俺だけに我慢させるつもりだったのか？」

「………」

ぱたっ。ユドハの尻尾が拗ねたように一度だけ跳ねた。

「そのかわり、こちらもどうぞお確かめください」

ディリヤは、指を組んでユドハと手を繋ぎ、己の腰へ誘う。

ユドハの手は熱い。そこにユドハの体温を感じるだけで、ディリヤの背筋にぞわりと甘い痺れが走り、腹の奥を疼かせる。

寝床で俯せになって、腰を摑まれ、後ろからけもののように交わった夜を思い出してしまう。いまのように、ユドハと向き合うかたちで座っていると、下からゆっくりと狼の一物を含まされた時の心地好さを思い出してしまう。

ユドハの手はいつも優しく、温かく、それでいて強引で、力強く、ディリヤを離さない。

ディリヤはユドハの手が好きだ。

この男の差し出す、いろんな愛が伝わってくる。

この男の隠しきれない執着が見え隠れする。

もっと乱暴に愛してくれていいのに、触れれば砕ける宝石のように愛してくれる。

それを覚えてしまったディリヤの体は、いつの間にか、ユドハの手が腰に回るだけで発情するようになってしまった。ユドハの手で腰を摑まれる、という動作だけで、頭のなかが交尾に切り替わってしまうようになった。

「ん、ぁう……」

腰を強く摑まれ、情事を想起させるような動きで下から優しく突き動かされる。腰が逃げればまた引き戻され、より深くで繋がろうと強く掻き抱かれ、離してもらえない。ディリヤを欲しがって、懐に抱えこんで、大事に大事に自分の腕のなかに囲って種を付ける。それと同じ動作を布越しに与えられる。

「……ディリヤ、お前が物欲しげな顔をしている間に、腰ベルトの隠しナイフと太腿の短刀を見つけたぞ」

「……ん、ぅ」

「ここから先は、下の服も脱がせてみんことにはなんとも……」

ユドハは立ち上がり、自分が腰かけていた椅子にディリヤを座らせた。

ディリヤの足もとに跪き、靴を片方ずつ脱がせ、「足首のこんなところにまで隠して……悪い子だ」と踝に口吻を寄せる。

「……っ」

ひく、とディリヤの爪先が震えた。

狼からすれば、人間のそれなど小さくて愛らしい赤子と同等だ。

ユドハが大きな口を開けて、その可憐な足指を頬張ると、ディリヤはまたひとつその身を震わせる。

指先から足の裏まで丹念に舌で舐め辿り、踝や踵を指で撫でるように揉み上げ、脹脛から膝裏まで武器の有無を確かめる。

ディリヤは殺傷能力の高い武器だけを隠し持っているわけではない。千枚通しのように鋭利な刃物、掌に隠せるほど小さな武器、湾曲した得物、刺した時に敵が血を流しやすい細工をした短刀など、様々だ。

ユドハは熱心にディリヤの体を弄り、武器を探す。これは並大抵では見つけられないだろうという場所にも隠されていて、まるで宝探しだ。

「あぁ、ほら、ここにもあった。……あといくつだ?」

ユドハが顔を上げて短刀の数を報告すると、ディリヤは胸を上下させ、荒い息遣いを漏らし、耳まで赤くした顔を俯けていた。

自分の腰骨に這うベルトに指を引っかけ、ベルトを取り外したいような、腰骨に食い込むそれが心地好いような、どちらとも解釈できる動作で、腰を揺らしている。

「さて、……触るのは禁止と聞いたが、よければお前がそうなってしまった責任をとろうか？」

ユドハはディリヤの股間を指の背で撫でた。

たった一度だけ、蝶が指先で羽を休めるように触れた。

「……っは……、ぁ」

ディリヤは内腿を震わせて、ユドハの手ごとぎゅっと膝をあわせて腿を閉じてしまう。

そうすると、熱を持ち、硬くなった場所にユドハの手がしっかりと触れてしまい、ディリヤは余計に顔を赤くして息を詰めた。

「……ん」

溢れそうな唾液とともに短い嬌声を呑む。

腰が勝手に揺れて、ユドハの節くれた指に股間を押し当てて、一人で快楽を得ようとしている。

行儀の悪い仕草に、ディリヤは「……ごめん」と謝り、悩ましげに眉根を寄せ、熱っぽい吐息を漏らす。

「ディリヤ」

「……な、に？」

「そのまま一人でしてみろ。見ていてやるし、手も貸してやる」

「…………」

うるんだ瞳でユドハを見つめ、ディリヤはその言葉の意味を咀嚼する。

甘美な声音に唆されそうになりながらもしっかりとその意味を理解すると、ディリヤは逡巡を見せ、甘い声でこう漏らした。

「誰かに、……見せるもんじゃ……ない」

「俺が見たい」

ディリヤが自分で自分を気持ち良くしているところを見たい。

ユドハはディリヤの膝頭に鼻先を寄せ、その膝の奥の閉ざされた秘所から匂い立つ発情したメスの欲を嗅ぎとる。

「俺が触るのは禁止だろう？」

「…………」

「ディリヤ」

「そんな顔したら、だめだ……」

そうして、好きな男から欲情した顔でねだられたら、ぜんぶ許してしまう。

この男が願うことをなんでも叶えてやりたくなる。

「はずかしい……」

「そんなお前もまたかわいい」

ディリヤの股の間にある指を、ユドハはほんのわずかばかり曲げる。そうすると、ちょうどディリヤの良いところに触れる。

ディリヤは「アンタだけ、とくべつ……」と、かすかな声で囁き、ユドハの手と己の手を使って、自分を慰めた。

ユドハにだけ、特別に見せた。

ユドハは褒美にディリヤをたっぷりと甘やかして、ディリヤの欲しいものをたっぷりと与えた。

もちろん、ディリヤの体に直に触れ、肌を這う革の下に爪先を差し入れて戯れ、身を守る術をすべて取り除き、ユドハに守られて思うさまに身悶えられるように、特別な離れがたさを与えた。

「ねぇねぇディリヤ、ディリヤは短刀を何本持ってるの？」

ある日、アシュが尋ねてきた。

ライコウやフーハク、イノリメとトマリメに見守られながら、ディリヤと一緒に短刀を使う練習をしていた時だ。

「さて、何本でしょう？」

「アシュが当てるから答えちゃだめよ。ちょっと待ってね、考えるから」

「はい。ごゆっくりどうぞ」

ディリヤは顎下に手を当てて考えるアシュを見守る。

頭のなかで数を数えているらしく、数字をひとつ数えるごとに、尻尾がひとつ上下していた。

「んー……とね！　十本！」

「いいえ」

「じゃあ二十七本！」

「いいえ」

「百本！」

「いいえ」

「ん〜〜〜……分かんない！　……みんなも分かんないね！」

アシュが首を傾げ、傍にいたみんなに笑いかける。

その場にいた大人たちも「分かりませんねぇ」とア

シュに微笑む。実際のところ、ディリヤが隠し持っている武器の数にかんしては、この場にいる誰も知らないのだ。

「正解を言いましょうか？」

「待って！　考えるから！」

「はい。分かりました」

「アシュが一番に正解するんだもん！」

「それは残念です。もうユドハが正解を知ってしまっています」

「……そうなの？」

「そうなんです。いまのところ、短刀の隠し場所と数をぜんぶ知っているのはユドハだけですね」

「じゃあアシュもがんばってぜんぶ見つけるね！」

「ぜんぶ見つけようとすると、ディリヤは服をぜんぶ脱がないといけないので、寒くなってしまいます」

「じゃあアシュがぎゅってしてあげる！」

アシュはディリヤの懐に飛び込み、ぎゅっと抱きつく。

ディリヤはアシュを両手で受け止めて「ぎゅってくっついたら数えられませんよ？」と笑った。

「数えるよりぎゅってするほうがすき！」

アシュはほっぺのお肉をきゅっと持ちあげてディリヤに頬ずりした。

……ところで、ディリヤの話を聞いていた大人たちは「服をぜんぶ脱がないと分からないところに武器があるということは、殿下しか見られないところにも忍ばせてある、という意味で……つまり殿下はディリヤ様をひん剝いてぜんぶ調べたんだな……」という考えに至り、それはそれでちょっとやらしい大人の秘密だな、と思った。

そして、そんな大人の秘密をさらっと言ってしまったことに気付いていないディリヤの純情さを可愛らしいとも思った。

4．殿下の超絶技巧集

くちづけというのは、自分の愛を示す時にとても有効な手段だ。

近頃、ディリヤはその事実に気付いた。

きっかけは、ゴーネに囚われたことだ。

ユドハが迎えに来てくれて、二人で駆け抜けた逃亡の途中、粉挽き小屋に避難したその時、ディリヤはユドハを押し倒して、その唇を奪った。

両手でユドハの頬をしっかりと掴まえて、腹に乗りあげて、「あいしてる」と叫んで、くちづけた。

会えなかった日々の我慢をめいっぱいぶつけた。

募るばかりで差し出す先のなかった想いを伝えた。

愛しさを、恋しさを、思うさまぶつけた。

溢れんばかりの思いをユドハは受け止めてくれた。

それどころか、どこまでも度量の広い男は、ディリヤの取っ散らかった感情をすべて肯定してくれた。

ディリヤの好きにさせてくれた。

久しぶりのユドハとのくちづけは最高だった。

唇が気持ち良くて、心まで満たされて、生きていることを実感した。

ディリヤは無心になってユドハと唇を重ねた。

触れて、かじって、舐めて、吸って、啄んで、また触れて……。

「……ディリヤ、そんなにいっぱいしたらどうにかなってしまいそうだ」

ユドハが笑った。

笑った顔がもう言葉では表現できないほど愛しくて、可愛くて、大好きで、思い募って、募りすぎて思い余って、ディリヤはまたくちづけた。

もっと口を開けろ。それを言葉にする時間さえ惜しくて、指を使って大きな口を開けさせた。

牙がかわいかった。

ぴかぴかの、つやつや。

もうユドハのぜんぶが可愛くて愛しくて胸が高鳴って、「かわいい！」と叫んでしまいそうだった。

尖った牙を舐めて、かつんと音を立てて歯と歯が当たっても、ユドハは「下手なくちづけだ」と笑わずにディリヤの歯を舐めてくれた。

ディリヤはユドハのその舌を寄越せとねだって、唾液が溢れるほど絡めて、狼の唇を蹂躙した。

たぶん、きっと、あの時の自分は、ひどくぎらついた瞳でユドハを見ていたと思う。

一心不乱、一所懸命、一意専心。そんな言葉が似合うような、ひどい執着を見せたと思う。

けもののように息を荒らげて、欲しいがままに貪って、奪って、噛んで、齧って、息継ぎもままならない児戯のようなくちづけを繰り返した。

触れ合うだけで気持ち良さがあって、一度目のくちづけで感じたそれが、数を重ねるごとに折り重なって、唇だけではなく、心も、体も、頭も、ディリヤのすべてを支配する心地好さへと変わっていった。

飽きることなく味わって、酔って、とろけるうちに息をするのも忘れて、頭が真っ白になって、ユドハに「大丈夫だ、いなくならないから息をしろ」と背中を撫でて宥められた。

「……っ」

息を吸って、吐いて、また息を吸って……、胸が大きく上下するのを整えながら、鼻先をすり合わせ、結局、息が整う前にまた唇を重ねた。

欲しくて欲しくてたまらなかった男が目の前にいるのだ。

恋しくて愛しくて会いたくて抱きしめたくてたまらなかった男が自分の腕のなかにいるのだ。

これを我慢できようか。

欲に任せてユドハの唇を味わい続けた。

飢えたけものみたいに必死になってくちづけた。

愛しい男のすべてを堪能した。

酸欠になっても離れがたくて、唇が離れることがいやで、ずっと重ね合わせていたくて、ユドハにしがみついた。

その時、ユドハがその大きな手でディリヤの背を強く抱いてくれたこと。ディリヤの後ろ頭を抱いて、深くくちづけを返してくれたこと。「くちづけはもうおしまいだ」なんて言わずに、いつまでもずっと唇を触れ合わせて、重ね合わせて、ディリヤが納得するまでそうしてくれたこと。ぜんぶ覚えている。

いま思い出しても、唇が気持ち良さを覚えている。

あのくちづけは、冬の日のこと。

いまはもう春なのに、いまでもディリヤは昨日のことのように思い出す。

つらい目にも遭ったはずなのに、不思議と、あのくちづけを幸せに想う。

あの日を思い出しては、自分の唇に指先で触れて、そこにユドハが触れた時の喜びを反芻する。

欲しがりの、いやしい子供のようだ。

くちさみしい。

くちづけがしたい。

たくさん、たくさん、したい。

ユドハと気持ちいいことがしたい。

肌を重ねずとも、唇を重ねるだけでディリヤは幸せになれる。できることなら、ユドハの膝に乗って、一日中していたい。

朝からこんな淫らなことを想像するなんてユドハに知られたら、「わるい子だ」と叱られてしまうだろうか。

それはそれで……、興奮する。

今日もディリヤの隣に立って歩いているこの男前が、ディリヤにだけ見せる表情で、両目を細め、口もとだけで男らしく笑って、「しょうがない赤毛だ」とディリヤにくちづけてくれるのだ。

なにもかもを見透かしたような視線と声。美しい狼の横顔。優しい唇。ディリヤへの愛を孕んだそれらを惜しげもなくディリヤに見せてくれる。

ディリヤのつがいは、その存在だけでディリヤを射殺しにくる。

「今朝はアシュの姿を見ていないが……」

「………………」

声がかっこいい。

横顔の、額から口吻までのしゅっとした形状が最高にかっこいい。

耳もかっこいい。

耳から後ろ頭の形は美しく、鬣へ続く背中の厚みは最高に格好良くて、愛しい。

今日もディリヤが最高の状態に整えたユドハの毛並みは、ユドハの美しさをこれでもかと引き立てる。

我ながらとても良い仕事をしたとディリヤは秘かに自負した。

「ディリヤ？　アシュは……、どうした、ディリヤ？」

「……かっこいい」

「…………それは、どうも……ありがとう」

「……ちがう……わるい…………いまのは口が滑った……忘れてくれ……」

思っていたことがそのまま口に出てしまった。

ディリヤは己の額に手を当てて謝り、恥ずかしまぎれに速足で廊下を進む。

「口が滑ったのか？」

ユドハが一歩をすこし大きくして、あっという間にディリヤの隣に並ぶ。

「……そうだ、口が滑った」

「朝から熱心に俺を見つめてくるからなにか言いたいことでもあるのかと思っていたら、俺のことを考えてくれていたのか」

「………………」

ユドハは今朝も公務のため王城へ向かう。玄関で待つ馬車まで二人並んで歩いているのだが、どうやらディリヤの視線はよっぽど熱心にユドハを見ていたらしい。

「忘れてくれ……」

「そう恥ずかしがるな」

「恥ずかしがってない」

「そうか？」

「そう。あと、今朝、アシュは尻尾の形がかっこよくないから……って拗ねた顔して、部屋で一所懸命ブラシで梳かしてる」

「尻尾に寝ぐせでもついていたか？」

「うん。尻尾の先が二股に分かれて、右と左を向いてた」

「二股か……アレはなかなか直らん」

ユドハも経験があるのかして、「それは朝から災難だ」と苦笑した。

「いってらっしゃいってアンタを見送りに出る間だけ、俺が背中で隠してようか？　って提案してみたんだけど、それじゃダメらしい」

アシュ曰く「アシュのしっぽはね、言うことききかない子なの……ディリヤも知ってるでしょ？　ディリヤの背中に隠してもらっても、ユドハに会えたら尻尾がぱたぱた動くし、ぽよぽよ揺れるし、ちっとも言うこときかないし、隠れてくれない子なの……」ということらしい。

ディリヤには日課の見送りだが、ユドハが家を出る時間によっては、子供たちも一緒に玄関に出て「いってらっしゃい」と声をかける。

今朝は、子供たちの朝食の時間よりも早くユドハが出かけるので、アシュはまだ寝起きの寝間着姿だったから、「無理しなくていいですよ」とディリヤは言ったのだが、「ふたまたしっぽちゃんをかっこよくしてから行く」とアシュは言って、せっせと尻尾を梳かしていた。

「もうすこしゆっくり歩いてアシュが追いつくのを待つか？」

「いつまでかかるか分からないから、いつもどおりでいい」

ユドハは優しいから、アシュが見送りに立てなかった時に「あしゅのふたまたしっぽちゃん……ちゃんといっこのしっぽちゃんになったのに……」と悲しがる姿を想像してしまったのだろう。

だからといって、アシュが自分の尻尾に納得するまで待っていたら日が暮れてしまう。

「では、ディリヤ、今朝はお前のためにすこしゆっくり歩くとしよう」

そう言いながら、ユドハが歩みをすこし遅くした。

「……なんでだ？」

「かっこいい俺をたくさん見たいだろう？」

「そっ、れは……だから……」

「うん？」

「…………」

ユドハは背を屈めて、とびきり男前の顔でディリヤを見つめてくる。

斜めから見るユドハの顔もかっこいい。

首を傾げると鬣がたわんで、毛質の雰囲気が変わり、ふわりとやわらかさが増す。上着の襟元に乗った飾り毛は、ちょっともったり重たそうで、でも、艶やか。あの毛並みに顔を潜りこませると、ユドハのとってもいい匂いがすることをディリヤは知っている。

「……………朝から、かっこいいのを撒き散らすな」

ディリヤはユドハの背中を叩いた。

ユドハは肩を揺らして笑っている。

そうして笑うだけでも肩周りの毛並みが揺れて、ふわふわ、ふわふわ。

いつもより遅く歩いているのに、ふわふわ揺れる金色の波を見つめているだけで、あっという間に玄関に到着してしまう。

玄関前には、いつものように家令のアーロンや屋敷の主だった者たちが見送りに立ち、御者と馬車が待ち構えている。

ユドハが仕事へ行ったら、早くても今日の夜まで会えない。

……まぁ、それは普通だ。

働いていたらそんなものだ。

でも、もしかしたら公務の都合でディリヤが眠ったあとに帰ってくるかもしれないし、早く帰ってきても会話する時間が短いかもしれない。

それはいつものことだ。

いつものことなのだが……。

「では、いってくる」

「……ユドハ」

「どうした?」

「ちょっと……」

ユドハの手を引いて、一度、屋敷のなかへ戻り、玄関から一番近い柱の陰にユドハを引っ張り込んだ。

「ディリヤ?」

「………黙ってろ」

背伸びして、鬣に両腕が埋まるほどしっかりとユドハの首に回し、ユドハには背を曲げさせて、くちづけた。

いってらっしゃい、の挨拶。

それから、だいすき、のくちづけ。

いってらっしゃいの挨拶なら、人前でもする。でも、今日はどちらかというと、あの冬の日のようなくちづけがしたくて、ユドハを柱の陰に引っ張り込んだ。

「………ユド、……ユドハ……」

すきで、すきで、だいすき。

まるでアシュみたいに、子供みたいに、真っ正直すぎる愛情表現だけれども、ユドハに示す。

狼の口を塞いで、黙らせて、ディリヤが好きなだけ愛を示す。

ユドハはディリヤの腰を抱き、くちづけをしっかりと受け止めてくれる。ディリヤの爪先が浮くほど抱き上げて、ディリヤを自分の目線よりも上に持ち上げて、ディリヤがもっとくちづけできるようにしてくれる。

ディリヤはそれが嬉しくて、くちづけを交わしながら笑んでしまう。

「……ン、……っふ、ぁ……」

鼻から抜けるような息遣いに笑い声が混じってしまって、困る。

くちづけもしたいのに、ユドハを自分の胸に抱きしめたくて、両方一度にできなくて困る。

心が勝手に喜ぶ。

頬がゆるんでしまう。

ユドハのことが愛しくて愛しくてたまらない。

ディリヤが楽しげに笑っていると、ユドハは鼻先をディリヤのそこに、ちょん、と押し当てて、「かわいいディリヤ、お前は今日もとてもかわいい」と笑い返してくれる。

ディリヤはその鼻先に齧りつき、ちゅ、と音を立てて啄んで、またユドハの口を塞ぐ。

整えた毛並みが乱れるのもお構いなしにユドハを掻き抱き、柱がなければそのまま床にユドハを押し倒してしまいそうなほど狼の胸に全体重を預け、がむしゃらに、一方的に、好きな男の唇を味わい尽くす。

けもののつがいが朝からじゃれる。

すっかり、しっかり、とことん満足するまで堪能して、ようやくユドハの唇を自由にしてやって、……でも、やっぱり名残惜しくて、もう一度だけ、その唇を奪う。

いつまで経ってもくちづけを終えられなくて、終わらせたくなくて、最後の最後に、大きな狼の口の、右側の口端に唇を寄せて、頬肉を甘噛みして、やっとユドハの腕から下ろしてもらって、ディリヤは自分で地面に立った。

ひとつ深呼吸して、己の袖口でユドハの口もとや鼻先を拭い、乱れたユドハの毛並みを手櫛で整え、つま先立ちして腕を伸ばし、ユドハの襟もとを正して服の皺を伸ばす。

それからまたひとつ深呼吸して、ディリヤは、

「……言っとくけど、俺は、一日中ずっと頭んなかがアンタのことでいっぱいってわけじゃないからな」と付け加えた。

「……つまり、俺のことでいっぱいなんだな」

わざわざディリヤが「いっぱいじゃない」と言うのだから、いっぱいなのだろう。

己のつがいの素直な性格から、ユドハはそのあたりを察する。

「いっぱいじゃない。今日はちょっと朝からこういうことがしたいなって気分だっただけだ。毎日アンタのことで頭がいっぱいで、毎日アンタにこんなくちづけがしたいとか、俺は四六時中そんなふしだらなこと考えてない」

「そうなのか？　それは残念だ。なら、せめて今日くらいは一日中ずっと俺のことで頭のなかがいっぱいになるようにしてやろう」

「……？　……っ、ん……、ぅ!?」

ディリヤの下顎をぜんぶ口のなかに含むようにユドハが大きく口を開き、がぶっと噛んで、くちづけた。

「……っん！　……ぅ……んンっ……、っ」

大きな狼に覆いかぶさられる。

腰と背中にユドハの腕が回り、きつく抱擁される。

ディリヤを逃すまいと、その体ぜんぶを使ってディリヤを胸のうちに囲い込み、深く唇を重ねてくる。

ディリヤに息継ぎの暇も与えぬほどに。

狼狽えるディリヤの思考を奪うように。

ユドハの服を摑む手指から力が抜けるほどに。

ディリヤの薄い唇を割り開き、その小さな舌を狼の舌で搦めとり、唾液が細い顎先に滴るほど深く、長く、くちづけ、瞬く間に、ディリヤを籠絡する。

「……ん……、ぁ、ふ」

ユドハがディリヤに呼吸を許すと、甘ったるい声が狼の耳を打つ。

唾液が糸を引いて、ディリヤの唇を濡らす。

いま一度、ユドハはその唇を塞ぐ。

ディリヤはすっかりユドハの唇に夢中になって、必死に応える。応えながらも、息もできないほどのくちづけに翻弄されている。

だが、ユドハは、ディリヤを離さない。とろけそうなほどの心地好さにディリヤが喘ごうとも、息も止まりそうなほどの蹂躙に身悶えようとも、ユドハの袖を引いて「もうだめ、降参」と訴えようとも、ユドハは離してやらない。

ディリヤは、自分のほうがユドハを好きで好きで好きで大好きだと思っているようだが、ユドハだって同じように好きで好きで好きで大好きで押し倒して寝床に組み敷いて激しいくちづけでディリヤを病みつきにさせて巣穴で囲って自分だけのものにしたいのだ。

この手練手管を駆使して骨抜きにしてしまいたいのだ。

朝からあんなにも熱っぽい視線を向けられれば、どんなオスでも、その言外の意味を察するくらいはできる。

ましてやディリヤのように瞳や行動に感情が乗る生き物が、あんなふうに発情したメスの視線でユドハを見て物欲しそうにしていたら、オスとしても我慢ができない。

あまりにもディリヤが格好良くユドハを柱の陰に引き込み、「黙ってろ」と男前の顔をしてユドハの唇を塞ぐものだから、ユドハも、「俺だってお前のことでこんなふうになるんだ、これでもお前を怖がらせないように獣欲を抑えているんだ」という、その片鱗を見せてやりたくなった。

ディリヤがユドハにぶつけてくる以上の愛とくちづけをディリヤに見せて、ぶつけてやりたくなった。

「……っ、ふぁ」

長いくちづけの末にようやく解放されたディリヤはユドハの腕に抱かれたまま熱っぽい吐息を漏らす。

「立てるか？」

「……ん」

ディリヤが頷くと、ユドハの腕がゆっくりと離れる。柱に手をついて、ディリヤはそこに凭れかかるように立つ。

いつの間にか、ディリヤが柱に背中を預けるように立ち位置を交代させられていた。いつそうなったのかディリヤには分からない。くちづけの合間に、柱とユドハの体の間に閉じ込められたようだ。

柱で打たないようにユドハの大きな掌で後ろ頭を抱かれ、守られていたような気もするし、単に、息苦しさから逃げようとするディリヤを逃さないためにそうされていたような気もする。

まぁ、なんにせよ、いま、ディリヤは上の空だ。

ユドハは、ディリヤの乱れた赤毛を手櫛で整え、後れ毛を耳にかけてくれる。

鼻先を触れ合わせ、額に口吻の先を押し当て、あちこちを甘嚙みして、狼の愛情表現をしてくれる。

極めつけにディリヤの頰や首筋に己の首筋をすり寄せて匂い付けをして、抱きしめて、ふわふわととろけた表情のディリヤに微笑んでくれる。

「では、いってくる」

「……いって、らっしゃい……」

ディリヤは条件反射でそう返したものの、自分の言葉の意味も分からぬまま、呆(ほう)けた表情でユドハを見送り、颯爽(さっそう)と歩くその後ろ姿に見惚れてしまう。

「…………」

気が付けば柱に体をしな垂れかけさせ、ずるずると腰から砕けて廊下に座りこんでいた。

ディリヤの頭を埋め尽くすのは、ユドハから与えられたくちづけだ。

ディリヤからするのとはまた違う、とても、とても、とても……とてもではないが、言葉では言い表せないような、くちづけ。

ディリヤのそれは、児戯だ。

ユドハのあれは……。

「ちこく！　ちこく！」

二人の侍女に伴われたアシュが大急ぎで駆けてきた。

尻尾を左右に揺らして一所懸命走ってくる。

だが、その途中で柱の陰に座りこむディリヤを見つけて、ディリヤ！　ユドハもういってらっしゃいしちゃった!?」

「ディリヤ！　ユドハもういってらっしゃいしちゃった!?」

「……はい」

「あぁ～～……」

ディリヤの懐に顔を突っ伏してアシュが嘆く。

アシュは「せっかく、せっかく……アシュのしっぽ、ちゃんとまっすぐいっぽんしっぽちゃんになったのに……」と残念がる。

だが、アシュの尻尾は走っているうちにまた二股に分かれてしまったようで、毛先が左右を向いて、ぴょこぴょこ自由に動いている。

「アシュ、ちょっと見てくる！」

二股尻尾に気づいていないアシュは元気よく顔を上げると玄関まで走った。

「アシュさま、お待ちください～」

「アシュさま～」

二人の侍女が慌ててアシュを追いかける。

「…………」

ディリヤは、まだ腰砕けだ。

ユドハの唇で、とろとろにされてしまった。

「舌が、……すごかった……」

感想が、それしか出てこなかった。

まだ、どきどきしている。

唇に触れて、余韻に耽る。

「……すごいの、された……」

茫然とする。

ユドハからの本気のくちづけは、途轍もなく卑猥で、官能的で、巧みで、いやらしかった。

オス狼の本能の、その片鱗を見せつけられた。

朝からあんなのをされたら、夜まで待てない。

ひどい狼だ。

ディリヤはあんなくちづけ、知らない。

あんなくちづけを教えられたら、もう、引き返せない。ユドハのあのくちづけでしか満足できない体にされてしまった。

「………だめだった……ユドハは、かげもかたちもなかった……」

アシュが二股尻尾をしょんぼりさせてディリヤのもとへ帰ってきた。

相変わらず床に座りこんだままのディリヤの膝に乗って、「ディリヤはどうして廊下に座ってるの？」と尋ねてくる。

「ユドハに、がぶっとちゅー……されたから、です」

ディリヤは正直に答えた。

「がぶちゅー？　あ、がぶってして、ちゅ！　ね！」

アシュはおっきな口を開けて、がぶっとディリヤの頬を甘噛みして、ちゅ、と頬に鼻先を押し当てる。

ディリヤは、可愛い可愛い我が子の愛情表現を頬に受けながら、「今日、早く帰ってくるといいな……」とユドハのことを想った。

アシュはにこにこ笑顔でディリヤに頬ずりして、「ユドハのにおいがいっぱいするね！」とディリヤのほっぺをはぐはぐした。

5．あなたに酔いしれる

ユドハは、ディリヤが酒を嗜む姿を見たことがなかった。

ディリヤのことだ、きっと、アシュが幼いうちは飲酒を避けているのだろう。それくらいのことは、ディリヤと出会って数日もすれば、なんとなく察することができた。

当のユドハも、食事時か、公務や軍務などの会食の席で付き合い程度に嗜む程度だったが、それでもディリヤよりは口にする機会が多かった。

「戦時中は、配給あったし、酒が水代わりだったからわりとよく呑んでたんだけどな。不味くて、薄くて、なにで薄めてんのかすら分かんないようなやつ。いま考えると、アレ、消毒液か液体燃料だったたんじゃないか？　って思う」

「…………」

「笑えよ」

「……いまのは、冗談なのか？」

「笑い話だと思っておいてくれ」

「体には良くなさそうだ」

「だよなぁ、俺もそう思う。……まぁ、さすがにコレ呑んだら死ぬなってやつは呑まなかったし、俺は所属してた組織上、わりとまともな酒にありつけてたから、そう深刻に捉えるな」

「……では、まったく呑まないというわけではないんだな」

「あぁ。多少呑んだくらいじゃどうってことないけど、なんとなく自分が不安なんだよ。だから、呑まないようにしてるだけ」

　ユドハとディリヤ。二人だけの食事の席で、ディリヤはそう言った。

　城に来てまだ間もない頃だ。

　酒を呑んだあと、アシュが熱を出したり、怪我をした時、正しい判断ができるか否か。

　酒を呑んだあと、アシュを守らなくてはならない状況に陥った時、酔っていない時と同じだけの動きができるか否か。

　酒に酔って眠りこんでしまって、アシュが呼んでいるのに気付けなかった、……なんてことにはならないか。

　そして……、自分が現実から逃避するために、酒に頼りすぎてしまわないか。

　戦後、復員兵の多くが薬物や酒に溺れて身を持ち崩している。自分もそうなってしまうかもしれない。

　それらの不安が脳裏を過る。

　不安を抱えながら酒を呑んでも楽しくないし、美味しくない。

　だからディリヤは酒を呑まないようにしていた。

　その時のディリヤは一人で、アシュを育てるのも一人だった。

　これがもし両親がそろっていて、二人で育てていたなら、アシュになにかあった時、ディリヤが気付けなくても、もう片方が気付いてくれるかもしれない。

　でも、ディリヤは一人だ。

　ならば、酒は呑まないほうがいい。そう判断した。

　それに、どうしても酒が呑みたいタチでもない。

　夏の暑い日、たくさん汗を掻いた仕事上がりに呑み屋へ立ち寄って一杯ひっかけたいと思う日もあるが、どうしてもそれをしたいとも思わなかった。店で酒を呑むよりも、早く家に帰って、駆け寄ってくるアシュを抱き上げて、アシュの笑顔を見るほうがずっと幸せだった。

「……というか、まだ舌があんまり成長してないみたいで、酒を美味いと思えるほど呑み慣れてないんだよ」

ディリヤは「まだ子供なんだ」と笑った。

そのはにかみ笑顔がほんとうに幼気で、ユドハはなんだか胸が苦しくなった。

水の代わりに酒を呑むというのは、水が貴重な地域や、船乗りの世界ではままあることだ。

だが、戦時中となると、それはまた意味合いが変わってくる。

兵隊にとって、酒は、煙草と並ぶ嗜好品だ。灰色の日常で、手っ取り早い憂さ晴らしや気分転換になる。

そのうえ、酒は水よりも扱いやすく、持ち運びに適していて、長期間の保存がきく。水源の確保が難しい敵地の、それも内地での長期戦ともなれば、酒のほうが重宝される。

戦中、冬のウルカにおいて、人間の軍は雪中での長距離移動や度重なる戦闘、夜警、塹壕での待機が続いた。敵を待ち伏せている何日もの間、塹壕での暇潰しは必然的に酒や煙草に頼ることが多くなった。

それに、金狼族には毛皮があるが、人間にはそれがない。そういう時にも、酒だ。酒で寒さを誤魔化すのだ。凍死しそうなほどの極寒の地で、度数ばかりが高い粗悪な酒を呷るのだ。

だが、酒の回った体は、負傷した際に出血量が増える。死に近付くのが早くなる。その時もまた、酒が役に立つ。酒を飲ませて、意識を失わせればいい。あとは、低い気温が出血を止めてくれる場合もあるし、そのまま凍死する場合もある。個人の運次第だ。

軍が酒を与えるのは、酔わせることで死への恐怖心を失わせるためだ。心と体の感覚を麻痺させるためだ。兵隊は数がそろっていればそれでいい。戦って死ぬ以外の正常な判断能力は必要ない。兵士を戦わせるために適度に酒を与えるのは常套手段だ。

利口なディリヤは、それくらいのことは理解していただろう。

それでも、それしかないのなら、それを呑むしかない。

そういう状況に追いやられていた。

そんな環境で、酒を楽しく上手に呑む経験など得られるはずもない。

そうして戦後に待ち受けているのは、酒で身を持ち崩す兵隊崩れだ。せっかく生き残っても、軍で身に付いた酒癖は治らず、酒に溺れずに済んだ奴ですらあの時に経験した恐怖のせいで眠れず、正体の分からないなにかを恐れ続け、気も休まらず、日常に戻ることが困難になる。

そして、また、酒に手を伸ばす。

「俺にはアシュがいたからな……、たぶん、独りだったらそうなってたかもしれない。手を伸ばせばすぐに手に入る現実逃避だからな」

眉根を寄せるユドハを見て、ディリヤは「いつか、アンタと一緒に酒を呑んで楽しめたらいいんだけどな。……その時は、アンタが酒の呑み方を教えてくれ」と笑った。

年をとって、ずっと、ずっと、ユドハとディリヤが一緒にいる生活で、酒を呑むことも人生の楽しみのひとつになれたら嬉しい。

美味しく、楽しく、ユドハとともに笑って酒を酌み交わせる日がくるなら、嬉しい。

ディリヤはそんなふうに言ってくれた。

「アンタはいろいろと経験してて、酒席での大人らしい振る舞い方も、酒の楽しみ方も、気持ち良く酔った時の過ごし方も知ってて、そういう、いつもと違う雰囲気を味わったこともあるだろうから、俺と酒を呑んでもつまらないと思う」

「そんなことはない。考えもしなかった」

「……そうか？　俺はわりと考える」

「お前と一緒に楽しめるなら、それが酒でも水でもなんでも楽しい。美味いと感じる」

「………………」

ディリヤは眉を顰めて、申し訳なさげに微笑む。

ユドハの気遣いは、本心からのものだ。ディリヤもそれが分かっているからこそ、そんな表情をするのだろう。

ディリヤは席を立ち、ユドハの太腿に座るとユドハと手を繋ぐ。

ディリヤの尻は小さくて、ユドハの左の太腿に乗ってもまだ座る余裕がある。

「経験値が低くて申し訳ない」

ディリヤが詫びる。

つがいが、恋人同士が、伴侶が、二人きりで美酒に耽り、心地好い雰囲気で、甘くとろけるような時間を過ごし、互いにしか見せない表情を見せる。そういう時に、ディリヤは上手にそういう雰囲気になれるか分からない。

きっと、上手くいかない。

「アンタにつまらない思いをさせてしまう気がする」

「……ディリヤ」

「ひどい酒の呑み方しかしてこなかった。洒落たグラスで呑んだこともない。当時、一緒に酒を呑んでた奴はみんな死んだ。任務に出る前に一本の酒を回し飲みして、任務終了後に、互いに生きてたことを喜んで酒を呑んだことは一度もない。当然、上手な酔い方も知らない。それどころか、呑んでも、呑んでも、酔えないんだ」

「…………」

「だから、酔ったフリしてアンタに迫って、大人な雰囲気を演出しようにも、無理だ」

ディリヤはディリヤなりに酒を呑んだ時の自分を想像してみたけれど、想像ですら上手に振る舞えない。

ちっとも可愛げがない。

酔い潰れることはおろか、酔ったフリをすることすら難しいほどに素面で、心地好い程度のほろ酔いなんて、経験すらしたこともない。


ユドハと楽しく酒を呑む自分が想像できない。

「際限なく呑めるんだ」

「…………」

「ごめんな、面白みのない男で」

「……ディリヤ」

珍しく自分を卑下するディリヤに、ユドハはその頬を撫でて慰めてやるしかないできない。

「だから、頼みがあるんだ」

「聞かせてくれ」

「アシュとララとジジがもうちょっと大きくなったら……」

「なったら？」

「正体をなくすまで呑んでみたいから、ユドハ、俺に酒の呑み方おしえて」

頬を撫でるユドハの手に手を重ね、ディリヤははにかむ。

「…………」

ユドハは、ディリヤには悟られぬよう喉を鳴らす。

二人きりになった時、酒を呑む二人の間に漂う特別な空気感や、ほのかな淫靡さをまとう雰囲気、そういったものを提供できないとディリヤはユドハに詫びたが、そんなことはない。

いま、こうして、ユドハに「酒の呑み方をおしえて」とねだる仕草ですら、充分に色香がある。

無垢なけものが、無意識にユドハを誘惑してくる。

ユドハは、魔性の類に引っかかった愚かな男になった気分だった。

好きな男から「酒の呑み方を教えて」などと乞われてしまれば、ユドハは、「酒の呑み方すら、自分好みにディリヤを仕込む幸せを得られるのか」と興奮してしまう。

だが……。

「ディリヤ、まずは自分で自分の酒の呑み方や楽しみ方を見つけてからにしなさい」

「なんで？」

「俺の呑み方を教えてしまったら、お前の好みではなく俺の好みの呑み方になってしまう」

「それがなにかいけないのか？」

「……いけないことはないが」

なにも知らない無垢な生き物に、いけないことを仕込んでしまっているような気がする。

「……なぁ、ユドハ」

「どうした？」

「俺、酒の呑み方は下手だけど、これでもそれなりに大人だから、……アンタの好みになってやるって誘ってんだけど」

ディリヤはユドハの肩に腕を回してその瞳を見つめ、それから、大仰に溜め息をつき、「はー……もう、だから俺は自分から誘うの下手なんだよなぁ」と肩を落としてユドハの膝から下り、自分の席へ戻った。

「ディ、ディリヤ……？」

「なんだよ」

「……すまん、いまのは誘ってくれていたのか？」

「そうだよ。アンタには伝わんなかったけど」

「まさか素面の状態でそうくるとは考えてなかった」

「素面だから色気が足りなかったのか？　……てことは、酔えばもっと自然な感じになるのか？　……要研究だな」

「もう一回。いますぐ一緒に研究しよう」

「やだ」

「たのむ」

「だめ」

「どうして？」

「どうしても」

「どうしても？」

「どうしても」

「もう一回だけ」

「むり、恥ずかしい」

「……ディリヤ」

「そんなアシュみたいな顔と声と尻尾してもだめ」

「わるかった。次は気付くから」

「ほんとに次は気付く？」

「あぁ、必ず気付く」

「じゃあ、また今度やってやる」

「分かった、絶対だぞ？　絶対にまた今度だからな」

「次はアンタに伝わりやすく、メシ食ってたけどアンタの膝に座ったらヤリたくなったから一発ハメようって言う」

「…………」

「情緒がなくて結構」

ディリヤはナイフとフォークを手に肉にかぶりつき、ユドハに気付かれなかった肉欲を手近な食肉で満たした。


数年後。

ようやく二人で酒を楽しめるくらいに心の余裕ができた。

それでもディリヤはあまり酒に手は伸びないほうだったが、たまに珍しい酒や美味い酒が手に入った時に、ユドハと楽しむことがあった。

ところで、「際限なく呑めるんだ」とディリヤが言ったとおり、本当に、際限なく呑めた。ザルではなくワクであった。てっきり、正体をなくすほど酒を呑んだことがないから限界が分からないだけだとユドハは考えていたが、額面どおり、ディリヤは途轍もなく酒に強かった。

強かったが、不思議と、ユドハの前でだけは酒の回りが早かった。

理由は簡単だ。

ユドハの前だと、どうやら心がゆるむらしい。

そうすると、酒にも酔うらしい。

ユドハの前以外だと気持ちが張り詰めているのか、どれほど強い酒をどれだけ呑んでも酔わないのに、ユドハの前ともなると、時にはほんの一杯、それも、軽い食前酒であったとしても無防備な姿を見せることがあった。

ただ、ディリヤ自身はそれに気付いていない。

ユドハだけが知っている可愛いディリヤの一面だった。

「酒に酔えなくてもいい」

「なぜだ?」

「アンタに酔ってるから」

ディリヤは恥ずかしげもなく、目の前にいるユドハを口説く。

ユドハの瞳に見つめられていると、それだけでふわふわ。

心が酔う。

小さなテーブルに置かれたディリヤの酒杯はまだ一度しか空になっていないけれど、目の前に好きな男がいれば、それだけで心が酔い、とろける。

「こうしてるだけで、ふわふわする」

ユドハの膝に乗ったディリヤは、ユドハの肩に腕を回して、微笑む。

とろりとした瞳で、「酔っていない」と言うけれど、仕草がいつもより可愛くて、ユドハは「あぁ、これは多少は酔っているな」とディリヤの腰を抱いた。

言動は平時となんら変わりないのだが、ふとした瞬間に見せるディリヤの表情があどけなく、隙があって、なんとも言えぬ庇護欲に駆られる。

「酔ってないからな?」

「あぁ、そうだな、酔ってないな」

「うん、酔ってない」

そう言うディリヤも、今日はすこし酔っている自覚があるらしい。

ユドハにじゃれてくる仕草は、とろけるように甘い。

小首を傾げて目を細め、ユドハの肩に回したその手指を後ろ頭の鬣に絡めて遊び、もう一度、「酔ってない。でも酔ってる」とユドハの口吻の先に、鼻先を、ちゅ、とくっつける。

今夜は、子供たちを寝かせたあと、二人で月を愛でながら酒を楽しんだ。

いま、ディリヤは金色の瞳を愛で、ユドハは赤い瞳を愛でている。

ずっと二人で見つめ合って、じゃれあう。

「かわいい」

この、かわいい、は、いとしい、だ。

ディリヤはユドハの後ろ頭を抱きしめて、かわいい、かわいい、と頬ずりする。

ユドハの後ろ髪をくしゃりと掻き寄せ、猫の仔をあやすように首の後ろの深くを掻き撫で、口端や頬、顎の付け根、頭を引き寄せて、その額……、いくつも唇を落とし、甘噛みする。

ユドハの太腿を跨いで座るディリヤは、身長差を埋めるようにゆるやかに腰を反らせて背筋を伸ばし、しな垂れかかる。

ユドハはディリヤの胸もとに鼻先を寄せ、服の向こうの体温を探る。それがくすぐったかったのか、ディリヤは楽しげに笑い、もっとユドハに体を寄せてくる。

「悪い子だ」

「……ん」

服の下で、ディリヤの陰茎がうっすらと膨らみを持ち始めていた。

ディリヤは隠すこともなくユドハの腹にそれを押し当て、腰を揺らす。

ユドハの匂いを胸の深くまで満たし、すんと鼻を鳴らして、ディリヤは「やっぱり、酔ってる……」と自分を分析しながらも、はしたない動きを止められないらしく、上擦（うわず）った息遣いでユドハの上で腰を振った。

気持ち良さそうに目を閉じて、時折、鼻にかかる声を漏らし、ユドハがその様子を注視していることも気に留めない様子で、ユドハの腹筋を使った自慰に耽る。

「……っ、は……っ、ん……ン、ぅ」

「………」

ユドハはディリヤの控えめな声に耳を傾け、その熱を煽る手助けをする。

腰を振るたび、わずかに浮き沈みする尻をその大きな手で掬い、掌で肉の感触を味わう。よく締まった筋肉質なそれは、狼の手にしてみれば小ぶりだ。それでいて、掌や指に食い込む尻肉の弾み具合は極上で、いますぐにディリヤをこの場で組み敷き、服を剥いて、臀部（でんぶ）を強く鷲摑（わしづか）み、一物を突き立て、時には肌や肉に牙を立て、甘噛みしたくなる。

「かわいい」

この、かわいい、は、食べてしまいたいほどかわいい、だ。

ユドハは、可愛いつがいの尻を噛む代わりに、その首筋にやわらかく牙を這わせ、舌の腹を肌に滑らせる。

「ん、ぁ」

「逃げるな」

ディリヤが顔を背けるから、ユドハはその頤を捕らえ、大きな口を開き、がぷりと喉元を齧る。

「だ、め……」

「なぜだ？」

「服に……」

ディリヤは、ユドハの些細な愛撫で達してしまう。

狼の牙で与えられる甘い疼きや、舌の熱さ、掌の感触、その手指で加えられるゆるやかな力加減……、ユドハに触れられていることの悦び。そういったもので、ディリヤの下肢はいまにも限界を迎えそうになっていた。

「……服、汚す……」

服の中に出してしまうことをいやがって、ディリヤは腰を引く。

「逃がさない」

ユドハはその腰を摑み、ディリヤの体を下から突き上げる動作をする。

「……ひっ、ン」

ディリヤの尻が跳ねた。

「ここで上手に出せたら、次は寝床だ」

「つぁ、……っ、ンぁ……っ、は」

「手は使わずに」

無意識に己の下肢へと伸びるディリヤの手を取り、指を絡める。

ディリヤとユドハでは、手の大きさが随分と違う。

ディリヤは、親指と二本の指でユドハの人差し指と中指を握り、薬指は薬指に絡め、小指をその隙間の水搔きあたりに潜ませる。

そんな仕草すら愛らしくて、ユドハはディリヤをとびきり甘やかしたい気持ちと、ひどく乱れさせせたくなる衝動の狭間で揺れ動く。

「っ、んぅ……ぅ、ン……んっ……」

ディリヤが腰を使って、懸命に絶頂を迎えようとする。

そのたびに、繫いだディリヤの指先がわずかに戦慄き、時折、不規則に指が跳ね、ユドハの手に爪を立てる。

「……ユ、ド、……ユドハ……」

「うん？」

するりと顎下にディリヤがすり寄ってきて、甘える。

自分一人でしてみなさい、とユドハ自身が言ったものの、ディリヤに甘え声で名を呼ばれてしまうと、甘い声で返事をせずにはいられない。

「ここ、……一人じゃできない」

ディリヤは、繋いだままのユドハの手を己の下肢へと導く。

そこは見た目よりもずっと熱を孕み、服の下で窮屈そうにしていた。

「本当に？　一人できない？」

「……ん」

「以前は一人で上手にするところを見せてくれただろう？」

「…………」

「ディリヤ」

「ほんとう、……は、ちがう」

切羽詰まった息遣いで、ユドハの頬肉を噛む。

「どう違うんだ？」

「ユドハに、してほしい」

「もうすこしおあずけだと言ったら？」

「……そういうとこも、すきだ」

なにをされても、好き。


でも、ディリヤは堪(こら)え性(しょう)がない。

絡めていた指をすこしずらして、自分を慰めた。

ユドハの手がたくさんそこに触れるようにして、ユドハの掌に陰部を強く押し当て、腰を前後に揺らした。

最初はゆっくりと……。

ユドハがなにも言わずにいると、次第に速く。

ディリヤとユドハの服の衣擦れの音に、濡れた水音もわずかに混じる。にちゃりと粘着質で、下着に染みた先走りが陰茎に張り付き、不快感よりも快感を増長させ、ディリヤをよりいっそう煽った。

「つあ、ん……、ぅ」

ディリヤはユドハの掌に手を重ね、そこを強く刺激する。

ユドハが爪先を立てて裏筋を引っ掻いてやれば、ディリヤは喉を詰まらせ、背を丸めて達した。

ユドハの鬣をきつく握り、縋(すが)るような仕草で肩口に額を埋め、二度、三度……かすかに身を震わせる。

「んぁ、……っ、ふ、……っ、は……ぁ」

何度かに分けて射精して、ユドハにだけ聞こえるような、かすかな喘ぎを漏らす。

緊張と弛緩を繰り返し、息を詰め、ユドハの懐に全体重を預けて脱力すると、甘い余韻に浸る。

尻にユドハを受け入れている時の癖で、前で達したのに、後ろを締めつけるように尻の筋肉を使い、腰を揺らして感じている。

オスを咥え込んでいる時のことが忘れられず、後ろを締めている。

いやらしい習慣が身に付いたものだ。

ユドハは、いまだ快楽の淵を揺蕩うディリヤの背を撫でる。そんな些細な刺激でさえもディリヤは息を乱し、発情しきった顔でオスを誘う。

ユドハと肌を合わせるうちに、ディリヤが知らず知らずのうちに体で覚えたその仕草が可愛らしい。

あまりにも可愛らしくて、ユドハは己の一物を大きくせずにはいられなかった。

ユドハを欲するあまり、ディリヤは切なげな吐息を漏らし、ひどく緩慢な動作で、まるでユドハと交尾をしているかのように下肢を押し当て、疼かせ、交尾を誘う。

「ユドハ……」

「あぁ、よくできた。……寝床へ連れていってやろうな」

「もう、……いじわる、おしまいか……？」

ディリヤはユドハの手を己の口もとへ誘い、その指を噛む。

「いじわるはもうおしまいだ」

「………」

唇を尖らせたディリヤはユドハの指をもうすこし強く噛む。

「どうした？」

ユドハは「いじわるが過ぎたか？　すまん、機嫌を直してくれ」と、ディリヤと両手を繋ぎ、額をこつんと合わせる。

ディリヤはじっとユドハの瞳を見つめ、大きな口でユドハの口吻をがぶりと甘噛みして、愛情表現してくる。

……ということは、怒って機嫌を悪くしているのではないらしい。

ユドハがじっとディリヤを見つめ返すと、ディリヤは「もうすこし、いじわるしていい」と囁いた。

ユドハが我が耳を疑い、しっかりとディリヤを見て真意を確かめれば、ディリヤは、「一回で分かれ、ばか」と拗ねた顔をして、ユドハの鼻っ柱を噛む。

「上手に誘えるようになった。数年前とは段違いだ」

「まだ、上手じゃない」

「では、もうすこし俺好みに仕込んでやろう」

「もうすこしじゃなくて、もっと」

「もっとか？」

「……うん」

「そんなに俺の色に染まってどうする？」

「アンタが、俺でしか射精できないようにすんの」

「…………」

「目の前にアンタ好みのとびきり最高の俺がいたら、余所見（よそみ）できなくなるだろ？　どこに行っても俺のところに帰ってくるし、俺の体でしか気持ち良くなれなくしてやる」

「それはそれは……名案だ」

「……分かったら、とっととアンタ好みに仕込め」

熱っぽい声と、男らしい誘い文句。

艶めいた肌と、発情して交尾をねだる匂い。

ディリヤは、その体のすべてでユドハを誘う。

自分自身でも自覚のないなまめかしさで、ユドハを虜にする。

「ならば、早速、国王代理の膝の上で粗相をした悪い子に、もうすこしいじわるとおしおきをしよう」

嚙んで、甘えて、胸の飾り毛を毟（むし）って、いたずらを繰り返すディリヤの尻を摑み、その狭間に指を添わせた。

「……っ」

「上手に指をしゃぶれたら、欲しいものをくれてやるぞ」

「……んぁ、ぅ」

上の口と、下の口、……その両方。

ユドハの指を口内に含み、まるでオスに奉仕するように舌を絡める。

「あまり奥まで咥えすぎるなよ。苦しくなるぞ」

これから二人が繋がる部分にユドハが太い指を這わせ、その奥の窄（すぼ）まりを指の腹で撫でてやれば、ディリヤは腰を浮かせ、卑猥にひくつかせ、いくらでも咥えて、しゃぶって、食（は）んで、奥まで迎え入れようとする。

「上手にオスを誘えている」

ディリヤのうなじに牙を立てる。

ディリヤのそこは、発情期のメスよりももっといやらしい匂いでユドハを誘う。

ディリヤは己の首を愛しいつがいに明け渡し、臀部の狭間に触れるユドハの指に、これからオスを受け入れる場所を押し当てる。

　服の上からでも、きもちいい。いじわるしてほしいけれど、いじわるされると興奮して、早く欲しくなる。ディリヤはそう言わんばかりの表情で、「はやく……」と、ねだる。

「さぁ、どうしたものか……。今夜は後ろだけで一晩中喘ぐといい」

　ユドハは、ディリヤの陰茎をすこしきつく握り、そこを指で戒めた。

「酔ってるから……」

「あぁ、そうだな、酔っている」

　どちらもが酔う。

　酒にではなく、己のつがいに。

　そうして己のつがいへの酔いに任せて、羽目を外した。


　翌日の昼、泣き腫らした瞳のディリヤは「いじわる、もう、……当分だいじょうぶ、……酒も、控える……羽目は、はずさない……」とかすれ声でユドハに言うほど、すっかり、どっぷり、快楽の底に落とされて、喘ぎ泣かされた。

　二日酔いはなかったが、昨夜の甘い疼きがディリヤのそこかしこに残っていて、ユドハに触れられるだけですぐに頭の中がいやらしい方向へ切り替わり、ディリヤの意志と無関係に体が反応して発情期の猫みたいに喘いでしまいそうになった。

　なのに、なぜかディリヤの唇は「……また、酔うから……その時は、いじわるして」と狼の耳に囁いてしまい、ユドハは「いけない性癖を仕込んでしまった気分だ」と言いつつもディリヤを寝床に組み敷き、その熱を慰めてやり、……ふと、また良い酒を仕入れようと思った。

さがして、みつけて

第一章

赤眼赤毛の貴公子。トリウィア宮の麗しの方。黒衣の佳人。炎を纏った守護者。荒切りの若武者。ウルカの赤い宝石。ウルカの夏の太陽。冷たく燃ゆる篝火。密やかな熱情。我らが偉大なる国王代理殿下の懐刀。沈黙の狂犬。

これらは、ここ最近ユドハが耳にした、とある人物を謳い讃えた言葉である。

城に仕える詩人や歌人をはじめ、宮女や侍従、近衛兵、果てには厩番に庭師、料理人、刺繍職人に至るまで、誰しもがその人物について一度は口端に上らせる。

その人物とはつまりディリヤのことである。

「…………」

王城のそこかしこで囁かれるそれらの称賛の言葉はユドハの耳にも届いていた。

「……ユドハ」

アシュがユドハの服の裾を引いた。

「どうした？」

柱の陰に隠れ、前方の一点を注視していたユドハが足もとのアシュへ視線を落とした。

「これは、かくれんぼ？　かくれんぼしてるの？」

「そうだ、かくれんぼしてるんだ」

「暇なの？」

「わりと忙しい」

「かくれんぼで忙しいの？」

「……本当は、お仕事で忙しい」

「かくれんぼがお仕事？」

「……ではない」

「サボってるの？」

「端的に言えばそういうことになる。……ところで、そのサボるという言葉、どこで覚えてきたんだ？」

「おじいちゃんせんせぇに教えてもらった。ほどほどにサボるのがよい、って言ってた」

「そう、これは、その。ほどほどだ。ほどほどにサボったらすぐに仕事に戻る」

「…………」

「内緒だ、……内緒にしてくれ」

「…………」

「たのむ」

「しょうがないなぁ」

「すまん、助かる」

「アシュもかくれんぼする。誰とかくれんぼしてるの？」

「ディリヤとだ」

「たのしそう」

「ディリヤに見つかると負けだ。……おいで」

　視線は一点を凝視したまま尻尾でアシュを手招き、懐に抱き上げる。

「見つからないように、しー……？」

「しー……だ」

「ん！」

　アシュは両手で自分のほっぺと低い鼻をむぎゅっと潰して静かに黙る。

「動くぞ」

　前方のディリヤが移動した。

　等間隔に並ぶ柱の陰に隠れながら、二人はディリヤを追いかける。

　ディリヤはすれ違う六名の宮女に道を譲り、会釈をしている。すっかりすれ違って、ディリヤが廊下の角を折れると、その場に立ち止まった宮女たちが、きゃあ、と黄色い歓声を上げた。

「離れの宮様が道を譲ってくださったわ！」

「わたくしたちに微笑(ほほえ)んでくださったわ！」

「ご覧になって？　あのぎこちないはにかみ笑顔！」

「薄く怜悧(れいり)な唇を持ち上げられた時の美しさ……」

「先日、わたくしが井戸で水汲(みずく)みをしていると、代わりに水を汲んで運んでくださったのよ」

「わたくしなんて、この間の雨の日に雨宿りしようと四阿(あずまや)に入ったら、そこに先客がいらっしゃったの」

「もしかして……」

「ディリヤ様だったの！」

「あなた、もしかして……」

「ええ、見てしまったの……」

　雨露に濡(ぬ)れた赤毛から滴る雫(しずく)が、真珠の粉を砕いたかのように美しい頬を伝い落ちた。それを拭う何気ない仕草は芸術品のようであった。

　しっとりと濡れた上衣がひたりと張りついた背中などはよく鍛えられていることが鮮明に窺(うかが)え、濡れた上着を脱ぎ、水を絞る姿は舞台俳優のように洗練されていて、惚(ほ)れ惚(ぼ)れとした。

「一向に止まない雨のなか持ち場へ戻ろうとするわた

くしを気遣って、ご自分が濡れるのも構わず、わたくしの頭上に上着を……、こう、傘のように掲げ持ってくださって……」

「絵物語の騎士様のごとき振る舞いね」

「美しいものを過剰摂取すると心臓が止まってしまうわよ」

「あなたの仰るとおり、わたくし居ても立っても居られず顔を覆ってこの世のすべてに感謝しましたわ」

「わたくし、三日前の赤毛の令君の微笑を思い出してしまって……今日はまっすぐお顔を見つめられませんでしたわ」

「三日前の微笑……わたくしたちは拝見していませんわ」

「偶然、庭を通りかかった時のことですの。赤毛の令君がアシュ様と遊んでいらしたの。その時の表情は蘭(らん)の花のごとき美しさで、詩人も言葉を失い、笑みを湛(たた)えた涼しげな目もとは彫刻家でも表現することは難しく、なによりも筆舌に尽くしがたきは端整な、あの……」

「横顔……？」

「ええ、そうですの！　あの儚(はかな)げな横顔……、狼とは違って骨格のよく分かるお顔立ち、くっきりとした輪郭、月の光にも、陽の光にも映える白皙(はくせき)、触れてみたいけれど触れられない存在……、なんて高貴なお方……あぁ、思い出しただけで、わたくし……」

「胸が張り裂けそう？」

「張り裂けるどころか脳裏に記憶した赤毛の令君の偶像を拝んだまま死んでしまいそう……」

「分かりますわ」

「えぇ、とても分かります」

「分かりますとも」

宮女たちはなにやら深く頷(うなず)いて手に手を取り合い、仲睦(なかむつ)まじい様子で分かり合うと、ディリヤの去った方角を見やり、「ほぅ……」と悩まし気な吐息を漏らしつつ仕事へ戻った。

「……ユドハ、ディリヤ行っちゃったよ？　追いかける？」

「あぁ、追いかけよう」

アシュに鬣(たてがみ)を引っ張られて、ユドハは慌ててディリヤのあとを追った。

リルニックの一件後、ユドハの護衛官としてディリヤは働き始めた。

子供たちの世話を優先すると二人で決めているので時間は限られているが、現在、研修期間の身として職務に奉仕している。

それに伴い、公的立場に見合ったウルカの軍服に身を包んだディリヤが城内を歩くことも増えた。国王代理護衛官ということもあって、ディリヤには通常よりも意匠や装飾に趣向が凝らされた軍服が支給されている。

ユドハ直属の戦狼隊という部隊の軍服に似ていて、刺繍や縫い取りを含め、鴉（からす）の濡れ羽色で統一されている。生地が軽く丈夫で、蠟引（ろうび）き糸は耐水性もある。一種、二種、三種と状況によって使い分ける軍装だが、平時のいまは装飾性の高い軍服を身にまとっていた。それがまたディリヤの赤毛と赤眼の美しさを引き立て、耳目を集めた。

金狼族の美的感覚は、人間と似たところもあるが、異なった面も多々ある。

内面と外面、両方を見るというのは人間と同じだが、評価基準がすこし異なるのだ。

一般的に、オス狼の外面というのは、腕力的な強さ、体格の良さ、鬣や尻尾の色艶（いろつや）、毛並み、毛量、瞳の美しさなどが評価される。

内面は、精神的な強さに重きが置かれる。この強さというのは、群れを大切にする優しさも含まれるし、誇り高い狼らしく高潔であるかという内面美も必要であるし、食料や寝床を調達する技能があるか、という生活能力にも言及される。

それで言うと、ディリヤは完璧だった。

金狼族のオスに比べれば体格は小さく見えるが、メスと比べれば背丈に遜色はない。腕が立ち、赤毛は美しく鮮烈で、赤眼は宝石のように輝く。

そのうえ、誰もが認めるほどに子煩悩で、思い切りと潔さ、気高さは狼の輪に混じっても引けを取らず、つがいと群れと仲間を命懸けで大切にする。

ゆえに、城仕えの者たちは、「赤毛の王子様」「深窓の若君」「孤高の騎士様」とディリヤを呼んだ。

ディリヤが登庁すると、皆、瞬く間に、燃えるような赤い鬣と獲物を射貫（いぬ）く赤眼に夢中になった。

「ごきげんよう、赤狼殿」

「そちらも変わりなくお過ごしで」

軍人同士、すれ違いざまに会釈する姿すら清廉としている。

無意識のうちに老若男女を虜にしながら、ディリヤは城内の回廊を移動した。

そのさらに後ろをユドハとアシュが続いた。

「ディリヤ、かっこいいね！」

「ああ、とてもかっこいい」

「背中の、うしろの、ひらひらのところ、かっこいいね」

「分かる。……ユドハは、ディリヤが剣を吊るした帯革の腰回りも好きだ。背筋がまっすぐ伸びて、よく鍛えているのが分かる。実に男前だ」

「みんな、ディリヤの背中を見てるね。アシュも、ひらひらと背中、目が追いかけちゃう」

「ユドハも追いかけてしまう。きっとみんなもかっこいいと思っているに違いない」

「みんなディリヤのことだいすきね！　アシュとららちゃんじじちゃんとユドハといっしょね！　ディリヤかっこいいもんね！」

アシュは自分の大好きなディリヤがみんなも大好きでいてくれることが嬉しいらしく、尻尾をぱたぱたしている。

ユドハも、違う意味で尻尾をそわそわ、はわはわさせていた。

ディリヤは大人気だ。

以前、家族で街に出かけた時も、男女を問わず声をかけられていた。

城の者たちは、ディリヤがユドハのものであることを知っているし、ディリヤの身に馴染んだユドハの匂いと相まってディリヤ本人にそういった意味での声かけはしないが、一部から密かにモテているのは明白だった。

「……心配だ」

「………ユドハ、アシュ、おやつたべたい」

「おやつの時間か？」

「うん」

「本当に？」

「本当は、さっき食べた」

「もう一回食べたいのか？」

「うん。ディリヤのお仕事もう終わる？」

「ディリヤのお仕事はいま始まったばっかりなんだ」

「そっかぁ」

柱の陰で、父子はそんな会話を交わす。

「……殿下、やっと見つけました……！」

ユドハの側近が悲壮な形相で現れた。

所用があると言ったきり行方を晦まし、嫁の後ろを追いかけて城中を移動するユドハを探し回った側近は、「もう逃がしませんよ。さぁ執務室へお戻りを」と急かす。

「こんにちは」

「こんにちは、アシュさま」

のんびりした声でアシュに挨拶をもらい、側近は丁寧に挨拶を返す。

「あのね、ユドハね、ディリヤとかくれんぼしてたの。アシュもしたのよ。いまから、おやつ食べるの。おにいちゃんも、いっしょに食べよ？」

「お誘い光栄です」

さっきまで悲壮な形相だった側近も、アシュの笑顔で肩から力が抜けてしまう。

「嫁の勇ましい後ろ姿を見続けられんのは悲しいが、かくれんぼは仕舞いにして、おやつを食べて仕事をしよう」

ユドハは腕のなかのアシュをしっかりと抱き直し、側近を伴って執務室へ戻った。


ライコウはユドハの部下となって久しい。

現在はユドハとディリヤの三人の子息の身辺警護職に就いているが、本来の所属は国王代理直属の戦狼隊であり、そのなかでも古参と言える。

先般、ディリヤが国王代理護衛官の職を得た。

護衛官だが、職務初日からいきなり国王代理の傍に立つわけではない。その前に国王代理を守るために必要な術を学ぶことになった。

最初の研修先は戦狼隊だ。戦狼隊での研修を終えれば、ディリヤは人間に友好的ないくつかの部署を渡り歩き、さらに研修を重ねる予定になっている。

護衛官職の研修に入って早々、ディリヤに敵意を剝き出しにする部署で働かせる必要はない、という配慮だ。

ディリヤもその配慮に感謝して、城内ですれ違った好戦的な狼を相手取ってケンカしたり、煽られて煽り返すような真似は控え、おとなしくしていた。

そのあたりは事前にユドハと相談のうえ、ディリヤの実力を着実に、それでいて確実に認めさせるために、焦らず地盤を固めていく方向で動いていた。

　ライコウは、研修初日である今朝のユドハとディリヤの会話を思い出す。

「誰彼構わず牙を剝かない。復唱」

「誰彼構わず牙を剝かない」

「殺したい相手に出くわしたら俺に報告」

「殺したい相手に出くわしたらユドハに報告」

　狼が人間に淡々と言い聞かせ、復唱させていた。

　傍でそれを聞いていたライコウは、「これじゃあどっちが狼か分からんな……」などと思ったが、ディリヤはユドハの言うことならよく聞くので、この一言はとても大事な気がした。

　時折、ディリヤは家族と群れの仲間のために暴走することがあるからだ。

　ディリヤにそういう一面があるからこそ最初の研修先に戦狼隊が選ばれ、初回から慣れるまではライコウが顔繋(つな)ぎ役として同道することになった経緯がある。

「元狼狩りの自分がすぐに受け入れてもらえるとは思っていません」

　初回の顔合わせのため、城内の演習場に向かう道中でディリヤはライコウにそう打ち明けた。

「城内でのディリヤ様の評判はおおむね好評とのことですが……」

「物珍しいからかと……」

「確かに、ディリヤ様につっかかってくる者もいるようですが、戦狼隊にかんしてはそう気負わず、いつもどおりのディリヤ様でよろしいかと」

　戦狼隊と護衛官は、ともにユドハ直属という扱いだ。今後、戦狼隊のメンツは、護衛官のディリヤと行動を共にする機会も多い。有事の際に円滑に連携をとるためにも、戦狼隊の訓練や演習に混ざり、互いを理解することを目的としていた。

　ライコウは顔繋ぎ役だが、近頃のディリヤを見ていると内面の成長著しく、初日の結果だけを見てもライコウの橋渡しなど不要だった。

「さて、戦狼隊の面々は既に知っているところだろうが、こちらがディリヤ様だ。本日より当面の間、午前中は我々とともに行動なさる」

「よろしくお願いします」

　演習場に到着すると、ライコウの紹介を受けたディリヤが頭を下げた。

「よろしくお願いします!!」

戦狼隊の面々、特に若手が歓迎の意味を込めて声を張った。

　新しい仲間が増えるのは嬉しい。そんな表情だ。ディリヤに興味津々（しんしん）だが、礼儀も弁（わきま）えていて、ちょっとだけ尻尾をぱたぱたさせるに留（とど）めている。

「珍しい奴らもおります」

　ライコウが右側に体を傾け、ディリヤに伝える。

　普段なら基礎訓練を免除されている役職付きや管理職の連中が、「殿下のつがい殿が参加なさるならば、我々も参加せねばなるまい」と喜び勇んで参加していた。

「気を遣わせてしまいましたか？」

「いやいや、あれは、事務処理から逃げられる格好の言い訳を見つけた時の顔です」

　役職付きに顔見知りの多いライコウは、「アイツらとは同期ですが、どいつも気のいい奴ばかりです」と笑って付け足す。

　顔合わせを簡単に済ませると、日課の訓練が始まった。

　戦狼隊では、装備品の点検作業にはじまり、徒手（としゅ）格闘などの武術、剣術、弓術、様々な戦闘技術を磨く訓練のほか、戦史、戦術や軍事技術を身に付ける座学もあり、さらに専門分野については外部へ学びに行くこともあった。

　今日は演習場で、二人一組で徒手格闘と剣術の基礎を浚（さら）い、その後、その二つを交えた実戦形式の訓練を予定している。

　戦狼隊の兵士は、訓練の最中に万が一にも国王代理のつがい殿に傷を負わせてはならないと思うのか、どこか遠慮がちだった。

　それを感じとったのか、ディリヤは「まずはひととおり見学させてください」と一歩引いて、ライコウの隣で訓練を観察した。

「ウルカの軍用剣術と人間のそれはかなり違いますか？」

　ライコウは右隣に立つディリヤを見やる。

「はい、違います。俺は人間の国の正式な軍事教練を受けた経験がないので比較検討は難しいですが、ウルカはウルカの狼が戦いやすい剣術や戦法で系統立てられていて、基礎を習得すれば誰でも兵士になれる。そのうえ、狼の力を最大限に発揮できる。いいですね、実用的だ」

ディリヤは訓練を注視したままライコウの問いかけに答えた。

「ディリヤ様にはディリヤ様の戦い方が既におありでしょう」

「確かに、下手に彼らの真似をしたり、体格や腕力で劣る自分がこの剣術を学んだところで、振り回されておしまいです。特に俺は剣術が不得手なので」

「…………」

ディリヤの言葉に、ライコウは思わず目を見開いて驚いてしまう。

ライコウは、ユドハの剣の稽古相手をしていて、そのつながりで、これまでに何度かディリヤの稽古相手を務めたことがあるし、ユドハとディリヤが手合わせで刃を交わす場面に同席したこともある。リルニツクやそれ以外の戦場でも剣を扱うディリヤの姿を見た記憶がある。その時のディリヤは、到底、剣術が不得手なようには見えなかった。

「剣が、不得手なんですか……？」

「はい。短刀や弓はまだ使えますが、剣術や槍術には触れてこなかったので苦手です。自己流でやってきたので、座学もさっぱりです。軍事用語もこちらの流儀に則って覚える必要があります。なので、この研修で長物(ながもの)の扱い方と座学の基礎だけでも習得する考えです」

「予定に組み込んでおきます。このあと徒手格闘と剣術を応用した実戦形式となりますが……」

「では、応用から参加します」

「はい」

そうしてライコウと会話する間にも、ディリヤは短時間の観察で基礎がしっかりしている二人組を見極め、全体を見つつその二人の動きを赤い目で追っていた。

時折、足先と指先がわずかに動くのは、目の前で見ているものを頭に叩(たた)き込んでいるからだろう。

狼と人間はまったく骨格が異なるはずなのに、その横顔が真剣な表情をしている時のアシュにどことなく似ているとライコウは思った。

「参加します」

基礎をしっかり見学したあと、ディリヤは上着を脱いだ。

「ディリヤ様……」

「大丈夫、覚えました」

「…………覚えましたか……」

上着を預かったライコウは、お気を付けてと言いかけて、その言葉は必要ないと思い直し、一礼で見送った。

結果は言うまでもないが、ディリヤは見たものを完璧に模倣して応用し、実戦形式の訓練もそつなくこなした。

「えっ、……基礎練にしろ、応用練にしろ、事前にライコウさんが教えてたんじゃないんですか？」

「ないんだよ、それが……」

「すごいなぁ……」

戦狼隊の若手は、ディリヤのなにかが優れているとは感じるのだろうが、それを言語化するのは難しいようだった。

「ごく稀(まれ)にああいう人はいるらしいが、本物を見たのは殿下に続いて二人目だ」

戦狼隊の古参の一人が、ライコウの隣で感心しきりだった。

「あの方は、本来なら単独行動でこそ実力を発揮し、戦果を挙げる生き物だ」

「そのくせ、状況に馴染むというか、群れに紛れ込むのが異様に上手い。悪目立ちせず周囲に溶け込み、周りの練度に合わせて行動し、それでいて見る者が見れば舌を巻く」

「戦場でも諜報(ちょうほう)でも器用に立ち回るという話だったが、いやはや、本物だな」

ディリヤは己の得手をひけらかすことなく控えめに振る舞うから、古参連中は驚いていた。

「ちっとも手の内が読めんだろ」

「ああ、実力の底が見えん」

ライコウの言葉に、古参は深く頷いた。

実力が計り知れない。抜きん出て優秀。滅多にお目にかかれない逸材。味方であれば限りなく頼りになり、重宝し、ありがたい存在だが、そういう特殊な生き物は、群れでの戦いを得意とする狼の部隊では扱いづらい。

狼狩りの時と同様、ディリヤは護衛官として単独行動を取る機会が多いだろうが、それでも、仲間との連携や横の繋がりは必至だ。情報収集を含め、時には誰かの手を借りる必要があるし、物品の補充などもツテがあったほうが強い。

だからこそ、ユドハはディリヤを自分の直属に置いたのだろう。ディリヤの能力を正しく評価できるのは、おそらくユドハだけだ。

ユドハだけが赤毛のけものを御すことができるのだから、それはそれで当然のような気がした。

「次は俺とお願いします！」

ディリヤの実力を目の当たりにした若手連中は、「この人は俺たちと訓練したくらいじゃ傷つかない実力がある」と理解したらしい。

「俺、初めて人間に土を付けられました……」

物怖じしない若手は、こぞってディリヤとの訓練を望み、破れた。

真剣に取り組んでいるのに、どうしても勝てないのだ。

その後、中堅や古参も試したが、ディリヤに土を付けられたのはほんの数名で、それも、二度目の挑戦では逆に負けるということもあった。

「……不思議だ。たった二回手合わせしただけなのに、手の内すべてを見透かされたような動きをされる」

「そりゃそうだ。あの人は元狼狩りだぞ。こっちの手の内ぜんぶ知り尽くしてるに決まっとろうが……。一度目で土を付けられた時に学んで、二度目に活かしてるんだ」

「三度目でこちらが対策をとられることも多いです」

ライコウと戦狼隊の会話にディリヤはそう返した。

実戦形式の訓練ともなれば、今日見聞きしたばかりの狼の訓練に加えて、ディリヤがこれまでに培ってきた狼狩りの経験も適用できる。

だが、戦狼隊も特別優秀な狼の集まりだ。二度目に負けても、三度目にはディリヤへの対抗策を立ててくる。

「戦争を知らない若い兵にとってディリヤ様の存在は良い刺激になっている」

古参連中はおおいに喜び、自分自身も身の引き締まる思いでいた。

近々、王都近郊の演習場で大規模な演習が行われる。

ディリヤはそちらにも参加予定だ。対人間の仮想敵を見立てての演習では、元狼狩りのディリヤの意見が大変参考になるし、奇襲や強襲を食らった際の迎撃や反撃方法も伝授してもらえる。アスリフの手の内を教えてもらえることなど滅多にない貴重な機会だった。

「ディリヤ様、休憩です！」

「お茶をどうぞ」

「さっきの組手の解き方、教えてください！」

戦狼隊はディリヤを好意的に受け入れた。

特に若い連中は、人間への偏見や差別意識も少なく、戦争中に抱いた禍根もないからか、ディリヤに親しげに話しかけた。

「殿下が六年間ずっとディリヤ様とアシュ様を探してる間、俺たち、赤毛の人間ってどんな人間だろ～って思ってたんです」

「そしたら、殿下が惚気てたとおりの人でした」

「……あの、自分、新婚なんですが、ディリヤ様たちがトリウィア宮で暮らし始めていくらか経った頃、ふとした瞬間に、家族が家で待っていてくれるというのは幸せだな……って殿下が仰ったことがあって、それを聞いた俺まで幸せな気持ちになって、早く家に帰って嫁さんに会いたいな～って思ったことがあるんです」

「自分はライコウと同じく殿下に長くお仕えしておるのですが、先日、騎馬なさった殿下に付き従い、街道沿いを進んでいた折、殿下がこう仰ったのです。……いま通りがかった家の庭先に咲いていた花はディリヤに似合うと思わんか？　……と」

「そのあと、殿下はその花の咲く木を手配し、トリウィア宮の庭に植えられたと報告を受けました」

「……身に覚えがあります」


ディリヤは「あいつはもう……しょうがない奴だ」と肩で息を吐く。

それを見ていた皆が、「きっと同じようなことが毎日のようにあるんだろうなぁ……」とディリヤの心中を察した。

ユドハともっとも長く行動するのは戦狼隊だ。

必然的にユドハが惚気を漏らすのも戦狼隊の面々だ。

「今日の昼はディリヤと一緒だったんだが、魚を美味そうに食っていた。嬉しい。俺も近頃は魚の小骨を取り除くのが早くなったんだ。ディリヤがそれを褒めてくれる。嬉しい」

といった惚気に始まり、「双子のおしめを替えたんだが、手早く交換できるようにディリヤが縫い方を工夫していてな、あれが市場に流通したら便利だと思うんだ。なにせ尻尾が汚れにくい。さすがはディリヤだ」という微笑ましい日常の零れ話を聞かせてくれる。

戦狼隊はそれを聞きながら「殿下も嫁さんに褒められて嬉しいと思うんだなぁ」とか「国王代理も子供のおしめ替えるんだなぁ……」とか「今日の惚気も平和だなぁ」とか、己の仕える狼の王の幸せな様子に涙ぐんだりした。

惚気にうんざりしたり、聞き飽きることがなかったのは、ディリヤとの再会を望み、決して諦めることなく追い求め、探し続けたユドハの姿を誰よりも一番近くで見てきたからだ。

「お前たちは、想い人や家族、自分自身を幸せにするための一家言はあるか？　もしあったら是非教えてくれ」

　より良き親であり、夫であろうとするユドハのその真摯（しんし）な姿勢は誇らしかった。

　臣下を萎縮させぬ言葉遣いで臣下の言葉に耳を傾け、それぞれを一個の生き物として認め、他者を知ろうと努める人柄に触れられて、嬉しくもあった。

　ウルカという国を率いるに相応（ふさわ）しい狼が、さらに家庭人としても研鑽（けんさん）を重ね、愛（いと）しい人に相応しい男であろうと努力する。日に日に尻尾と鬣の毛艶が良くなり、精彩を放つ。それほどまでにユドハという男を奮い立たせ、幸せにする赤毛のけものに皆が感謝した。

「ディリヤ様は、休日はなにをしてるんですが？」

　若い連中はディリヤの隣に腰を下ろし、そんなことまで問いかけた。

「休日は家事をしたり子供と遊んだりしています」

　ディリヤもディリヤで生真面目（きまじめ）なものだから、真摯に答えていた。

「ご趣味は？」

「趣味はありません」

　ディリヤの回答は単純明快で、ライコウは一問一答を聞いている気持ちになった。

「あの、自分からも質問いいですか？」

　ディリヤが自らそう発言した。

　ライコウはそれが嬉しかった。

　トリウィア宮に来て間もない頃から見ているディリヤが、自分から、誰かに、それも、初対面の大勢の人に歩み寄った瞬間だからだ。

　若い連中は嬉しそうに尻尾を振って「なんでも訊（き）いてください！」とディリヤの周りに座りこんでおしゃべりに興じた。

　古参の連中も「若い連中は体力があり余っとるなぁ」「日課を増やすか」と茶化しながらも談話に加わった。

　休憩中の無礼講とはいえ、ライコウは「あまり失礼なことを尋ねるなよ」と若い連中を窘（たしな）めつつも口を挟まず、会話に耳を欹（そばだ）てた。

「俺は趣味らしい趣味がないんですが、皆さんはどんなことが趣味ですか？」

ディリヤのその問には、様々な回答が返ってきた。

絵画鑑賞、公営賭博、馬術競技、観劇、自分で芝居をする、芸術や書道を嗜む、美術館や図書館、植物園へ行く、読書、街巡り、古城巡り、呑み屋で好きな踊り子さんを応援する、子供や家族や仲間と野営、単独野営、狩り、遠乗り、弟妹と遊ぶ、珍しい昆虫を探しに行く、日曜大工、船を作って川遊び、……などなど、「お前、そんな趣味があったのか！」とライコウも驚くような同僚の一面を知った。

なかには、趣味の料理好きが高じて「世界各地のいろんな食材が扱えるから戦狼隊の主計科に入りました！」と、のたまう男もいた。

「ウルカは趣味も多種多様で幅が広いですね」

「戦後、殿下が推進した政策のひとつに、文化の発展を目指す、というものがあります。教育とはまた別に庶民にも広く教養を深めてもらうための施策を行いました。ウルカの伝統芸能や芸術・文化に触れることを推奨し、支援し、廃れ始めていたそれらを手厚く保護しました。それが功を奏したのです」

「人生の楽しみや喜びはひとつでも多いほうがいい。ユドハがそう言っていました」

ライコウの言葉に、ディリヤは感心した様子で頷く。

ディリヤは表情をほとんど作らないから、思案する横顔から心中を察するしかないのだが、きっとまたひとつ成長するきっかけを見つけたに違いない。

糸口を見つけただけで、結論を導き出すのはこれからだろうが、赤い瞳の輝きは、狩りをするけもののそれだった。

「趣味についてなのですが……」

演習場からトリウィア宮への帰り道、ディリヤがおもむろに話を切り出した。

「その節は、若いのが失礼を……」

「いえ、いろんな話をたくさん聞けて嬉しかったです」

「そう言っていただけると助かります。……研修初日の感触はどうです？」

「いまのところ、ぬるま湯で大事にしてもらってる感じです」

ディリヤは、己の立ち位置をよく弁えていた。

戦狼隊の狼たちが気を遣っていることも、大事に扱ってもらっていることも理解していた。

「ライコウさんにお伺いしたいのですが……」

「はい、なんなりと」

「ライコウさんのご趣味は？」

「近頃は食べ歩きを楽しんどります」

「そういうのも趣味に分類していいんですか？」

「自分が趣味だと思えば、どんなことでも趣味と言ってよろしいかと」

「どんなものを食べる食べ歩きですか？」

「屋台も美味いですし、外に椅子を出しただけの呑み屋や、立ち飲み屋があるので、そういうところを巡ったり、ああ、そうそう、昔はあまり食指が動かなかったんですが、最近じゃ甘い物も食うようになりました」

「毎日顔を合わせているのに、俺は、ライコウさんのことを思ったよりも知らなかったみたいです」

「どうしても、アシュ様やララ様ジジ様のことが会話の中心になりますから」

ライコウにも趣味がある。

誰しも、なにかしら好きなことがあったり、楽しみがある。

なんてことない、ただそれだけのことだ。

だが、ディリヤにはそれがとても不思議なことに映ったらしい。

いままで、ディリヤは、ディリヤ個人の時間を持ったり、趣味を楽しんで生きるということがなかった。

ユドハと出会うまでは、他者と深くかかわることもなく、誰かと人生を分かち合って生きてこなかったこともあり、自分以外の誰かの人生を知る機会がなかった。

湖水地方の村で、一人でアシュを育てていた時は趣味について考える余裕もなく、今日の会話で、一人一人、それぞれに人生があり、生きてきた背景があるということを改めて実感したらしい。

「戦狼隊の皆さんのそれぞれの余暇の過ごし方を聞いて、目から鱗が落ちました」

「……と、言いますと？」

「なにかに興味を持って生きていて、人生を充実させていました。趣味について話す皆さんの表情が明るくて、楽しそうで、キラキラしてて、素敵なことなんだと思いました」

自分以外の人を知ることで、物の見方や考え方に自分とは大きな隔たりがあることを感じた。

人生の幅広さや、深さ、濃さ、心の豊かさの差が大き過ぎて、ディリヤは「俺はわりとぼんやり生きていたかもしれない」と思い始めた。

「みんな、ただ生きてるだけじゃないんだなぁ……って」

「ただ生きることだけを楽しんどる奴もいます」

「ライコウさんは優しい。……でもほら、俺の一番傍にいる男が多趣味なのを思い出しまして」

「確かに、殿下は趣味も豊富で、どの分野でも類稀な才能をお持ちです」

師であるコウランの影響もあり、ユドハは見識を広めることに意欲的で、「気分転換になる」と積極的に取り組んでいる。

それは生来の好奇心旺盛な性格もあるし、仕事柄必要に駆られてのことかもしれないが、例えば、鷹の世話をしている時のユドハとコウランは、ディリヤから見ても心底楽しんでいる様子だった。

そんな二人を見たアシュも、様々なことに興味を持ち、挑戦している。

「趣味って、……探して見つかるものでしょうか？」

「見つかる時もあれば、見つからない時もあるかと……すみません、こんな回答で……。なにか、ご興味のあることから探されては？」

「はい。……こういうの考えてこなかったんで、考える良い機会だと思います」

そう言うディリヤの声は明るい。

声は抑揚が少なく、表情が変わらないので分かりにくいが、思い詰めるのではなく、楽しげな雰囲気がディリヤから伝わってきた。

近頃のディリヤは、最悪の事態を想定して深慮するだけでなく、ユドハと一緒に生きる人生をより豊かにすることに前向きだ。

ライコウは「この方は、本当にまっすぐで、ひたむきだ。何事も生真面目に取り組んで健気な人だ。殿下はこの方のこういうところを好きになったんだろうな」と、改めて思った。

コウランはトリウィア宮のすぐ隣に位置する小離宮を居所としている。
一時期は危ぶまれた体調も現在はすこぶるよろしく、元来、人をもてなすことが好きなコウランのもとには多くの客が訪れた。

ユドハとシルーシュ。この二人は折々に顔を見せ、「珍しい物が手に入ったので、師父のお目にかけようと……」と言ってはひとしきりコウランと遊び倒し、「ジジイ！　死んではおらんか！」と賑（にぎ）やかしに来てはだらだらと楽器を奏でて酒を呑んで帰っていく。

ディリヤもまた小離宮に足繁く通ってくれた。時にはコウランの好物を作っては運び、時にはコウランをトリウィア宮の食事に招待してくれた。

皆、差し出がましくなく、それでいて年寄りを忘れずにいてくれることがコウランの人生の張り合いとなった。

そしてなによりもアシュという幼い狼の存在がコウランを元気づけた。

「おじいちゃんせんせぇ、こんにちは」

出入り口から尻尾と耳がひょこりと覗（のぞ）くと、コウランの頬もゆるむというものだ。

ほぼ毎日コウランのもとを訪れるアシュは、コウランの話を聞き、ともに動植物を観察し、その日、アシュが興味を持ったことを二人で研究し、おしゃべりを楽しんだ。

今日もコウランのもとにはアシュが顔を見せ、そして、シルーシュもいた。

「毛玉よ、これでどうだ？」

「シルーシュちゃん、ディリヤはそれくらいじゃ、わぁ！　って喜ばないよ？」

「では、この三案目だ。このくらいせんとそなたのところのディリヤをあっと喜ばせるのは難しかろ」

二人はなにやら悪だくみをしていた。

悪だくみというよりは、作戦を立てている、のほうが近いかもしれない。

「三人で踊り狂い歌い叫べばよいのではないか？」

もちろん、コウランもその輪に入っていた。

「我らとともにジジイも踊り狂い歌い叫ぶのか？」

「ああ、するぞ」

「ジジイと成人男子と幼児の三人でいきなり踊り狂い歌い叫び始めたら、ディリヤはあっと喜ぶのではなく我々のおつむの心配をすると思うぞ」

「アシュもシルーシュちゃんもおじいちゃんせんせぇもおつむは元気だから大丈夫よ。……ん～……、ディリヤをあっと喜ばせるには、どうしたらいいかなぁ……」

アシュは耳と尻尾と頭を右に傾（かし）げて考える。

近頃のアシュは、大好きな人たちを喜ばせる、という行為に興味津々で、喜んでもらうにはどうすればいいかを夢中になって考えていた。

大好きな人に笑顔になってもらったら、自分も嬉しくて笑顔になるからだ。

誰かになにかをしてあげたい年頃だということもあるのだろう。コウランはアシュの未知数の考えが膨らむように、ひいては、将来、「王様になった時、アシュがどんなことをしたらウルカに住んでるみんなは喜ぶかなぁ？」ということを考える練習も兼ねて見守っていた。

そこへ、護衛官の研修を終えたディリヤが顔を見せた。アシュとコウランの勉強の時間外を狙っての来訪だ。

「ご歓談中、失礼します」

「これは良いところに顔を見せてくれた。……おぉ、軍装がよう似合っとるの、男前じゃ。ほれ、そなたの晴れ姿だ。そこでくるっと回ってジジイに見せとくれ」

「はい」

ディリヤは望まれるがままに回ってみせる。

「ええものを見せてもろうた。眼福眼福。冥途の土産（みやげ）になった。ほれ、こっちゃ来い」

コウランはまるで子や孫を見るように目を細め、ディリヤを手招くと、三人で車座になっていた輪に座らせた。

「いまね、アシュたち、ディリヤがあっと喜ぶこと考えてたの」

「この間からずっとそのお話をしていましたね。なにかディリヤが喜びそうなことは見つかりましたか？」

「ディリヤ、なんでも喜ぶから分かんないの。アシュが、ごはんおいしいね！　って言っても喜ぶでしょ？」

「喜びますね」

「でもね、アシュはね、ディリヤがあっと喜ぶことがしたいの。そのためにね、ディリヤが好きなことはなにか、それを、けんきゅ？　することから始めるの」

「研究ですか……では、頑張ってください」

「うん！　シルーシュちゃん、おてつだいしてくれる？」

「よかろう」

アシュに手を引かれたシルーシュは立ち上がり、二人して部屋の隅の窓辺で密談を始める。

時折、「ディリヤのお仕事の服、かっこいいでしょ」

「服がかっこいいのか？」「ディリヤが着るからかっこいいんだよ」「なるほど、一理ある。どうせ貴様の父親の見立てた軍装だろうが、癪に障るほど似合っておる」「黒い服だからね、すりすりすると金色のふぁふぁがいっぱいくっついて、目立っちゃうの」「難儀だな」「なんぎなの」という二人の会話が漏れ聞こえてきた。

「さて、ディリヤ、……なにか儂に用があって来たのではないか？」

「はい」

「では、このジジイに話してみ？」

　コウランはユドハが東国から取り寄せてくれた茶を淹れて、ディリヤが話し出すのを待った。

　ディリヤが一考の末に話したのは、趣味についてだ。戦狼隊との会話から、ディリヤはまず自分以外の人、……つまりは、家族をはじめ、コウランやエドナ、イノリメやトマリメ、ライコウやフーハクなど、身近な人が、いま、どんなことに興味を持っていて、趣味についてどう考えているのか教えてもらおうと思ったらしい。

「例えばですが、俺以外の大人や、コウラン先生やシルーシュさんと一緒に過ごしたあとのアシュは、親の俺が想像もつかない物事に興味を持って家に帰ってきて、それを俺に聞かせてくれます。アシュがそうして成長するのを俺も見習いたいです」

「戦狼隊との交流はそなたにとっても良い刺激になったようじゃの」

「はい、とても。……同時に、自分の小ささや、ぼんやり生きてきたことを思い知りました」

「まぁそう気負いなさんな。儂の棲み処に来たということは、儂の一生をかけて集めた珍品や文献を見て、なにか自分の趣味を見つけられればとそう思うたのじゃろ？」

「はい。拝見して構いませんか？」

「構わん構わん。好きなように見て触れて遊んで試してみるがいい。気に入ったものがあれば、持って帰りなさい」

「ありがとうございます」

　ディリヤは深く頭を下げて、コウランの蒐集品を観察する。

　その後ろ姿を見ながら、コウランは思案した。

　ディリヤは狼の国が用意した軍服を身にまとい、狼の指導者であるユドハのために働くことを望み、狼の群れを守る生き物であろうとする。

自分のしたい趣味も分からないし、なにに対しても興味が湧かない。自分のことなのに、他人事のように思えて、ふわふわとしている。それでも、普通の生き物ならば趣味を持っているのが当然で、自分もそうしなくてはならないと言い聞かせている。

だが、ひととおり、どこにでもいる人間のように生きてみることが、いまのディリヤには必要なことなのだろう。

そうして懸命に生きるディリヤの底の見えない孤独に寄り添い、内面に触れて、支えられるのもまたユドハだけだ。

ディリヤという生き物の内側には、子供たちやユドハに捧ぐ愛だけが詰まっていて、それがなくなってしまったら、中身は空っぽで、ちょっとしたことで崩れそうな危うさが見え隠れする。

「だからこそ、脆く崩れ去ってしまわないように、ユドハは惜しみなく愛を注ぎ、ディリヤの内側を満たすのだろうなぁ……」

コウランは独り言ちて、茶を啜る。

人に愛されて得る幸せもある。

だが、ディリヤが自分で自分を愛することによって得られる幸せもある。自分で自分のことを考えて、思いやって、己自身で己の心を満たせばこそ得られる満足がある。

ディリヤは、いま、無意識に、知らず知らずのうちにそれを探し始めている。

そんなディリヤの背中を押す手助けができることをコウランは喜んだ。

庭の腰かけ石にちょこんと座ったアシュが低い鼻先を空へ向け、歌うように詩を吟じた。

「お空がとっても青いから～、なんだかちょっぴりさみしくなるの～」

「お上手よ、アシュ」

その隣、芝生に腰を下ろしていたエドナが詩集から顔を上げ「せっかくですから、いまのは書きつけておきましょう」と自分の侍女に紙とペンを持ってこさせる。

アシュは歌ったり踊ったり体ぜんぶを使って気持ちを表現する。即興で創作した歌や踊りは、毎回、振付が変わり、歌詞も曲調も異なる。二度と同じものは聞けないし、見られない。

「アシュ、ちょっとあっちでしんみりのお歌を作ってくるね」

今日のアシュは「ちょっぴり、しんみりなの……」と物憂げな仕草を作り、おもむろに顔を持ち上げては金色の瞳に一面の青空を映す。

たぶん、さっきエドナと一緒に作ったさくらんぼのケーキを食べておなかいっぱいで眠いのをしんみりと勘違いしているのだろうが、アシュがしんみりと言うなら、しんみりなのだろう。

アシュの詩作の邪魔をせぬよう、フーハクが気配を消して護衛についた。

「……アシュは詩人かもしれない」

アシュの書いた歌詞があまりにも詩的で情緒豊かで抒情的なので、ディリヤは真顔で親馬鹿を発揮した。

「今日、さくらんぼのケーキを作った時に、アシュが上手に飾り付けをしたの。それを見たわたくしの弟は、うちの息子は将来菓子職人になれる。いや、手先が器用で美的感覚が優れているならば、菓子職人だけではなく芸術的な分野で花開くやもしれぬ……、と親馬鹿を発揮していたわぁ」

エドナは詩集に栞を挟み、お茶を淹れるディリヤを見やった。

エドナの聞いたところによると、現在、ディリヤは趣味や興味、夢中になることを見つける、ということをしているらしい。

「いま、お手本にしているのはアシュです」

「アシュは多趣味ですものね」

ディリヤの淹れた茶を飲み、その美味に尻尾を揺らす。

今日、アシュとエドナは一緒に遊ぶ約束をしていた。エドナの提案で、詩集を読み、庭に出て自然を題材にした詩や歌を作り、楽器で曲を付けることになった。

それは、心の赴くまま、その時々の気持ちにあわせて自然と歌ったり踊ったりしてしまうアシュの感性にはぴったりだったらしい。あっという間に自由律の詩を作ることに夢中になっていた。

お菓子作りも、歌を歌うことも、詩を吟じることも、アシュはエドナから手ほどきを受け、楽しみながら経験している最中だ。

「ディリヤ、あなたもいろんな物事に触れて、経験してみては？」

　エドナらしい助言に誘われて、ディリヤも詩作に挑戦してみたが「……空は、空です。風の質で雨が降るか分かります。土は、蚯蚓（みみず）がいれば土壌が豊かです。水ですか……？　水があると一週間は余裕です。その、……生きるのが……」というところまで言うと、二の句が継げなくなってしまった。

「……詩を趣味にするのは向いてないかもしれません」

「そんなことないわ。わたくしだってお菓子作りにちっとも向いてないけれど趣味よ？　今日のさくらんぼのケーキだって、ほとんどユドハが作ってくれて、飾り付けの大半はアシュよ。でも、なぜか、ほとんどなにもしなかったわたくしの前掛けが一番汚れているの。それでも好きよ」

「好き」

「そう、好きなの。好きなものは、どうしても好きなの。へたくそで悲しくて上手にできない自分がいやになっちゃうこともあったけれど、最後はやっぱり好きなの」

「好きなことを、趣味に……？」

「そう、あなたの好きなことを趣味に！」

「俺は、エドナさんのそういうところが好きです」

　エドナは、いつも朗らかだ。

　朗らかであるよう、彼女自身が心がけている。

　それがエドナの優しさであり、魅力だ。

　同時に、王室の一員である彼女が身に付けた処世術でもある。

　早逝した両親、病弱な兄王、兄王の身代わりにされ続けた弟、王政で幅を利かせる祖母の一族、その祖母の命令で政略結婚した過去。

　様々な物事で板挟みになっていた唯一の王女であるエドナの苦労は計り知れない。

　政略結婚先との兼ね合いで行動が制限されたエドナは、戦中、ほとんど政治にかかわれずにいた。

　とはいえ、唯々諾々（いいだくだく）と恭順しないのがエドナという女性だ。

　芯の強い彼女は、政治、軍事、親族など、戦争中のありとあらゆる揉（も）め事の緩衝材となり、蜘蛛（くも）の巣のように張り巡らされた関係を取り持ち、陰ながら弟を支え続けた。

政略結婚の相手もまた早逝し、エドナは未亡人となったが、「そう悪い結婚ではなかったのよ」と微笑み、いまも黒いドレスで喪に服し、亡き夫から贈られた宝飾品を身に着けている。

「毎朝、あの人からもらった物を宝石箱からひとつだけ選んで、その宝石の思い出とともに身にまとうの」

彼女には、彼女の生きる美学がある。

その美学に触れるたび、ディリヤは感銘を受けた。

一本芯の通った志、しなやかな思考力、美しい生き様、生き生きとした姿、思い切りのよい行動力。それらを目の当たりにすると、「ああ、これが生き物なのだ」と知れた。

自分以外の生き物も、この世界に生きている。

人生を紡いでいる。

それが分かる。

ディリヤの知る狼の女性は数少ないが、どの女性も、みな、美しい。

湖水地方の村のスーラも、ウルカの王城のエドナも、イノリメも、トマリメも、キリーシャも、皆、生き方は異なるのに、それぞれ、一人一人に、生まれてから今日までの歴史があって、積み重ねてきた経験があったうえで、恋や愛、悲しみや憤り、好きや嫌いの判断基準があり、考え方がある。

ディリヤには自分というものがなかったから、自分の心の外側にいる生き物も、みんなそんな感じで生きているのだと思っていた。

動物も、人間も、植物も、土も、虫も、生きて死んで腐っておしまいだと思っていた。青空の下で太陽に晒され、月明かりの下で朽ちた軀となり、風雪にさらわれて跡形もなくなるのだと思っていた。

戦争中、古い遺跡で、妻を亡くした夫が、死してなお愛していると刻んだ墓石を見た。死んだあとでも愛してもらえる人がいることを知った。ただただ死んで、朽ちて、跡形もなくなるだけが生き物ではないという現実に打ちのめされた。

愛されて死ぬということ。

そういう生き物を羨ましいと思った。

でも、自分が手に入れることはできない幸せだと思って諦めた。

エドナは多くを語らないが、彼女は、死してなお夫に敬意を払い、彼女の持つ愛を絶妙な匙加減で尽くし、思い出を身にまとい、微笑とともに過去を抱いて生きている。

ユドハも、エドナも、愛が深い姉弟だ。

二人とも、その愛を惜しみなくディリヤやアシュ、ララとジジに注いでくれる。

「エドナさんやユドハが、俺やアシュたちに愛や優しさを与えることを惜しまないのは、どうしてですか」

「大好きだからよ」

「大好きだから……」

「そう。わたくしは好きなことをするの。愛することも、好きなことなの。ユドハもそう。愛したくて愛したくてたまらないの」

「…………」

「なぜって顔をしているわね？」

「はい。……いえ、弟であるユドハを愛したくて愛したくてたまらない、という気持ちは、なんとなく分かります。でも……」

「弟のつがいや、その子供たちまで愛してくれる理由が謎なのね？」

「はい」

「理由はいくつもあるわ。まず、わたくしがあなたを大好きだから。あなたが人として素敵な人だから。そして、あなた方がわたくしの可愛い弟を幸せにしてくれる人たちだから。それから……それから……」

「それから……？」

「それから、あなたたちがわたくしを慕ってくれるから」

「……慕う」

「ええ。あなたは、わたくしを見つけたら絶対に会釈をして、傍に走り寄り、挨拶をしてくれる。それどころか、あなたは己の命もかえりみず、わたくしの暗殺未遂を防ぎ、守ってくれた。アシュは、えどなちゃん！　と満面の笑みで駆け寄って、わたくしの胸に飛び込んで、あの小さな体をぜんぶ使って抱きしめてくれる。ララとジジは、わたくしがご挨拶すると耳と尻尾を振って大歓迎して、ドレスの裾を握って離さずにいてくれる。あなたたちの愛に触れると、わたくしはあなたたちを抱きしめたくてたまらなくなるの。だから、わたくしの愛や優しさは、わたくしからの抱擁だと思って」

エドナはディリヤに微笑みかけ、優しく抱きしめる。

おずおずと紳士的に抱擁を返すディリヤがエドナにはとても可愛らしく映った。

他人との接触が苦手で抱擁を遠慮する人がいたならば、その時はその人の気持ちを優先するけれども、政治的判断や、妬みや嫉み、家柄、様々な理由からエドナの存在を鬱陶しく思って抱擁を拒絶する人がいたのも事実だ。

だからこそ、抱きしめたいと思った時、それを受け入れてくれる人がいるのは、エドナにとってこのうえない幸せだった。

「趣味も、興味も、焦って探さず、あなたの好きなもの、あなた自身の心を大事にしてね」

それは、この世にただひとつきりの、あなたが持って生まれた宝物だから。

エドナはディリヤにそう伝えた。

第二章

ウルカの城下街には老舗の大店がいくつも店を構えている。

なかには御用達と呼ばれ、王室への出入りを許された商店や商人がいて、そのひとつに子供たちが遊ぶ玩具を専門に取り扱う店があった。

その店は、四季折々、贅を凝らした玩具の商品図録を上得意宛てに届けていた。

図録には、国産品、輸入品、一点物、顧客の別注で作った誂え品など、大人の満足と子供の興味を引くものがずらりと絵で表現されていた。

「幼い頃は、これを見て欲しい物を取り寄せてもらったものだ」

「都会はすごいな。こんな図録まであるのか」

感心しきりのディリヤは、ユドハの膝に広げた図録を隣から覗きこむ。

「俺が子供の頃よりもずっと興味深い物がある。時代によって変わるものだな」

「どれも値段を書いてないのが恐ろしい」

立派な装丁の本には、商品の遊び方、素材などの紹介はあれども値段の紹介はない。

「ああ、そういえばそうだな……」

ユドハは値段を気にするという概念がなかったが、ディリヤはまずそこが気になったらしい。

二人して玩具の図録を見ているのも、そもそも、アシュのためだ。

湖水地方の村にいた頃から、アシュはお金を使って買い物をした経験がほとんどない。王都ヒラに来てからは、家族で街へ下りた時におこづかいをもらって、おやつを買うが、その頻度も低い。

そこで、金銭感覚を身に付けさせるために、買い物の練習をさせようという話になった。

アシュが喜ぶ物や欲しい物を親が図録から選ぶのではなく、実際におもちゃ屋さんに足を運び、アシュ自身が選ぶ……という、一般家庭的な買い物の仕方をすることになった。

とはいえ、ユドハはアシュが欲しい玩具の事前調査をするし、ディリヤは予算を考える。そこで図録を見てみよう、ということになった。

「この図録は、ちょっと高級すぎて特殊だった」

「だが、近頃の流行の玩具がなにかは分かった」

「じゃあ、当日は頼んだ」

「お前も初の外勤だ。頑張れよ」

ユドハはディリヤを激励した。

アシュとユドハが買い物している間、ディリヤは護衛官としての実地訓練も兼ねて、すこし離れたところに控えている。

道中の馬車でもディリヤは同乗せず、別行動になるため、アシュとユドハが初めて二人でおでかけとお買い物をすることになる。

ララとジジはお留守番だ。

いつも家族五人一緒とは限らないから、様々な状況にアシュが慣れられるようにという親心でもあった。

「だいじょうぶよ！　ディリヤがおしごとで〜、ユドハとアシュがおかいもの〜！　まかせて〜！」

おでかけの予定を両親から伝えられたアシュは歌いながら奇妙な踊りを踊り始めた。

「アシュ、その踊りはなんだ……？」

「これはね、うれしいおどりよ。アシュはいま、はしゃいでるの。おでかけうれしいね〜、おもちゃ〜〜……！」

尻尾とお尻と両手両足をぐねぐねさせて、玩具を買ってもらえる喜びを表現する。

「蛸(たこ)みたいにぐねぐねしてる……」

ユドハの隣で、ディリヤが「関節がやわらかすぎてこわい……」と漏らした。

「いますぐ買いにいく？　お馬さんに乗っていく？　あ、ユドハにだっこしてもらって走ったほうが速いかな？　橋を渡ったところの、くだもの屋さんでおやつ食べる？」

今日すぐに買ってもらえると思ったのか、アシュは、いそいそおでかけの準備を始める。

「今日ではないぞ、アシュ」

「いつ買いに行く？　アシュがおべんきょうおやすみの日？」

「そうです」

「アシュ、乗り物のおもちゃがほしいの」

「いま集めてるやつですね」

「うん！　こないだ、ディリヤがねこちゃん作ってくれて、ユドハがお馬さん作ってくれたでしょ？」

「木彫りのやつですね」

「それといっしょにあそぶの。ディリヤはなにがほしい？　おみあげ買ってくるよ！」

「ディリヤは特にないですね」

「ないの⁉」

「はい。だから、アシュの欲しい好きな物を見つけて、買ってきてください。ディリヤはすこし離れたところでアシュがお買い物する姿を見守っています」

「楽しいおでかけにしよう」

ユドハはアシュを抱き上げ、「ひとまず、今日のところは、おでかけ鞄は置いておこう」と声をかけた。


ユドハとアシュは街のおもちゃ屋さんにいた。

老舗と呼ばれる店ではなく、商店街のどこにでもある素朴なおもちゃ屋さんだ。

絵本から飛び出てきたような外観の建物で、魔女と使い魔が住んでいる森のなかの家を想像させる。

窓辺には街の子供が釘付けになる玩具が陳列され、お客が気軽に入れるよう間口は大きく開かれ、子供のお小遣いでも買える玩具から、大人が買い求める贈り物まで手広くそろえていた。


アシュがいま集めるのに夢中になっているのは、子供の掌に乗るくらいの玩具だ。木彫りの置き物で、小型のものなら動物、植物、家具などがあり、大型のものなら建物、乗り物など数多くの種類が売りに出されている。

職人ごとにちょっとずつ動物の表情が違ったり、建物の形状や彩色も異なり、特色がある。

建物と建物をくっつけてもっと大きな建物にしたり、動物と乗り物を組み合わせて馬車にしたりもできる。

ほかにも、小刀を扱える年齢になった子供自身が自分の好きなものを削り出したり、着彩したり、それを使って双六(すごろく)遊びや盤上遊戯をしたり、親が作ってくれた木彫りの玩具と組み合わせて遊ぶことができたり……と、長く遊べる仕様になっていた。

おもちゃ屋さんに入ると、アシュはまっすぐ左端の窓際へ向かった。

子供の目線ぴったりの位置に、お目当ての玩具が所狭しと陳列されている。

店に入っていくらか経っても、アシュは陳列棚の前にしゃがみこみ、様々な種類の乗り物が並ぶ一角に居座っていた。

「アシュの言っていた欲しいのはこれだったか？」

「こっちよ」

アシュは木彫りの馬車を手に取る。

この店のいいところは、手に取って見られることだ。

「この馬車はもう持ってるだろ？」

「持ってないよ」

「そうだったか？」

「持ってるの、これとこれ」

「よく似ているが、ちょっとちがうな」

「そうよ。この馬車はね、アシュの持ってるお馬さんがくっつけられるの。こっちのは、犬ぞり用よ。あ、ねこちゃんの乗るお舟もある」

「迷ってしまうな」

「うん、まよう。……ユドハは？　どれがほしい？」

「……ユドハか？」

「うん。ユドハはなにがほしい？」

「こういうのを見るのは久しぶりでな、欲しいものと改めて訊かれると……さて、小さい頃にはなかった物がたくさんあるな」

アシュの隣に屈（かが）みこみ、ユドハは顎下に手をやる。

「……なやむ？」

「悩む」

「あしゅもなやむ」

「欲しいものの候補は見つかりそうか？」

「こっちと、こっちも……ほんとはほしい」

アシュは馬車を右手に持ちつつ、ウルカ軍の騎馬兵が騎乗する軍馬を手にする。

馬具の緻密な細工と色鮮やかな着色、躍動感のある尻尾と造作は子供の目を引く。

「なるほど。確かにこれはかっこいいな」

「……ん～～……、ユドハもいっしょになやんで」

「う～～ん」

アシュにお願いされて、ユドハも悩んでみる。

「きまった？」

「おとうさんはこれが欲しいな。……いや、ちょっと待ってくれ、こっちの、ほら、この海の乗り物たちもいいな。ぜんぶそろえて、ディリヤが作った模型の船があるだろ？　あれと並べるときっとかっこいい。おとうさん、この棚ぜんぶ欲しい」

「ひとつだけよ」

「……はい」

「ふたつ欲しい時は、ディリヤに買っていい？　って訊けばいいよ」

「そうだな。だが、ディリヤは仕事中だから、今日はアシュのおもちゃ一つだけにしておこう。さて、アシュはどれにする？　決まったか？」

「まだ」

「分かった」

「ねぇねぇユドハ、これは？」

「おお、これもかっこいいな」

「うん。川のお舟よ。二階建ての」

「それも候補に入れるか？」

「いれるけど、もうちょっとよ」

「もうちょっと悩むんだな？　分かった。……む、アシュ、これもかっこいいぞ」

「どれ？」

「これだ」

「見せて」

「ほら」

「う～んかっこいい……」

「迷うな」

「迷うね。でも、ディリヤが一個だけですよ、って言ったから……」

「アシュが一個で、おとうさんが一個なら……二個買えるぞ？」

「ユドハのおもちゃ、買ったら貸してくれる？」

「ああ、もちろん」

「あしゅのも貸してあげるね」

「では、時々、貸しあいっこして遊ぼう」

「うん！　じゃあ、これと、これで……、あ……」

「アシュ？」

「待って」

軍馬と二階建ての舟を手に立ち上がったアシュが深刻な声でしゃがみ直した。

「…………」

「ユドハ……これ、これを見て。これも……かっこいい」

「……………悩むか？」

「……………うん……」

しゃがみこんで選んでいるから、尻尾が床につかないようにくるんと巻いてるけど、玩具を見るのに一所懸命になっていくうちに、巻いているアシュの尻尾がゆるんで解け、地面にくっつく。

ユドハの尻尾は屈みこんだアシュが顎を置くために、

アシュのおなかの前で抱えられている。

　アシュはそこに鼻先を埋めて、物思いに耽った。

「……ユドハ、あのね、今日のお買い物のお話してる時にね、ディリヤにね、ほしいものなぁに？　って、アシュ、尋ねたでしょ？」

「ああ、尋ねていたな」

「そしたらね、ディリヤ、ないです、って言ったの。アシュ、おみあげ買おうと思って、じぜんちょうさ？　したのにね、ディリヤ、ないって言うの。いっつも、ないです、って言うの」

「ユドハも尋ねたことあるが、同じお返事をもらった」

　欲しいものはないか？

　ディリヤに幾度となくそう尋ねてみたが、「ナイフの手入れ用の油」といった必需品や生活用品が答えとして返ってきた。

　あまり尋ねるとディリヤを困らせてしまう気がして、近頃は質問することも控えている。

「ユドハ、そういう時どうする？」

「そうだな、ユドハは、そういう時、ディリヤが好きそうなものや興味を持ちそうなもの、ディリヤのことを考えてお土産を買うことにしている」

「……でもね、アシュはディリヤの好きなもののことが知りたいの」

　好きな人の、好きなものが知りたい。

　自分が想像した好きなものじゃなくて、その人がその人の声と言葉で「これが好きです」と言っているものを知りたい。

　食べ物でも、玩具でも、服でも、花でも、好きな色でも、虫でも、本でも、景色でも、ナイフでも、なんでもいい。

「すきなものを、しりたいの」

　好きな人について興味を持っているから、知りたい。

「そうだな、ディリヤの好きなものを知りたいな」

「ディリヤはいっつも、好きなものですか？　アシュとララとジジとユドハですね……って答えるの。でも、そういうのじゃないのよ」

「うん」

「でもね、ちがうの、そういうのじゃないの、ってアシュが言うとね、ディリヤ、そういう時、ちょっと困ったお顔をするの。あしゅ、困らせたいんじゃないのよ」

「ディリヤも分かっているさ」

「うん」

「でも、ディリヤの困った顔が、可哀想で、悲しいから、なんとかしてあげたいと思うんだな？」

「そうなの！　アシュ、ディリヤをにこにこにしてあげたいの！」

　アシュは顔を上げて、にこっと笑う。

「きっと、ディリヤはいま、自分の好きなものを探している最中なんだ。だから、ちょっとだけゆっくり、ゆっくり、待っていよう。きっと、好きなものを見つけたら、一番に俺たちに教えてくれるはずだ」

「うん！」

「……ところで、玩具はどれにするか決まったか？」

「りょうほう！」

　色使いのきれいな軍馬と、二階建てのお舟。

　一個はアシュで、一個はユドハ。

　おとうさんと貸し合いっこができる。

　ららちゃんとじじちゃんにもいっこずつ貸してあげられる。

「では、おとうさんと仲良く使おう」

　屈みこんだままのアシュが「うれしいおどり」と言いながら尻尾をふりふり、その場でぐねぐね踊り始めたので、ユドハは「その踊りは家に帰ってからにしような……」とアシュを抱き上げ、会計に向かった。

　玩具のあとは、屋台で果物を買って食べた。

　ララとジジには毛糸の玩具を、ディリヤには赤い瞳にそっくりのつやつやきらきらの木苺をお土産にした。

「アシュ、おかいもの、じょうずにできた？」

「ああ、上手にできていた」

「明日から一人でおかいものできるかな？」

「何度かユドハとディリヤと練習してからだな」

「おかねのおっきいのとちっちゃいの、すぐに分かんないからね」

「そうだな」

　ユドハに付き添われながらも、買い物の練習を達成できたアシュはほくほく笑顔で帰途についた。

　ユドハの出で立ちはどこにでもいる軍人のお父さんで、アシュはその子供だ。華美な服装や高価な持ち物はなく、馬車もごく一般的な仕立てだった。

　大事そうに玩具を胸に押し抱くアシュを遠目に見守

りながら、ディリヤは二人の乗る馬車と適度な距離を保って歩いていた。

ディリヤもまた護衛官の出で立ちではなく、ウルカを訪れた旅人風を装っている。外套のフードを被れば赤毛を隠せるし、商人や旅行客の多い王都ヒラでは旅装の人間も目立つ存在ではない。

馬車はゆっくりと石畳の馬車道を進む。夕暮れ時、往来する人々で混雑する頃合いということもあってか、ともすれば歩いているディリヤのほうが追い越してしまいそうだった。

黄金通り。

そういう名の通りに差し掛かる。

その名のとおり、ウルカの名産であり、特産品でもある純金を扱った商店が立ち並ぶ界隈だ。

黄金通りはすこし特殊な形状をしていた。王都ヒラで、一、二を争う二階建ての大きな橋の上に店があるのだ。一階は長屋のようにずらりと店舗が入り、店に用のない通行人は二階の通路を利用する。

一階部分に店舗を置いている理由は多々あるが、その最たるものは、防犯に優れている点だ。

石と煉瓦、膠灰や漆喰で造られた橋は頑強だ。店舗ごとにしっかりと三方を壁で区切られ、二階の通路が一階の天井の役割を果たし、店舗への出入り口は橋の通路に面した一つのみとなる。

店内の壁面には、川に面した窓がある。純金製品や宝石を輝かせる太陽光を取り込むためだが、狼獣人が侵入するには難しい格子窓で、泥棒除けになっていた。

金を扱う店舗は、どこも大抵、王都近郊の川沿いに工房や金庫を持っている。黄金通りに軒を連ねる店舗は特に老舗が多く、工房の規模や抱える職人の数、所持する黄金の量と質、すべてが最高級だった。

仕入れた黄金は工房内の金庫に保管、加工され、工房独自の図案や模様の細工を施し、時には客の注文通りに作製し、完成した商品を川舟で運ぶ。

川舟が黄金通りの橋の下までやってくると、橋の一階中程にある滑車で運び上げ、それぞれの店舗の代表が受け取り、店へ運び入れる。

舗装された地上路ではなく河川を使うのは、混雑する地上路よりも早く、確実に、到着するからだ。早く到着できれば、それだけ道中で強盗に遭う確率が下がる。

王都周辺の河川は治水が行き届いていて、堤防は整備され、天候に左右されにくい。さらに見通しも良く、防犯面も信頼度が高い。地上路よりも雇う護衛の数も少数精鋭で事足り、経費の削減になる。

昔から王都ヒラでは、地上路に等しく水路が重宝されていた伝統などもあり、現在もそれが継承されていた。

そうこうしている間に、ユドハとアシュの乗った馬車が黄金通りの中程まで進む。

それぞれの店先に、一人か二人、屈強な狼獣人が立っている。あれは各店が独自に雇っている護衛だ。

かくいうディリヤも、何度か川舟の護衛をしたことがあった。

川舟は、金以外にも、食料、家畜、薬品、反物や交易品、ありとあらゆるものを運ぶから、商いをする者は誰しも腕の立つ護衛を欲しがり、必然的にそうした護衛業は稼ぎが良かった。

ウルカの田舎の村で六年近く暮らしたディリヤは、小さな仕事も、大きな仕事も、もらえるものはなんでもやってきたが、ユドハと出会う一年くらい前にようやく信用を得て、そういった金払いの良い護衛業を斡旋(あっせん)してもらえるようになった。

「君は人間だが、とても信頼している」

なかには、何度も繰り返しディリヤを指名してくれた雇用主もいる。

それでも、一番重要な仕事を人間のディリヤに割り当てることは一度もなかった。

たとえば、反物の運搬だ。特級品や上位等級品はウルカの狼が守る。三級品以下ならディリヤに仕事が回ってくる。そして、ディリヤはいつも荷物から一番離れた場所を守る配置だった。

信用されていないわけではないが、狼の国で、狼が、狼よりも人間を信じることはない。それが情理というものだろう。

地上路の護衛でも同じだ。

ディリヤはまず先頭を進む。盗賊と鉢合わせた時に弓矢で射られる配置だ。これは、幾許(いくばく)かの危険手当が出るから納得していたが、その危険手当も、狼ならばもっと高額だったことを知っている。

狼の国で、狼と人間ならば、狼の命を優先したい気持ちが働くのもまた情理というものなのだろう。

それを考えると、ユドハ直属とはいえ戦狼隊であれだけ歓迎してもらえたことは幸運だと思わねばならない。

「……？」

橋の中程を過ぎたあたりで、ディリヤは外套のフードをすこし斜めにずらした。

橋の左右に一基ずつ滑車が設置されている。舟荷を引き上げるために左右の壁面の一部が取り払われており、そこから川の景観を眺めることができるのだが、なんとなく、視界の端に目につく川舟があった。

荷物を運んでいるふうでもなく、運び終えた帰りや、川遊びという感じでもない。

船頭が一人、橋の袂、川べりに舟を着けて、ディリヤが通りすぎた滑車を見上げていた。それは、滑車で下ろされる荷を待っているようにも見えたが、橋には荷運びをする者の姿はなく、滑車を動かす職人たちも小さな椅子に腰かけてのんびりした様子だ。

そもそも、混雑した時間帯の荷物の上げ下ろしは少ない。大体、深夜から早朝にかけてが山場だ。

「……ディリヤ様」

戦狼隊の一人がさりげなくディリヤの隣に並んで歩いた。

二人とも他人のフリをしたまま、ディリヤは視線で船頭のほうを合図し、ディリヤの同僚もさりげなく確認してひとつ頷く。

ただちになにかが起こる気配はない。

いまの最優先は、ユドハとアシュを無事に王城まで送り届けること。

ディリヤは護衛官としての任務を忠実に遂行した。

ディリヤが怪しい人物を見かけたことは、戦狼隊で共有された。帰宅後、改めて戦狼隊が川沿いを検めたが、不審な点は見当たらなかったそうだ。

単にディリヤが気負い過ぎたのかもしれないし、外に出て護衛するのが初めてで、気が立っていたのかもしれない。

ユドハの耳に入れるほどのことではない。

そう思いながらも、ディリヤはどうしても気になった。

布団のなかのアシュは玩具を握りしめて健やかな寝息を立て、ララとジジも、お土産のやわらかい毛糸の玩具を抱きしめて眠っている。

仮眠をとったディリヤは夜明け前に一人でトリウィア宮を出た。

夜番のイノリメには「護衛官職のほうで気になることがあったので、すこし出てきます」と正直に声をかけておいた。

「…………なんでアンタがいるんだろう……」

ディリヤはしみじみと隣を見上げた。

「一心同体だからだ」

なぜか、ユドハもくっついてきた。

寝室でよく寝ていたはずだが、背後に気配を感じてディリヤが振り返るとユドハがいた。

「殿下、寝間へお戻りになってお休みください」

「……と言いつつ、腕を組んでくるお前はかわいいな」

「絶対に帰らないって分かってるからな」

追い返すことを早々に諦めたディリヤはユドハと腕を組んで歩いた。

「黄金通りの船頭が気になるんだろう？」

「ああ。俺の杞憂で、現地に行っても取り越し苦労かもしれないけど自分の目で確かめたい」

「元護衛業の勘というやつか？　野性だな」

「野性は使わないと衰えるからな」

「違いない」

夜の紺色が浅く空を彩る頃合いに、まるで散歩にでも出かけるように二人して黄金通りに出た。

薄手の外套を着たディリヤはフードを被り、下には護衛官の軍服を着ている。ユドハは簡素な平服だ。

街灯が点された通り沿いは仄かに明るく、この地区の夜警団や巡回中のウルカ兵の姿も見かけられ、まばらではあるが人馬の往来もあった。

もう数刻も経てば、王宮へ出仕する者からパン屋まで、朝の早い狼たちが動き出す時刻だ。そうすると、たちまち馬車の往来が激しくなり、川舟が朝一番に水揚げされた魚を都内に運んでくる。

いまのこの時間帯がもっとも人影がなく、夜警や巡回が通り過ぎたあとは、一定時間まったくと言っていいほど往来がない。

この時間帯、人馬は、大通りや街道に続く道を目指す。それでも、閉店中の商店が並ぶ黄金通りには煌々と松明が点され、各商店が資金を出し合って作った自警団の傭兵六名が警備していた。

ディリヤとユドハは河川と黄金通りの両方を見渡せる橋の二階にいた。二階の歩道に人影はない。一階通路の中腹、滑車を見下ろす左右に陣取り、川の下り沿いをユドハ、上りはディリヤが分担して様子を窺った。

黄金通りのなかでも王室御用達や高級店に分類される店舗の扉がすべて開かれ、商品が根こそぎ奪われていた。

間もなく、灯りをつけていない四艘の川舟が上りから姿を見せた。

同時に、黄金通りを守る六名の傭兵が動いた。舟を怪しんでの行動ではない。彼らは手慣れた動作で、川の上りと下り、三名ずつに分かれて滑車を動かし始める。

夜は金属音がよく響く。水力を利用した歯車の規則正しい音と、重い物を載せてぎしぎしと軋む音、時折、傭兵たちの「そのまま降ろせ」「よし」という短い会話がディリヤとユドハの耳にも届く。

橋の下で荷物を受け取った船頭と船乗りは、舟の重心を考えながら荷を詰めていく。手慣れた様子から、日頃から荷運びをしていることは明白だった。

傭兵たちは手早く次の荷物を降ろしていく。滑車を使用しない時間帯は動かせないように施錠されているはずだが、その気配もない。日中に滑車を動かす専門職だった者も一枚嚙んでいるだろうことが推測できた。

舟が満載になると、先に荷を載せた二艘が川を下っていく。

背後を振り返り、下り沿いのユドハを見やる。

互いに、身振り手振りをする必要もなく、ディリヤが舟を追った。純金を大量に積んだ舟は鈍足だ。ディリヤの足と身体能力なら充分に追跡可能だ。

それに、ユドハはこの都の地理に明るい。荷詰め中の傭兵たちを捕縛してからディリヤの匂いを辿って追いつくことも容易い。

なにより、ディリヤではウルカ国軍の兵を動かせないが、ユドハは動かせる。規模から考えて応援が必要だ。そちらを呼ぶのはユドハに任せた。

ディリヤがそう走ることもなく、舟は停まった。

官公庁や貴族街、繁華街を抜けた先、住宅街のど真ん中だ。その一角は歴史的に古い地区で、改修工事のためか、連続して何軒か空き家になっていた。

中流家庭以上の建物だ。古めかしい家屋の一軒一軒が塀で隔てられ、各家庭の裏口には川から荷揚げするための桟橋があった。

桟橋には、黄金の到着を待ちわびる窃盗団の仲間がいた。人数も、一人や二人ではない。彼らは舟が停泊するなり荷物を降ろしてせっせと家屋へ運び入れた。

「急げ急げ、夜明けだ……っ」

白みつつある空を見上げて、窃盗団が焦り始める。四艘分の船荷をすっかり運び入れると、桟橋へ続く扉が閉じられ、屋内へ入ってしまった。

風下にいたディリヤは周囲に見張りがないのを確認してから家屋に接近した。

桟橋の袂に川舟が二艘繋留(けいりゅう)されている。残りの二艘は、同じく空き家らしい両隣の建物の桟橋付近に一艘ずつ隠されていた。

ディリヤはその四艘の舟すべての船底にいくつか穴を開け、櫂(かい)を川へ流してから左隣の建物へ回り、庭の木を登り、二階の窓から窃盗団のいる建物へ侵入した。

下手に動けば人間のディリヤの匂いを察知されるが、幸いにも、家屋内はどこも閉め切られていて風の動きがない。それどころか、食べ物や排泄物の処理が適当で、ゴミが溢(あふ)れていた。使わなくなった荷物や、川の水に濡れた衣服や木箱など、汚れものを放置する不衛生な環境らしく、狼の鋭い嗅覚も鈍るようだった。

二階の廊下に出て階下を窺うと窃盗団の会話が聞こえた。

改修工事中。空き家の前に偽物の看板を立てて、壁をぶち抜き、大きな作業場にしているらしい。改修工事中なら、早朝の人の出入りも、夜間の荷物の運び入れも、大きな物音も怪しまれることはない。

ここは窃盗団のアジトではなく、盗品を一時的に仕分けする作業場のようで、宝飾品を、特級、一級、二級、三級に大まかに振り分けている。

一階の一番広い部屋に職人が七人いて、宝飾品を宝石と純金に分解したり、国の認可や店の刻印が入っている物をひとつずつ消す作業に従事していた。

王都を出る際、検問所で荷を検(あらた)められた時に盗品だと発見されにくくするためだろう。

おそらく、転売しにくい商品はさらに郊外へ運んで炉にくべて溶かし、金の延べ板に変えるに違いない。

……ということは、郊外にもアジトや専用の設備があり、そちらにも仲間がいて、さらには転売する商売相手がいるということだ。

「おら、きびきび働け！」

職人たちに鞭(むち)を振るい、差配する狼がいた。

彼が頭領らしい。

舟に乗ってきた狼とこの家屋で待っていた狼を合わせて、敵は十八名だ。

荷ほどきをしていた狼が「頭領、石が大きすぎる。これじゃあ売りにくい。時間もない。アジトへ戻ってからにしやしょう」と顔を顰（しか）めていた。

随分と大規模な窃盗団だ。一人でも逃がせば、郊外の仲間に連絡が入り、そちらも取り逃がしてしまう。郊外の作業場も同時に摘発するべきだ。可能ならば、盗品の転売相手も捕まえたい。

一網打尽にするには、ディリヤ一人では不可能だ。

ユドハの応援が来るのを待つべきだ。

だが……。

部下を連れた頭領が廊下へ出てきて、「あの一番痩せてるジジイは仕分けが済んだら殺せ。使い物にならん。見せしめにしろ」と命じていた。

痩せた狼の職人のことだ。年寄りで、あきらかに不本意でここにいる様子だった。わざと宝石をバラすのに手間取り、年のせいで目が見えにくい、細かい作業をするには指が震える……と弱々しく訴えていた。

「くそっ、今日は時間がかかりすぎだ。残りはあっちへ戻ってからにする。舟と馬車に乗せろ！」

仕分けが済んでいないのに、夜が明けてしまった。

この家と、左右の二軒は連続して空き家だが、それ以外の家々では狼が暮らしている。

早起きの家ではもう竈（かまど）に火を入れ始めているし、庭の前を掃く人や、共同の井戸に水汲みに訪れた人々が朝の挨拶を交わし、川釣りをしていた人は帰り支度を始めている。

改修工事のフリをしているとはいえ、早朝から大勢で得体の知れない荷物を運び出し、移動するところを見られたくないのだろう。

鞭打たれながら、職人たちは布袋に盗品を詰め始める。小分けに袋詰めしたそれらを、二重底の水樽の底や丸めた筵（むしろ）の中央部分に隠し、端材などで偽装する。

窃盗団が荷物を運ぶことに没頭している間にディリヤは二階からまた隣の家へ移り、そちらから表玄関へ回り、荷馬車の車輪の軸を短刀で削り、折れやすくしておく。

これで、ウルカ兵が到着するまでの時間が稼げる。

「とっとと運べ！」

舟や馬車への細工も知らず、次々と荷物を載せていく。

「頭領！　舟が……！」

だが、舟は使い物にならない。

荷物の振り分けに時間をとられた頭領が苛立ち始め、荷馬車にすべて積み直すよう命じる。

　舟が使えなくなった原因を突き止めるより、この場を去るほうが先決だと判断したらしい。

　窃盗団総出で荷物を表玄関へ運ぶと、作業場には、あの老人を含めた七人の職人と窃盗犯三名が残った。

　職人たちは手足と尻尾の付け根を枷で縛られ、七人全員が一本の鎖で繋がれていた。職人たちが単独で逃げられないようにするためだろう。皆、狼とは思えないほど毛艶も悪く、枷を嵌められたところは毛が抜け落ちて大怪我になり、精神的なものからか鬣の量も減って、憔悴しきっていた。

　一階の廊下に移動したディリヤは逡巡した。

　騒ぎにしないために、このまま見殺しにするか。

　騒ぎになってでも、助けるべきか。

　以前の自分なら前者だっただろう。

　自分でも甘ったれだと思いつつ、ディリヤは後者を選んだ。

「見せしめだ、死ね！」

　窃盗犯は老いた狼を殴り殺そうとする。

　ディリヤはその手に短刀を投げつけると、窃盗犯が怯んだ隙に作業場へ躍り出て、窃盗犯の右足の腱を切った。

　一人を足止めしている間に、混乱する二人を排除し、膝をついた最初の窃盗犯の頭に脱いだ外套を被せて目隠しをして、叫ぼうと開いた大きな口の中を外套で包んだ拳で殴り、深く布を詰めこむ。

　外套を掴んで暴れる窃盗犯を引き倒し、短刀で床に縫い止めた。

　全員、命は奪わず、動きを封じるに留める。

「アンタたちを助ける。……二階へ」

　あっという間の出来事に呆けている職人たちに、上階へ避難するよう指示を出す。

　職人たちは戸惑いながらも頷き、不自由な手足と尻尾で老人を助けながら二階へ移動を始めた。

　だが、この生活が随分と長かったのか、食事も満足に与えられていなかったようで、筋骨隆々のはずの狼の脚は痩せ衰え、筋肉も落ち、歩みも行動も遅い。

「俺たちは、いつもこの家の地下に繋がれて、監禁されているんだ、助けてくれ」

若い職人がディリヤに弱々しく訴えた。

「まずはしっかり歩け」

足取りの覚束ない職人に肩を貸し、二階へ急がせる。

「……ったく、舟が使えねぇから荷物優先で俺たちはおいてけぼりだとよ」

「迎えが来るまで二階で待機だ……う、わぁっ!!」

玄関口に現れた二人の窃盗犯が返り血に汚れているディリヤを見て叫んだ。

階段の半ばにいたディリヤは、職人たちを背後に庇うと同時に短刀を投げ、階下へ飛び降り、短刀の刺さった男に馬乗りになり、首の骨を折る。

逃げるもう一人の男の背にも短刀を投げるが、狼の毛皮と筋肉に弾かれ、刺さりが甘い。

ディリヤは弾かれるように一歩を踏み出し、追いかけた。

表に出て、仲間を呼ばれるとまずい。

「……助けてくれ……っ!」

外に出るなり窃盗犯の狼が叫んだ。

「……っ!」

その狼の背中を膝蹴りして地面に押し倒し、ディリヤは口を塞ぐ。

既に出発していた荷馬車がすこし行ったところで止まり、ディリヤたちの姿を認めると、狼たちが馬車を降りて走り戻ってくる。

馬車はさらにその向こうの十字路まで進み、そこで、先に進むか、引き返すか、逡巡している様子だった。

「そいつを捕まえてくれ！　狼殺しだ！」

荷馬車から降りた一人が叫んだ。

「………」

ディリヤが顔を上げると、叫び声を聞きつけた近隣の住民が窓から顔を出し、軒先まで出てきた。

「こ、殺される！　助けてくれ！」

ディリヤが制圧していた狼は、口を塞ぐディリヤの手を噛み、わざとらしくもがき苦しみ、ここぞとばかりに助けを求める。

「おい、大丈夫か……？」

住民の若い狼が護身用の武器を手に家から出てきた。じりじりとディリヤたちのほうへ近づいてくる彼の剣の切っ先はディリヤに向けられている。

一人の青年が勇気を出して近づくと、ほかの住民も同じように武器を携え、武器を持てない者は遠巻きに取り囲み、「兵隊さんを呼んでこい」と示し合わせている。

そうする間にも、馬車から降りた窃盗犯たちがディリヤとの距離を縮めてきた。

屈強な狼が人間のディリヤ相手に脅えたフリをしたところで、皆、信じないと思うだろうが、住宅街の善良な狼たちは信じた。

かつて、人間と狼は戦争をしていた。

戦後八年近く経つが、まだたったの八年だ。

人間が狼獣人を見て「あいつらには苦しめられた」と思うように、狼も人間に対して強い拒否感を抱き、同じように思うことがある。

その証拠に、住宅街の狼たちは、人間のディリヤではなく窃盗団の狼を信じた。

恐怖の目、蔑んだ目、敵意を剥き出しにした視線。

なぜ人間がこんなところに……という憤り。

あの血は狼を殺した血なのか、という憎しみ。

それらがディリヤに注がれる。

それもそうだろう。

得物を持たない狼が傷つき、人間のディリヤは血まみれで、手には武器を持っている。

狼の国で、善い人間が悪い狼を捕縛し、討伐する。

……という状況には、到底、見えない。

もし、ディリヤが「俺は護衛官で、窃盗団の彼らを捕縛している最中です」と説明しても一般市民が信じることはないだろう。

ディリヤは「まぁ、逆の状態なら、……たとえば、人間の国で、狼が人間を押し倒していたら、人間は人間を信じるだろう。この状況なら俺が疑われるのもしょうがない」と諦めた。

「仲間を放せ！　狼殺し！」

引き返してきた窃盗団がディリヤにがなり立てる。

「おい！　みんな下がれ！　兵隊さんが来てくれたぞ！」

「到着が早いな！」

住民たちの間に、どよめきが走る。

間もなく、早朝の住宅街に騎馬した軍人の一団と歩兵部隊が姿を見せた。

「あの人間を捕まえてくれ！　狼殺しだ！」

ウルカ軍の先頭に立つひときわ図体の立派な狼に住民が訴える。

その狼は、朝の濡れた空気に黄金の鬣を靡かせ、群衆の前に出ると、率いてきた兵に指示を出し、己はまっすぐディリヤのもとへと進んだ。

「捕縛せよ」

その狼のひと言で、背後に控えていた兵が一斉に動く。

俊敏な動きで、一切の迷いなく、兵団は窃盗団に剣を向けた。

「な、っ……なんで俺たちなんだ！　人間を捕まえろよ！」

住宅街の狼は自分たちの味方。狼の軍勢も自分たちの味方。

そう思い込んですっかり油断していた窃盗団が叫び、ディリヤを指さす。

「それはうちの軍で雇っている男だ」

「……ユドハ」

ディリヤは狼を率いるユドハを見上げた。

形勢不利と判断したのか、窃盗団は武器を手に応戦を始めた。

戦狼隊は住民に危害が及ばぬよう守りつつ敵と刃を交える。

窃盗団の頭領が混乱に乗じて馬車の荷車を外し、馬での逃走を図る。ユドハがそれを追い、ディリヤは馬の足もとに短刀を投げ、足止めする。

ディリヤは組み敷いていた男を気絶させ、ユドハに並び立つ。一介の兵のように剣を携えたユドハはディリヤに斬りかかる敵を薙ぎ倒し、つがいの背後を守り固める。

剣戟の音と怒号が平和なはずの住宅地に轟く。

だが、その音は住民を恐怖の底に叩き落すよりも先に鎮まった。そう時間を要さず、戦狼隊は窃盗団を一網打尽にし、街に平穏を取り戻す。

「ユドハ、郊外に窃盗団の本拠地がある」

ディリヤはユドハと顔を合わせるなり報告を急いだ。

「では、そちらも鎮圧するとしよう」

ユドハは側近に指示を出し、その場で討伐部隊を編成させる。

「クソ！　放せ！」

「その人間は善良な狼を殺したんだぞ！」

「なんで狼じゃなくて人間を信じるんだ！」

捕縛された窃盗団が住民や戦狼隊へ声を張る。

狼を守るはずの戦狼隊がなんの疑いもなくディリヤを信じ、人間ではなく自分たちを攻撃したことが解せぬらしい。

住民も、「確かに、それはそうだ」「あの人間が血まみれで狼を殺そうとしていたのは事実だ」「軍に雇われていると言っていたが……、そんな話は聞いたこともない」といった様子で、不信感を拭いきれずにいる。

「さすが俺たちの仲間！　敵のねぐらを見つけて一網打尽！　やるな！」

「……!?」

雰囲気が悪い。ディリヤがそう思った次の瞬間、戦狼隊の狼たちがディリヤと肩を組み、褒め称えた。

「新入り、手柄を独り占めかよ！」

「次は遅れをとらないからな！　俺が一番乗りだ！」

「…………」

ディリヤも驚くほどに、戦狼隊の狼たちはディリヤを庇ってくれた。

仲間を貶すな。疑うな。この赤毛は俺たちの同胞で、同じ群れに暮らす狼だ。見た目がちょっと違うくらいなんだ、この赤毛のけものは俺たちの誰よりも強いんだぞ。

行動でそれを示してくれた。

「……確かに、あの軍服は戦狼隊によく似ているし、官給品もウルカ軍の正規品だ」

住民の若い男が目ざとく軍服の徽章に目を留めた。

戦狼隊は、若い狼の憧れだ。

民に誠実で、国王代理に忠実。戦場では先陣を切り、平時においては民に寄り添う存在として市井にかかわる。

「戦狼隊といえば、国王代理殿下直属だ」

「直属部隊が信じるような人間ってことか……？」

周辺の雰囲気ががらりと変わる。

それは、ユドハと戦狼隊が地道に築いてきた国民との信頼関係ゆえだろう。

一般市民はそれでようやく「あぁ、あの人間は狼に味方する者か……」「悪者ではないのか……」「戦狼隊が言うなら赤毛の人間は狼の味方だ」と考えを改め始めた。

「…………」

ディリヤは歯噛みする。

理解していたこととはいえ、自分の立場はまだその程度だと身を以て知ったからだ。

ユドハと戦狼隊のおかげで人間の自分も信頼してもらえた。今後も、その信頼を損なわぬよう振る舞わなくてはならない。そして、自分自身も信頼を得られるよう行動で示さなくてはならない。

「ディリヤ、郊外の残党討伐に向かう。行くぞ」

「ああ」

ディリヤは思考を止め、残党の鎮圧へ向かった。

戦狼隊と協力しての大捕り物の結果、窃盗団を壊滅に追いやることに成功した。関係者の捕縛や逃亡者の追跡、過去の被害状況の確認、盗品の売買経路を含め、事後調査も順調に進んでいる。

今回は被害も最小限に食い止められ、助けられた命も多くあった。ディリヤが助けた金細工職人たちは保護されたのち医院に運ばれ、現在はそちらで療養している。

この事件をきっかけにディリヤはあることを思いついた。

自分には、趣味もなく、相変わらず特定の物事に興味も湧かない。けれども、なにかを趣味にすべきなら、……好きなものを作る必要があるなら、働けばいい。

そう考えた。

余暇に働くことは無駄な趣味ではないはずだ。

ディリヤにできることはちっぽけかもしれないが、子供たちが育つ街や国を豊かにする一助になる。

ディリヤが自分の子供たちに、「あの街で遊んではいけません、危ない街です。泥棒が出ます」と注意喚起するのではなく、「遊ぶならこの街です。安全度が高いのでおすすめです」と自信を持って提案できるなら、きっと、この街に住む大勢の子供たちにとっても安全な街になるはずだ。

それに、もし、未来のいつか、ディリヤのように狼を愛して、人間の身でウルカで暮らし、狼とともに生きる道を選んだ者が現れた時、ディリヤの働きの結果、人間を悪く思う狼が減っていて、その誰かが快く受け入れてもらえる地盤を作れたなら、それは決して悪いことではないはずだ。

まぁ、ディリヤはそこまで人間が出来ていないので、どこまでできるかは分からないが……。

もちろん、本業はユドハの護衛官だ。それでも、余暇に戦狼隊の仕事をさせてもらうことはできる。誰かのなにかを奪ってばかりだった人生が、守り育むことのできる人生に変わる。

「それは、とても良いことだと思うんです。そこで、考えたんですが、盗賊討伐とか治安維持を趣味にどうかと思いまして……」

窃盗団の事件も片付いた数日後、ディリヤはエドナとお茶をしていた。

「趣味に、盗賊討伐と治安維持……」

エドナは口中でその言葉を咀嚼する。

「はい。治安も良くなるし、誰かの役に立てる。有益です」

「それは確かにそうね。ディリヤが悪党狼狩りをしたら、王都ヒラの治安はさらに良くなりそうだわ。……でも、あなた、このうえさらにまだ働くことを考えているの？」

「体力には自信があります」

「あのね、ディリヤ、ひとつ余計なお節介を言っていい？」

「はい、お願いします」

「仕事を趣味にしなくていい」

「…………」

衝撃的かつまっとうな言葉に、ディリヤは固まった。

「趣味をする時にね、誰かの役に立つとか、誰かのためになるとか、そういうことを考えなくていいの。同時に、有益だとか無益だとか利益を考えたりもしなくていい。……もちろん、それを踏まえたうえで、それでもと言うなら止めはしないわ。でもね、あなたのすることのすべて、行動のなにもかも、生きている時間、人生、自分のために使っていいのよ。誰かのためになにかする必要はないの」

「…………」

「自分以外のもののために生きなくていいの。仕事を趣味にしたら、あなたはきっと体を壊すまで働いてしまうわ」

「働かなくていい……」

「あなたの考えを否定する言葉になってしまっていたならごめんなさい」

「いえ、金言に感謝します」

「王宮勤めの方のなかには、けっこうな割合で仕事が趣味、仕事に生きると仰る方もいるわ。楽しそうに働く方もいらっしゃるし、信念を持ってそうなさる方もいる。生き甲斐としている方もいらっしゃる。あなたもそうよ、ディリヤ。誰かのために生きることのできるあなたの気持ちはとても尊いもの。そう真似できることじゃない。ただ、今回の場合は、仕事や家族との時間以外で自分の時間をどう使うか、あなたはそれを探している気がしたの」

「…………ちょっと、想像します」

ディリヤはひと言断って、仕事を生き甲斐にする自分を想像してみる。

自分の持つ能力を最大限発揮できる場所に身を落ち着けられたら、充実感はあるかもしれない。

だが、まっすぐ仕事だけに向き合ってしまう自分も容易に想像できた。

いまは、自分の心を内側へ向けるのではなく、外へ向けたい。護衛官として外の世界にかかわるだけでなく、ディリヤという一個の生き物として……。

「俺は器用に生きられる性格ではないので、仕事だけに集中してしまうと思います。ユドハと出会ったからこそ、これまでとは違う自分を形作る人生の転機を迎えることができました。俺は、……そうだ、いままでの自分とは違うなにかに挑戦してみたいんだと思います」

趣味を持ったことのなかった過去の自分。

それを始めてみたいと思った現在の自分。

その時々の心の在りようとともに、新しい自分を見つけたい。

「あなたって、いつも本当にまっすぐで、素敵で、かわいい人ね、ディリヤ。わたくし、あなたのことだいすきよ」

ディリヤが自分で見つけ出した答え。

それに耳を傾けていたエドナは尻尾を揺らし、子供のように瞳をキラキラさせる赤毛の人を抱擁した。

第三章

夕暮れ時、ユドハがトリウィア宮へ帰宅した。

今日は久しぶりに子供たちを風呂に入れる係ができるし食事も共にできると尻尾をそわそわさせながら家の門を潜った。

「おかえりユドハ！」

「ぉぁあう！」

「ぁう！」

「ただいま」

子供たちにただいまの挨拶と頬ずりをする。

居間で出迎えてくれたアシュを肩車して右手で支え、双子を左腕に抱えて歩く。三人の息子は尻尾をぱたぱた。ふわふわの和毛（にこげ）の塊がユドハを大歓迎してくれた。

「夕飯の前に、ユドハと風呂に入ろうか」

「ディリヤもいっしょ！」

「では、ディリヤも誘おう」

そうは言ったものの、いつもなら出迎えてくれるディリヤの姿が見当たらない。

「アシュとララちゃんとジジちゃんはあっち、ユドハはそっち。てわけわけよ」

「手分けしてディリヤを探すんだな？」

「そうなの。きっとディリヤ、かくれんぼしてるのよ。ららちゃん、じじちゃん、おおかみの狩りのれんしゅぅです。おにいちゃんといっしょにディリヤの匂いをさがしましょう」

アシュが弟たちを抱きしめて、「ディリヤのにおいはおぼえてますか？　だいすきなにおいですよ。ねんねんする時に、おそばにあるとあっという間に寝ちゃうにおいよ」と教えてあげている。

単独行動する時、ディリヤは己の所在地を明らかにしていく。イノリメとトマリメはディリヤの居所を知っているらしいが、ここで訊いてしまっては子供たちの狩りの練習にならない。

二人の侍女と護衛のライコウとフーハクに子供たちを任せ、ユドハはディリヤの居そうな場所を当たった。

「殿下、いかがなさいました」

屋敷を歩いていると家令のアーロンが声をかけてきた。

「ああ、ディリヤを探しているんだ」

「四半刻ほど前にお戻りになられてからおみかけして

おりません。屋敷の者に探させましょう」

「いや、アシュたちと手分けして探すことになってな。自力で探すとしよう」

「畏まりました」

一礼するアーロンと別れて、ユドハは庭に出る。

ディリヤの匂いを追っていけば、迷うことなく愛しいつがいのもとへ辿り着くことができる。

ディリヤの匂いは、トリウィア宮の南の離れにある鐘塔で途切れていた。

鐘塔は、離れのある敷地の一角に建つ。四方を見渡せる高さがある円柱形の細長い塔だ。前後左右に風が抜ける構造で、大きな釣り鐘とそれを打つ装置、鐘を鳴らす者一人が立てる程度の面積しかない。

王城は広大であるがゆえ、敷地内に等距離で鐘楼や鐘塔がいくつも置かれている。大鐘塔の鐘が時刻を告げると、それに呼応するように各所に点在する鐘も鳴り響き、城内や城下街に時刻を報せた。

現在、古すぎるこの鐘塔は使用せず、新しい物が別の場所に設置されている。

夕暮れ時の陽射しが赤々と眩しい。夏の終わりの日の入りだ。

ユドハは鐘塔の最上階まで螺旋階段を上ると、遥か遠くに臨む地平線を見やり、次いで、花々の咲き乱れる庭を見下ろした。

間もなく、この花々も眠りにつく頃合いだ。

大きな体を斜めにして釣り鐘を避けつつディリヤを探すが、どこにも見当たらない。

だが、匂いは確実にここで途切れている。

もしや……と、ユドハが鐘塔から上半身を乗り出し、空を仰ぎ見るように鼻先を上へ向けると、視界の端に、なにかがきらりと光った。

高い塔の上で吹きつける風が鐘塔内部を通り抜け、ひゅうひゅうと音が鳴る。穏やかな風ごときで鐘の音は鳴らないが、その鐘塔の屋根にいる誰かの服をなびかせることはした。

アシュとユドハがかくれんぼをした時に、「後ろのひらひら、かっこいいね」「かっこいいな」と褒めた、あの軍服の裾だ。

ユドハは鐘塔の吹き抜けの欄干の縁に立ち、階段も梯子もない石造りの塔の外壁に足を掛け、屋根の上へ飛びあがった。

そこに、ディリヤがいた。

狼が一人でも座ればぎゅうぎゅう詰めの狭い屋根の上に胡坐（あぐら）を掻（か）いて座り、ぼんやり遠くの夕焼け空を眺めている。

強風に吹かれでもしたらふわりと飛んでいってしまいそうな体を、柵も命綱もない吹きっさらしに晒していた。

夕日に染まった赤毛はより赤く、太陽の方角を見やる赤眼は例えようのない輝きを放つ。

美しい横顔は繊細な絵付けと細工を施された陶磁器のようで、風に吹かれて露（あらわ）になる額などは、普段、前髪に隠れていることもあってか、なにやら見てはいけないものを見てしまったような気持ちでユドハの胸を高鳴らせた。

眩しさに伏せがちな目元には睫毛（まつげ）が影を落とし、陽光を受けた頬は産毛まできらきらとして、新緑の頃の若葉のように可愛らしい。

愛らしさと物憂げな雰囲気の共存する横顔。まっすぐ伸びた背に似合う軍装と似合いすぎているがゆえに「もうこれ以上戦わせたくない」とユドハに思わせてしまう儚（はかな）げな佇（たたず）まい。

相反する要素が様々に入り乱れ、ディリヤという生き物の輪郭がぼやけて、見る者を不安にさせるのに、目を離せない。

「夕焼け、見てた」

眼前に降り立った狼に驚くこともなく、ディリヤは夕焼けをまっすぐ見つめたまま声だけでそう伝えた。

「一人の時間を邪魔してすまん」

ユドハはたったいまディリヤが座っていたところに腰を下ろし、己の膝にディリヤを座らせる。

ディリヤは不平不満を言うでもなく狼の膝に落ち着き、「尻が痛くない」と自分だけの特別な椅子に背中を預ける。

陽が落ちるまでの短い時間、遠くで鳴る大鐘楼の鐘の音を聞きながら、二人は眩しい景色に目を細めた。

「ここへはどうやって上ったんだ？」

「アンタと一緒。鐘楼の欄干に立って、屋根の庇（ひさし）の出っ張りを摑んで飛んで、外壁一回蹴って勢いつけて、逆上がりの要領で上がった」

「その手慣れた様子、初めてではないな？」

「時々。……最近見つけたんだ、ここ。静かで、誰もいなくて、自由で、前後左右なんにもなくて、満喫できる」

「そうか」

「もうちょっと一人を満喫したらアンタを連れ出して夜の逢い引きに使おうと思ってた。……珍しいだろ、俺がアンタとなにかを分かち合う前に独り占めしたいと思うものなんて」

「執着を持つのは良いことだ」

「そっか、これも執着か……」

ディリヤはその響きと新しい感情との出会いを面映ゆく感じ、頬をゆるめる。

「…………」

ディリヤが独り占めしたいと思うほどのものとはなんだろう？

ディリヤをそこまで魅了するなにかがこの鐘塔にはあるのだろうか？

ユドハは、それを問いたいような、問わずに自分で気付きたいような、ディリヤの心のうちだけの大事なものとしてそっとしておきたいような、いろんな気持ちで愛しくなる。

「……秋が近い」

ディリヤがぼそりと呟いた。

「お前が過ごしやすくなる気候だ」

ユドハは穏やかな時間に尻尾をくったりと寛がせ、ディリヤの邪魔をせぬようディリヤの腹にそっと尻尾を乗せる。

すると、ディリヤは無意識の行動で自分の腕にユドハの尻尾を巻きつける。まるで、つがいが尻尾と尻尾を絡めるように二人を繋ぐ。

「秋は好きだ。夕日がきれいだから。夏も、……暑いけど、朝日の上がる時間は好きだ。きれいだから」

「…………」

ユドハはつがいの声音に耳を傾け、紡がれる言葉を待つ。

「趣味がないってだけで、自分のぜんぶが空っぽなんじゃないかと自分を疑ってしまう」

形のない漠然とした不安がそう考えさせるのだということは、最近になって分かってきた。

そういう時に、きれいなものを見つけると、ちょっと心が埋まった。

ディリヤの一番好きなきれいなものはユドハだから、きれいなものを見ていると、ユドハを見ている時にも似た落ち着きやときめきが得られた。

「焦っていますぐ趣味を見つけずとも、これからの長い人生で、この国で、俺の傍で、ゆっくり見つけていけばいいんじゃないか？」

「興味を持てば、……それが、将来……」

アシュたちやユドハの支えや助けになる、と言いかけてディリヤは「それじゃいつもどおりだ」と気付く。

自分自身のための趣味や興味はどうかしら？　というエドナの言葉を思い出したからだ。

「そもそも、趣味というのは絶対に作らねばならないというものでもなかろう」

「そうなのか？」

「そこからか。……そうか、そこの判断基準からか……」

ユドハは一思案する。一般庶民的な感覚からはズレているところがあるが、ディリヤはそれに輪をかけて特殊な環境にいたせいで、世間との乖離が大きい。なにが一般的で、なにが一般的でないか、その判断基準がないのだ。

世間に迎合して生きる必要はないが、世間を知っておいても損はない。ディリヤの考え方や生き方で子供を育てることが必ずしも最善ではなく、最高でもないと自覚している。だからこそ、世間一般というものを知ろうと努力していた。

「子供を育てるにしろ、仲間や家族と群れで生きるにしろ、アンタと一緒にいるにしろ、趣味がある人生はとても魅力的に見えた。情緒面の発達とか心の健康って、自分から得ようとしないとぼんやり生きて終わっちゃうだろ」

「俺の趣味で良ければ、一緒にしてみるか？」

「いいのか？　アンタは多趣味だから助かる」

「もちろんだ。一緒にいろいろ試してみて、そのなかで好きなものがあれば続けてみればいい」

「……いや、でも遠慮しとく」

「なぜだ」

「趣味って一人で没頭したいもんだろ？」

「そういう趣味も確かにあるが……」

「自分の愛してる世界観に一人で浸るからこそ楽しめたり、気分転換になるんだろうし、……そこに俺がいたら、アンタ、自分の趣味より俺のこと優先しそうだから、やめとく」

「俺は、俺の好きなことをお前と一緒にできたら嬉しいのだが……」

「傍で見てるだけでもいいか？」

「もちろん。幸いなことに、一人でできるものもあれば、二人でも三人でもできる趣味もある。お前も一緒に楽しみたいと思った時は遠慮なく声をかけてくれ」

「趣味を楽しむアンタのことばっかり見てそうな気もする」

「それはそれでうれしい」

「邪魔にならないようにする。一人で集中したい時はそう言ってくれ」

「分かった、そうしよう」

「うん。アンタの趣味に混ぜてもらいつつ、自分でも探そうと思う。それで、趣味が見つかったら、アンタに一番に教える」

「その時は、お前の邪魔にならなければ一緒に楽しませてくれ。もちろん、一人で楽しむお前を傍で見られるだけでもいい」

　ディリヤの意欲的な姿はユドハも見ていて嬉しい。

　自らなにかを欲して、自分の心の声を発して、自発的に行動し、自分のためになにかを見つけようとする。

　それは、ディリヤの人生をより美しくしてくれるだろう。

「頭のなかを整理しながら、もうすこし話していいか？」

「聞こう」

　ユドハは自分の意見を控え、聞き役に徹した。

　ユドハが助言を与えてディリヤが結論に至るのではなく、ディリヤが自分でどういう結論を導き出すか、それを見守った。

「状況に相応しい趣味って必要だとは思う。貴族の趣味、王族が嗜むべき教養、身分の上下に関係なく楽しまれている趣味。ちょっとしたことから話が展開するし、なにがきっかけで世界が広がるかなんて分からない。アシュやアンタと出会ってから、他人と出会うことの意味や、自分以外を知ることの大切さをすこしは知ったつもりでいる。……でも、結局、俺は俺自身のことをなんにも知らないから趣味のひとつも見つけられない」

「自問自答しすぎると哲学になるぞ」

「それは趣味になるか？」

「なる者もいるだろうが……」

　皺の寄ったディリヤの眉間に鼻先を押し当て、「そう結論を急ぐな」とだけ伝える。

「ちょっと待ってくれ、言葉を探す。……えぇと、あぁ、そうだ。楽しそうで、うらやましい。俺もあんなふうに楽しいって思ってみたい、楽しそうに趣味について話してみたい。そう思ったんだ」

「あんなふうに？」

「戦狼隊の奴らと話した時、なにかに興味を持ったり、趣味をしている人たちが夢中になって話す姿や笑顔がとても素敵で、俺もそんなふうになりたいと思ったんだ。なにかにあんなふうに夢中になってみたいんだ。たったひとつのことに心を奪われて……。だから、必死になって夢中になれるものを探しているのかもしれない。………ああ、そうか……」

「……どうした？」

「俺はアンタに夢中だから、ほかに夢中になれないんだ。そうだよ、趣味を作ってる余裕がないんだ」

「………」

「俺、アンタに夢中なのに、おかしいよな。なにか心奪われるものを探すって言ったけど、俺、もうアンタに奪われてるんだよ。そう考えたら趣味が見つからないのも納得がいく。俺はそんなに器用な性格じゃないんだから、これ以上、手の広げようがない。そんな気がしてきた」

「………」

「尻尾、ばたばたうるさい。毛羽立つ。……急になんだ？」

ディリヤは己の腹の上でばたばたし始めた尻尾を両手でぎゅっと抱きしめる。

「すまん、この尻尾は言うことをきかない。……というよりも、こんなにも愛を囁かれて尻尾を動かすなと言うほうが無理だ」

「愛を囁いてたか？」

「ああ」

「まぁいいや。とにかく、アンタのことだけ愛しとく。アンタを愛するのが趣味だ。うん、それってすごくいいな。俺も幸せになる。誰でもない俺自身のためになる。……だめか？　もっと普通の趣味のほうがいいか？　ご趣味は？　って誰かに尋ねられた時に、アンタを大好きでいることです、って答えるのはちょっと、かなり……いや、随分と馬鹿みたいか？」

「いいや、そんなことはない」

「じゃあ、まずは、アンタをとことんまで愛することを趣味にする。ひとつ、それを突き詰めてみる。俺は、なににも興味を持てなくても、趣味がなくても、子供たちとアンタには興味があるし、家族を愛することだけはできる生き物だって分かってるから」

「………」

「ベタすぎるか？」

「俺が知るなかでも誰かを愛するというのはかなりの気力や労力を使う。ほかの趣味や興味をすることにまで気が回らないほどに……」

「そうなのか？」

「ああ、そうだ。愛し愛されることも充分趣味だ。自分だけの趣味や興味なら、自分だけに気力と労力を注ぎ、没頭すればいいが、誰かを愛するというのは、相手を思いやり、考え、尽くし、一喜一憂し、心が躍ったり跳ねたり落ち込んだりと、とても大変だ」

「アンタも大変なのか？」

「その大変なのが幸せなんだ」

「……俺、アンタと一緒になれてよかった」

なにかに興味を持つこと。趣味を持つこと。それについて考えるだけで、こんなにも深く自分を突き詰められる。

　自分の心や感情が浅くて、空っぽだったと知っても、それを糧に強くなれる。ユドハと出会わなければ、自分がそういう生き物だと知ることさえなかったはずだ。

「ところでディリヤ、お前はここでなにをしていたんだ？」

「……これ」

ディリヤは軍服の隠しからアシュの掌くらいの宝石を取り出した。

ユドハが贈った宝石のひとつだ。普段はディリヤの部屋の奥深く、特別な宝物を仕舞い込むディリヤの巣穴に秘められている。

「見てろよ」

梨型の宝石の天地を親指と人差し指で挟んで持ち、夕日に向けて掲げる。

太陽の光を集めた金剛石は、夕暮れの陽光をその内側に集め、幾重にも屈折させ、きらきらと七色に乱反射させ、きらめきを伴って白く明るいまばゆさを放つ。

きらめきときらめきが重なり、まるで太陽の欠片がディリヤの手に落ちたかのようだ。黄色味がかった石から零れた光は、月のようにやわらかでいて鋭く、流星のように瞬く。

「ほら、きらきらしてる。アンタの眼みたい」

そうして無邪気な仕草を見せるディリヤの頬にも、七色の光の欠片が落ちる。

「………」

「……ユドハ、くるしい」

「……すまん」

ディリヤがあまりにもきらきらとした瞳で嬉しそうに教えてくれるから、ユドハは抱擁する腕の強さをゆるめることができない。

「ほんとはそんなに苦しくないからもっと抱きしめていいぞ」

「うちのつがいは強くて助かる」

ユドハの懐に抱かれたディリヤは、すっかり背中を預けて、片腕だけを空に掲げ、宝石を斜めに傾ける。

「すごいの発見しただろ。アンタの鬣も、太陽光とか、月光とか、炎の光とかでこんなふうにきらきらするんだ」

ユドハはその声に三角耳を傾け、忙しなく揺れる己の尻尾の影とそれに重なるディリヤの影、そこに煌めく虹色の屈折に目を細める。

「夕暮れの時分に、一度だけ、緑色に世界が染まる瞬間があったんだ。コウラン先生に訊いたら、緑閃光って名前の自然現象らしい。先生に本を借りて、その現象が起きる時間帯や状況を調べて、時々こうして探してる」

「見つかったか？」

「それが、あまり見られる現象じゃないらしくて、まだなんだ。でも、その緑色と、朝焼けとか夕焼けの光と、澄んだ空気と、宝石の色が重なるとアンタの瞳や毛皮の色にそっくりになる。初めてそれを見つけてから、時々、こうやってアンタに似た色を探してる」

「それで、こんな鐘塔まで？」

「そう。トリウィア宮の屋上とか、庭の噴水の近くの木漏れ日が差し込む場所とか、いろんなところで探す。アンタに似た金色の光を見つけると、なんか、しあわせになる」

「………」

「この宝石以外にも、アンタにもらった宝石がいろいろあるだろ？　場所と時間と宝石の種類によって光の加減も煌めきもぜんぜん違う。どこかしらにアンタにそっくりの色があって、それを見つけるのが好きなんだ。最近じゃ、そのために、ちょっと寄り道したりするのが楽しい。気付いたら探してる」

「……ディリヤ」

「うん？」

「それこそ、趣味なんじゃないか？」

「…………」

ユドハの懐で体の向きを変えたディリヤが、宝石と同じくらい瞳をキラキラさせてユドハを見つめる。

目から鱗。そんな表情だ。

「これも、趣味？　……なのか？」

「お前は、いつも、日々の何気ない、さりげないことを大切にしている。これも充分に趣味だよ」

「……そっか、俺はもう趣味があったんだな」

「ああ。お前が自分で見つけた趣味だ」

「この趣味は、……すごく、いい」

太陽の輝き方、月の光り方、空の高さと青さ、気候の質、場所や風土ごとに変化があるから、ユドハと一緒にどこかへ旅した時にも、仕事の休憩中にも、ふと思いついた時にでも、愛しいものを探せる。

年を取って動けなくなっても、高い所に登れなくなっても、視力が衰えても、高価な石でなくても、空と太陽があれば、わずかな光のなかにユドハを見つけられる。

「この趣味は、長続きさせられる。生きてれば、ずっと続けられる。いろんな場所や時間、どこにいてもできる趣味だ」

「では、これから、いろんな国や場所へ行こう」

小さな国の一つくらい買える大きな宝石を持ち歩き、異国の地できらきらと宝石を輝かせるディリヤを想像して、ユドハは相好（そうごう）を崩す。

どこの国にいても、どんな空の下にいても、どんな時間でも、ユドハのことを想ってくれている。

ディリヤの見つけた趣味と新しい愛のかたちにユドハは胸を締めつけられた。

「ディリヤとユドハ、みつけたよ！　おふろいっしょにはいろ！」

ライコウとフーハクを伴ったアシュが庭から手と尻尾を振った。

イノリメとトマリメに抱かれたララとジジも兄を真似て、尻尾を振る。

ユドハと同じように、アシュもディリヤの匂いを辿ってようやくこの場所を見つけ出したらしい。

「風呂？」

「ああ、そうだ、すっかり失念していた。みんなで風呂に入る約束をしていたんだ」

　ユドハはディリヤを抱いて立ち上がり、子供たちの待つ地上へ下りた。

　夜のトリウィア宮からは子供たちの寝息が聞こえる。

　家族五人で風呂に入り、夕食を摂り、眠る前のおしゃべりをして、絵本を読み聞かせてもらった子供たちは「もっとあそびたい……」と駄々を捏ねながら眠りにつく。

　寝室のひとつ手前の小部屋は、子供たちの寝室にも、つがいの寝室にも通じている。

　色硝子のランプには細く絞った蠟燭の灯りが揺らめき、部屋の四隅を彩る飾り布を仄かに照らす。

　小部屋にあわせて設えられた夏物の家具は涼しげで、紫檀の天蓋付きの床榻がひとつある。綿を詰めた絹の敷布に覆われた座面には夏の草花が刺繡され、共布の円筒形のクッションが両端に置かれている。

　床榻の中央に備え付けられた卓子を挟んで右にユドハが、左にディリヤが腰かけ、子供たちが寝静まったあとの束の間の語らいで夜を明かしていた。

　時には、この卓子の上で腕相撲をして力比べをしたり、額を突き合わせて盤上遊戯に耽ったりもするが、今日はこの卓子に酒肴を並べていた。

　お茶と軽食を用意するための狭い台所に二人で立ち、「食い物はこれくらいでいいか？」「あとは寝るだけだぞ、そんなに食ったらだめだ」「だめか？」「だめだ」「だが、今夜は、その……そういうことをするぞ？」「だから、夜食で腹ごしらえするんだろ？」「それはそうだが、足りなくないか？」「そういうことをしたあとに、それでもまだ腹減ってたら、その時食えばいい。……そういえば、なんで交尾したあとって肉とか米が食いたくなるんだろうな？」「生存本能じゃないか？」などという会話をしながら、酒肴の支度をした。

　国王代理業と護衛業。窃盗団関連も一件落着して、二人で小さな打ち上げをしていた。

　ディリヤの歓迎会と称して戦狼隊でも飲み会を開いてくれたが、それとはまた別だ。

　二人で臨んだ難事は数知れずあるが、ユドハはユドハなりに初仕事を終えたディリヤを労いたい気持ちで今夜の一席を設けた。

「ディリヤ」

派手なことはせず、二人で酒杯を酌み交わす。

名を呼び、指先で摘んだ酒肴を口もとへ運べば、ディリヤは「あ」と大きな口を開けてユドハの手から食べる。

ユドハが酒を注げば、ディリヤは杯を干す。

ほんの数年前、出会った頃のディリヤはユドハが食べ物を差し出しても「……なんだ？　自分で食える」と言って食べてくれることはなかった。

「ユドハ、そっちも」

それが、いまとなっては次をくれとねだってくれる。

それどころか、銘々皿に同じ料理が載っているのに、「なんでだろ、なんとなく、アンタが食ってるのが美味そうに見える」と困り顔になって、ユドハの皿の食べ物を欲しいとねだってくれる。

「いじきたないし、食い意地張ってるからやめないとな」

「二人だけの時にしかしないのだから構わんだろ」

つがいと食べ物を分け合うのは狼の習性だ。

オス狼が手ずから食べ物を差し出すのは愛情表現だ。

ディリヤがユドハの求愛給餌に慣れて、「愛がほしい」とねだるように食べ物をねだってくれる。それほどユドハに心を許してくれている。

「うまい」

ユドハの齧りかけの桃を半分もらったディリヤはご満悦だ。

「ディリヤ、ここ数年始めた俺の趣味を教えようか？」

「なんだ？」

「愛しいつがいに食べ物を運ぶことだ」

ディリヤがおいしい顔をするとしあわせだ。

語りあう言葉はなくとも、酒を酌み交わし、同じ皿の食べ物を分け合って、愛しい伴侶を見つめる。それに熱中するあまり、時が過ぎゆくのも忘れてしまう。

「ユドハ、あー」

薄焼きにした塩味の焼き菓子に燻製鮭のパテと酢漬けの薬味を載せ、ユドハの口もとへ運ぶ。

「お前に食わせてもらうと、より美味く感じる」

ユドハが卓子越しにディリヤのほうへ身を乗り出し、ひと口で頬ばる。その時、ディリヤの視線がふと斜め下に外れた。

「あしゅにないしょでたべてる……」

アシュが起きてきた。

寝室の出入り口から、じとっとした目で二人を見つめ、「ないしょで、おいしいの食べてる……」と、よだれをごくん。

「起きてしまったか」

寝惚けてぼやぼやした顔で歩いてくるアシュをユドハが抱き上げると、「いいにょぃ……」と頬ずりして、ユドハの口端をぺろりと舐(な)めた。

腕のなかの小さな生き物を抱いたまま小部屋をゆっくり歩いてアシュのお尻をぽんぽん。ユドハが我が子をあやす姿を見つめながらディリヤが杯を傾ける。

「……あしゅも、おやつ……」

むにゃむにゃ。おいしい匂いにつられて、口もとをむぐむぐさせる。ユドハの鬣をしゃぶって、涎(よだれ)まみれにしながら、うとうと舟を漕(こ)ぐ。

「明日食べような」

「……あした……」

眠たいアシュは頭が働かないようで、ユドハの言葉を繰り返し、じわじわとお父さんの懐でだらけた姿勢になって、あっという間に腹を見せて眠ってしまう。

深く寝入るまでアシュを抱いて歩き、すやすやとした寝息が規則正しく深くなり、小さな尻尾がくったり寛いだのを見計らってから寝室へ寝かせに行く。

手を繋いで眠るララとジジの隣にアシュを寝かせると、双子はもぞもぞ動いてアシュの脇の下に潜りこみ、くるんと丸まって眠った。

息子たちのゆっくり膨らんでは沈む丸い腹を見つめていると、ユドハの肩越しにディリヤが同じ景色を覗きこむ。

目を細めて、二人で同じ景色を眺める。

自分たちが、いま世界で一番優しい気持ちでいるような心持ちで手を繋ぎ、どちらからともなく唇を重ねた。

ディリヤが護衛官として働き始めてから、寝床を共にするのは毎日であっても、交尾は二人の休日が重なる日を考えてするようになった。
「そういうの、いやか？　金狼族はわりといつでもしたいほうだろ？」
「それはそうだが……、だからといって辛抱ができないわけではないぞ。たとえば、三日後にお前を抱けるとするだろ？　俺は、あと三日頑張ればお前を抱ける、あと二日、あと一日、よし、今日だ！　と……、こう、毎日が楽しくなるわけだ」

「……そう、か」

　ディリヤは「この男、三日間ずっと俺を抱くこと考えるのか、ドスケベだな」と思いつつも、ユドハの三日分の愛を一晩でもらう自分を想像する。

　これまでに何度も経験しているあの愛に溢れた感覚に支配されたならば、きっと、ぐずぐずにとろけて、どっぷり幸せに溺れて、前後不覚になるだろう。それは、自分一人では決して得られない特別な幸福だ。

「ディリヤ、物欲しげな顔をしている」

「なんで隠せないんだろう。……表情、変わってるか？」

「いいや、ほとんど変わらないが、……瞳が濡れている。それに、発情したメスの匂いがする」

　ユドハはディリヤのうなじに鼻先を寄せ、「……ああ、だが、明日は二人とも仕事だ。次の二人の休みは四日後。楽しみだ」とディリヤの耳を甘噛みして、頬を撫でた。

　そうして迎えたのが、今夜だ。


二人を包むのは、酌み交わした酒の残り香だ。

夏の夜の熱気すら心地好く、ディリヤの指はユドハの毛皮深くに潜りこみ、ユドハはディリヤの肌に滲む汗を掌に感じて、互いの熱の高まりを知る。

　二人がどれほど長く交わっていたかは、寝床の敷布の湿り具合で察することができた。

「……っ、ん」

　俯せに組み敷かれたディリヤが、眉根を寄せる。苦しいからではなく、己の腹に収まる陰茎の重みに吐息を漏らし、喘いでいる。

　寝床に膝をつき、腰を高く上げ、獣の交尾のように後ろからユドハを受け入れ、オスが前後するたび低く声を漏らし、内腿を震わせ、幾度となく押し寄せる絶頂の波が引くのを全身で感じて、背中で息を吐くように脱力する。

「は、……っ、ディリヤ、っ……」

　ディリヤの背から力が抜けると同時に、後ろもすこしゆるむ。それにあわせてユドハが奥へ進めると、ディリヤが弓なりに背を撓らせ、きつく陰茎を締め上げる。

　深いところで繋がっていると、どちらがどちらの熱で、快楽なのか、分からなくなるほどに溶け合う。

　言葉もなく交わり、金色の狼は己のメスのうなじを噛み、傷のある下腹を撫(な)でるように慰める。

　赤毛のけものは、施される愛撫(あいぶ)のひとつひとつに切なげに息を乱し、無意識に腰を使ってオスを食い締める。

　幾度となく達した二人の精液が混じり、ディリヤの下肢に絡み、まとわりつき、抜き差しをするたびに粘ついたいやらしい音を立たせた。

「……ン、っ……んっ、ぉ、……ぁ、っあ」

　ディリヤの声質が変わる。

　ほんのすこし残っていた理性が快楽に呑(の)まれて、ユドハの動きにあわせて喘ぐだけのけものへと落ちる。

　眼前にかかる前髪が鬱陶しかろうと、額を流れる汗が睫毛に溜(た)まろうとも、後ろで得る快楽はなにものにも勝り、それらを気に留める暇もない。

　なりふり構っていられず、己を取り繕うこともできず、ユドハの与える悦楽にディリヤはなすすべもなく、意味もなく首を横に振り、やわらかな枕に頬を押し当てて身を震わせ、下腹をうねらせ、オスを咥(くわ)え込んだ腹の内側の感覚に耽り入る。

　元来、ディリヤは「アンタも気持ち良くなれ」と言って、ユドハと同じか、それ以上に気持ち良くなれるようユドハを愛そうとする。

　だが、こうしてユドハの愛に呑まれてしまうと、そんなことはもうすっかり頭から抜け落ちてしまい、啜り泣くように嬌声(きょうせい)をあげ、触ってもいない陰茎から白濁をぽたぽたとだらしなく垂れ流す。

「ユ、……っ、ド、……ユドハ……」

「そこまでだ、ディリヤ……」

　そして、際限なく欲しがる。

　これ以上進めれば結腸に入ってしまう。ディリヤの狭いそこを何度も味わっているからこそ、感覚で分かる。

　ユドハは腰を引き、浅いところを刺激して、慰めの代わりにする。ディリヤは不満げに手探りでユドハの尻尾を鷲摑(わしづか)み、もっと深く入ってこいと己のほうへ引き寄せる。

　こうした仕草や動作でねだる時のディリヤは、言葉を紡ぐだけの頭も働いていない。気持ちの良いほうへ意識が流され、溺れるほどの幸せの深みに嵌まりたいという欲だけで動く。

分かる。

吐息や声の質で、ディリヤがどこまで落ちているかとろけた体や、感じ入る仕草、ふやけた表情で、「もうすこし挿入して大丈夫だな」とか、「まだそこまで進めてはいけない」など、細かなことも分かる。

肌の湿り気や、筋肉の張りつめ具合、額を寝具にすり寄せて打ち震える背中などからは、気持ちいいけれどちょっと気持ち良くなりすぎているな、というのが分かる。

いまのディリヤは、ユドハの爪先が触れるだけで達し、うなじに牙を押し当てるだけで喉元を晒して喘ぎ、鬣が胸に落ちるだけで呼吸を乱し、太腿に巻きつけた尻尾が動くだけでゆるやかに潮を吹く。

もうすぐ意識を飛ばすだろう。

それが分かる。

分かるほどに、何度も抱いてきた。

かわいい赤毛のすべてを把握するのが、国王代理の密やかな趣味だ。

寝屋での乱れゆく様、ユドハにだけ見せる表情、あられもない声、ぐずぐずにとろけていく心、警戒心の強いけものがありとあらゆる隙を見せて無防備に落ちていく、その一部始終。

ディリヤが、自分自身のすべてを自分以外に委ねていく。

頭を空っぽにしてユドハの愛だけで満たされていく。

そうしてユドハが愛で満たした先で、ディリヤはいつもとびきり愛らしく、そして、美しい姿を見せてくれる。

「ディリヤ、愛してる」

強く勇ましい男がオス狼に組み敷かれ、その腕に囲われて、尽きぬ愛を注がれる。

向きを変えて正面から抱くと、ユドハに縋りつきたいのに腕に力が入らず、指先だけを不随意運動のように跳ねさせる。

ユドハが抱きしめて胸の飾り毛にディリヤの頬を沈めてやると、ディリヤは悩ましげな息を吐き、なにも出さずにメスのように腹の中で快楽を得た。

繋がったところから、ユドハはそれを己が身で感じ、ディリヤのその締めつけに触発され、種を付ける。

「……ん」

ディリヤは頬を寄せて甘え、気持ちいいと伝えてくれる。

「ああ、気持ちいいな」

ユドハもまたディリヤの体温に甘えるように頬を寄せ、尻尾を巻きつけた。

第四章

商都リルニツク、宰相邸。

リルニツク宰相家の面々は、もふもふ空の巣症候群だった。

それは、ディリヤたち家族がウルカへ帰国して半月ほどが経った頃の話だ。

アシュ、ララ、ジジ。短い期間ではあったけれども、毎日、小さな狼たちが宰相邸を駆け回り、「だっこ！」「あそぼ！」「いっしょにころころしよ！」と無邪気に大人たちを翻弄した。

だが、そんな日々も瞬く間に過ぎ去ってしまった。

あの、綿毛のような、和毛のような、幼児と赤ん坊特有の、ふかふかの尻尾やふぁふぁの耳、抱き上げた時のやわらかさと重さ。それらをもふもふと愛(め)でられないかなしみによって一家は空の巣症候群になっていた。

「あの藁団子(わらだんご)が恋しい……」

庭に出した椅子に腰かけたキリーシャはぼんやりと青空を見上げ、呟いた。

アシュが傍にいた時は、「ちょこまか動くし、目が離せないし、……あぁもう！　可愛いのに大変!!　子供の世話なんて毎日は無理!!」と思っていて、尻尾や耳のふわふわをそれほど重要視していなかった。

なのに、視界の端でちょこまか動いていたものがなくなると、とても恋しい。だっこをせびってくる小さな生き物の声が聞こえないこともさみしい。

変な歌を歌ったり、喜びに任せて踊ったり、泣いたり、笑ったり、ご飯を食べたり、砂浜を走ったり、海で泳いだり、「あそぼ」と手を引く姿が見えないことが、さみしい。

「………はぁ」

溜息(ためいき)を吐き、キリーシャは、自分の斜め後ろで立ち控えるキラムの尻尾を撫でる。

手近にあるキラムの尻尾でお茶を濁してみたものの、やはり、その触り心地はアシュや双子の赤ん坊のもふもふとはちょっとちがう。

「すみません……期待外れで……」

「これはこれでいいのよ？　かわいいもの」

ただ、にこにこ満面の笑みの毛玉がいなくて、さみしい。

キリーシャの最近の趣味は、アシュのふぁふぁに似た物を集めることだ。

いまのところ、アシュのふぁふぁに一番近いのはキラムのふわふわだから、キラムをふわふわしている。

「キリーシャさん、お喜びになって！　お手紙が届いたわ！」

「おねえさま！」

キリーシャのもとへ、手紙を携えた義姉が姿を見せた。

義姉は、長兄バアルと結婚した女性だ。キリーシャの空の巣症候群を知っていて、大急ぎで届けてくれたのだろう。

アシュの手紙と新しい新聞だ。手紙といっても、たくさんの気持ちが詰め込まれているようで、小包くらいの厚さがあった。

「待っておくれ、そんなに急ぐと転んでしまうよ」

すこし遅れて、のんびり、ゆったりとバアルも姿を見せた。

「キリーシャさん、小さな狼さんたちはお元気でいらして？」

「待ってくださいな、おねえさま」

仲良く二人で芝生に腰を下ろし、手紙の封を切る。

途端に、色とりどりの贈り物がこぼれ出た。

小さな狼の手形ハンコが押され、その形どおりに切り抜かれた紙がキリーシャの膝に落ちる。

アシュとララとジジの手形だ。こんなにおおきくなったよ！　と教えてくれている。半月前に別れた頃とそんなに変わらない大きさだけれども、その手形を指で辿ると、アシュたちを抱きしめた時のぬくもりを感じられた。

ほかにも、押し花、きれいな石、宰相家のみんなの似顔絵、結婚式の時を思い出して描いた絵、ララとジジが無心で破った芸術的な紙、……大好きなみんなのことを思ってアシュが詰めたものがいっぱい詰まっていた。

新聞には、お小遣いを持っておもちゃ屋さんへ行き、お買い物の練習をしたこと、エドナと詩を作ったこと、おじいちゃんせんせぇに「さぼる」という言葉を教えてもらったことなどが書かれてあり、「キリーシャちゃんのことをここに書いてね」と書き添えて、新聞に空白を作ってあった。

「こちらはおねえさまに、そして、一兄さま、キラム、もっとこっちへいらっしゃい。あなたにも手紙があるわ」

「俺にもですか?」

「ええ。ディリヤとコウラン様から、ウルカの生活用品や秋物の服、毛繕いの道具を見つけたから送る、と……。ほかに欲しい物はないか、必要なものがあれば遠慮なく、ともあるわ。そこから先はあなた個人宛だから、あなたが読みなさい」

それぞれに手紙を振り分けて、皆がその場で読み耽る。

アシュのそれは絵のほうが多い手紙だけれども、読み進めていくほどに相好が崩れ、自然と笑顔になる。

アシュが一所懸命考えた文章は大人の書く礼儀に適った手紙よりも自由が優先されている。そのかわり、ディリヤとユドハから丁寧な挨拶と、息子の手紙の不調法を詫びた言葉があり、配慮が行き届いていた。

ディリヤからの私信は短く、まるで報告書のように簡潔なものではあったが、彼の人となりとユドハへの惚気が伝わってくる率直な文面でもあった。

「わたくし、手紙で、ご趣味は……? と尋ねられたのは初めてだわ」

キリーシャは、ディリヤが始めた趣味探しの話題についてそんな感想を漏らす。

兄夫婦はといえば、「僕の趣味は、奥さんの笑顔を見ることだなぁ」「あら、あなた、奇遇ね。わたくしもよ」と、いちゃいちゃし始めた。

「一兄さま、そういうことはお部屋でなさって」

「いやぁ、すまない。新婚なもので……。さて、むくれっつらも可愛い我が妹よ、この素敵な贈り物のお返しを考えよう。お前が一番あの小さな狼さんたちをよく知っているから、喜びそうなものを教えておくれ」

バアルは細君の肩に手を添え、「手紙の返事は、平易な言葉で書いたほうがよさそうだ」と微笑みあう。

「俺も返事を書くので、一緒に送っていただけますか……?」

「もちろんよ。明日は贈り物探しをしに浜辺へ行くから準備をしておきなさい」

キラムの言葉に大きく頷き、キリーシャもどう返事を書こうかと考え耽る。

「ああ、それにしても……」

「おねえさま、いかがなさって?」

和気藹々とした雰囲気のなかで、ふと、義姉が「あの、ふわふわ、もふもふ、恋しい……」と悩ましげにウルカの方角を見やった。

「そうだね、あのふかふかは格別だったね……」

「おねえさま、元気をだして」

「ああ、あの、丸くてやわらかいおおかみさん……いまでもこの掌が覚えている不思議な触感……」

「…………」

リルニツク宰相とその細君、そしてキリーシャの三人に尻尾をふわふわふわふわ揉まれながら、キラムは直立不動の姿勢を貫いた。

近頃、よくこうして宰相家の全員に尻尾を毛繕いされて愛でられるので、キラムの尻尾はとてもつやつやのぴかぴかで、キラムもちょっと嬉しかった。

「ところで……」

「いかがなさって、一兄さま？」

「私たちは、ウルカの狼殿のことばかり気にかけていてすっかり忘れてしまっていたが、ウルカにはシルーシュがいるよ」

優しい長兄がシルーシュのことを思い出し、「俺を忘れてくれるな！」と臍を曲げた三男の顔を想像して微笑む。

「そういえば、おにいさまからもお手紙が……」

キリーシャも思い出したように、アシュの手紙と一緒に入っていたシルーシュからの手紙を開いた。

「あら、ではそちらにもお返事を書いてさしあげなくては」

「ウルカで元気にしていらっしゃるご様子よ。近頃は、アシュと一緒にディリヤをあっと喜ばせる計画を立てているそうよ。それと、近々、ウルカで買い集めた物を送ってくれると……」

家族仲良く輪になって、シルーシュからの手紙に目を細める。

「…………」

その姿を誰よりも傍近くで見つめながら、キラムは自分宛の手紙を胸に押し抱く。

遠く離れていても自分のことを忘れずにいてくれる人がいる。故郷で思い出してくれる人がいる。一人じゃない。慈しんでくれる。身を以てそれを知り、じわりと涙が滲んだ。

アシュのもとへキリーシャたちから返事が届いた。

「うれしいおどり」

アシュは飛び跳ねて大喜びし、奇妙な踊りをひとしきり踊ると、みんなにさらなるお返事を書いた。

「キリーシャちゃんのキと、キラムちゃんのキは、発音すると同じだけど、書くと違うキなのよ」

「ぃ！」

「ぃう〜……」

アシュに教えてもらった双子は訳も分からず、にこにこしながら、自分なりにキラムのキとキリーシャのキを発音している。

いろんなことに夢中になっているアシュは毎日大忙しだ。

トリウィア宮のあちこちを駆け回り、時には双子の弟を待って立ち止まり、空を見上げては「きょうのおそらは、にこにこおそら〜、今日のあしゅは、にこにこにこげ〜」と詩を吟じ、おやつを食べて、お昼寝をして、おもちゃで遊び、おじいちゃんせんせぇと悪だくみをして、ライコウとフーハクを巻き込み、イノリメとトマリメに協力してもらい、シルーシュと「ディリヤがあっと喜ぶもの探し」をして、ユドハにお風呂に入れてもらいながら舟を漕ぎ、おなかいっぱい夕飯を食べて、明日を夢見てお布団に入る。

アシュの瞳で見る小さな世界はとても大きな世界で、どこまでも無限の可能性に満ちていて、果てしない。

趣味や興味という概念を知らずとも、アシュはその小さな体と心をめいっぱい使って、彼にとっての愛しいものを探して、見つけていた。


トリウィア宮の、ある日の昼下がり。

ディリヤとアシュは川べりまで遊びに来ていた。

二人は並んで川岸にしゃがみこみ、川の流れに揉まれて丸くなった石をじっと見つめる。

「でぃりや、これもキラキラよ」

アシュが、自分の爪先ほどの小石を拾い上げた。

黄味がかった乳白色をしていて、やわらかい太陽の光を受けると温かみのある橙（だいだいいろ）色になる。

「たまごの黄味みたいね。おいしそうよ」

「ほんとですね、きらきらで、おいしそうです」

ディリヤはアシュから受け取ったそれを木漏れ日に透かして見る。

「ユドハのおめめに似てる？　ディリヤの好きなやつよ」

「確かに、ディリヤの好きなやつです」

「でも、おめめ、片方しかないね。同じの、もういっこあるかな」

「ひとつで充分ですよ」

「そうなの？」

「はい。ひとつ見つけられたら充分です」

「持って帰る？」

「これはこの川の物なので、ここでめいっぱいユドハの色を堪能してから、この川に返そうと思います」

ディリヤは、今日一日、家に帰るまではこの手で小石を握りしめ、ユドハの瞳に似た石を眺めて楽しむ。

けれども、石は石だ。持って帰らず、このまま、この川にいてもらうことにする。そして、また、この川にやってきた時に、「ああ、そういえばあの時、アシュと一緒にユドハの瞳に似た石を探したな」と思い出すのだ。

「アシュとララちゃんとジジちゃんに似てるのもさがす？」

「はい。でも、いいんですか？　今日はディリヤの趣味に付き合ってもらって……。アシュはアシュの好きなことをしていいんですよ」

「あしゅね、ディリヤの好きなことを知りたいの」

「はい」

「だからね、きょうは、ディリヤの好きなことをいっしょにするの。ユドハのきらきら、さがすの。そのあとで、アシュの好きなこといっしょにしてくれる？」

「もちろん」

「こないだ買ってもらったおもちゃで遊んでね。それからね、あしゅね、今日みつけた、このきらきらで詩をつくるのよ。それをエドナちゃんと交換するの」

「風流です」

「おじいちゃんせんせぇにもおとどけするの」

「ディリヤも一緒に詩を作ってみます」

「うん！」

尻尾の先を川面に垂らしたアシュがにっこり笑う。尻尾が揺れて、水がぱしゃぱしゃ跳ねて、きらきら光る。

きらきら跳ねる水飛沫（みずしぶき）と太陽の光、アシュの金色と苺色の毛皮、それらの色が重なって、ユドハの瞳の色と似た輝きになる。

「…………」

ああ、この世界には、こんなにも身近に、愛しい人の欠片が息づいている。

その尊さに、ディリヤはたまらずアシュを抱きしめてしまう。

アシュは「ふふっ」と笑ってディリヤに抱きしめられるがまま、ぎゅっと抱きしめ返す。

「アシュ、ディリヤの趣味は家族を愛することです」

「うん」

「欲しいものとか、好きなものとか、そういうのはいまもまだ見つからないんですが、一番夢中になれるものはユドハからもらって満足しちゃってるのかもしれません」

「いちばんむちゅうになれるもの？」

「誰かを愛して、愛されて……っていう素晴らしい心ことに夢中なので、それを突き詰めてみようと思います」

「……なるほど」

分かったような、分からないような、本質だけは知っているような、そんな声で、アシュはコウランのように片眉を上げてみせる。

「ディリヤは、ユドハとアシュとララとジジを愛することに夢中なので、それを突き詰めてみようと思います」

自分以外の人を知ること。

それぞれに心があって、それぞれが大切にする世界があること。

ディリヤはいろんなことをたくさんできるほど器用じゃないから、護衛官として働いて、ユドハの傍にいて、家族を愛していく。

欲張って世界を広げようとせず、ユドハの懐の広さや深さに甘えて、まずは、一番大事な、ただひとつのことだけに心を寄せる。

それは、ディリヤが独りだった時には決して手に入れられなかった幸せで、興味で、趣味で、夢中になれることだから。

この世界にある、愛しい人に似たものを見つける。

目的を達成するために最短最適を選ぶだけだった人生で、ディリヤは「あちらにユドハの瞳の色に似た花が咲いているからちょっと行ってみよう」と寄り道する喜びを覚えた。

寄り道をして、愛しい人を想う。

いま生きている世界で、愛しい人の欠片を探して、見つける。

愛する人への自分の愛に気付く。

一生をかけて、この世界で愛しい人を愛していく。

それは、いつまでも長くずっと飽きることなく続けられる。

我ながら、それはとてもよい趣味だと思った。


「ディリヤ、ユドハとララちゃんとジジちゃんが来たよ」

「来ましたね。……ユドハ！　こっちだ！」

アシュを抱いて立ち上がり、手を振る。

ララとジジを抱いたユドハが「双子がお昼寝からお目覚めだ」と尻尾を揺らして二人のもとへやってくる。

川べりからすこし歩いて丘まで移動して、家族みんなで草叢に腰を下ろす。

胡坐を掻いたユドハの膝の真ん中にアシュがすっぽりと収まって、ララとジジがその両横にむぎゅっと詰まる。

「おやつの時間にしましょうか」

「その前に、ディリヤ……」

間食の準備を始めるディリヤの手を取り、ユドハがその左の掌に冷たい物を握らせた。

「……？」

小振りの短刀だ。鞘に納められた刀身は細く、鍔のない特殊な形状をしていて、持ち手もディリヤの手に吸いつくように馴染む。

あまり見かけない材質で、鞘も、柄も、刀身も、金属質なのに光らず、これならば敵の目につくこともない。刀身には細く血流しの溝が彫られ、持ち手の手前で滴るように細工されている。余計な装飾はなく、ディリヤのように隠密を得意とする使い手にはありがたい造りだ。

短刀本体はすっきりとして実用性重視だが、黄金の装飾品が付属していた。純金を編んだ編み飾りがリボンのように巻かれ、その編み飾りの端も金細工でまとめられていた。

金細工は編み飾りの端処理をするためのものであると同時に、ビーズ飾りを繋げるための部品にもなっている。そのビーズ飾りは、ガラス玉でなく、赤い宝石が連ねられていた。

まるで、短刀の寝床のように幾重にも黄金が編み重

ねられている。それこそまるで、ディリヤを抱擁する
ユドハのように。

「ユドハ、……これは、その、すごく……アスリフとしては使いやすくて嬉しい」

「礼なら、お前が助けた金細工職人たちに言うといい」

「……？」

「それは、お前が助けた職人たちからの礼だ」

金細工職人たちは、ディリヤが短刀を使い、彼らを守るところを決して見逃さなかった。

誰がどう戦い、武器をどう扱うのか。

独りで悪に立ち向かってくれた赤毛の人間が誰のつがいであるのか。

それらを面白可笑しく吹聴することなく、彼らは職人らしく、そのすべての感謝を作品に注いだ。

命を助けてくれた人への敬意を表し、ウルカの職人芸と粋を凝らした一品を献上した。

つがいを讃えるために、ウルカ産の純金と赤い宝石で彩った。

「この世界には、お前の色に似た赤が溢れている」

「……同じ世界に、アンタと俺の色がある」

純金の飾りと赤い宝石。

国王代理と、護衛官。

ユドハと、ディリヤ。

同じ世界に存在して、愛しい人を見つけた。

「きらきら、ディリヤとユドハの色ね。きれいね。アシュ、この色を見ていると、なんだか、お胸がとってもほわほわするの」

アシュが金色の狼と赤毛のけものを交互に見つめて、鼻先を寄せた。

やわらかな金の毛並みに混じった苺色の毛先が、きらきらと輝いた。

かわいげのないひと

盛夏。

ゴーネ帝国の帝都。

日々、公務に忙殺されているエレギアはフェイヌとともに夜更けに自邸へ戻った。

自室の机には方々から送られてきた手紙が山のように積み重ねられている。夜会や茶会、狩猟や避暑の誘いならばまだ良いほうで、王侯貴族の付き合いもあれば、旧友からの嬉しい連絡もあり、一族からの面倒な催促や要望もある。

ある程度はトラゴオイデ家の家職権限で判断するよう指示しているが、ここにあるのはそれをすり抜けてやってきた手紙たちだろう。

エレギアは軍服の襟元をゆるめながら、ふと目に留まった一通の手紙を手にする。

リルニツクのキリーシャ姫からだ。

急ぎの内容ならば軍部へ転送される手筈になっているから、そうでないならば、あの我儘娘のいつもの近況報告だ。

あの小娘とはなんだかんだで長い付き合いがあり、時折こうして手紙をくれる。

「ゴーネのお菓子といつもの香辛料が食べたいから送ってちょうだい。それと、ゴーネでいま流行の絵描きがいるでしょう？　その方の絵を」

他愛ない無邪気なおねだりが大半だ。

ゴーネが政治的難局にあろうとも、エレギアが仕事に忙殺される日々を送っていようとも、彼女は彼女の気分次第で一方的な手紙を送ってくる。

ありがたいのは、返事を催促しないことだ。

こちらの状況を知ったうえで、いつもと変わらぬ手紙をくれて、返信が遅れたり、彼女の要望に応えられなかったり、最悪返信できなくても気を悪くせず、それどころか一切気にも留めず、こちらを気負わせることなく幾度でも筆をとってくれる。

春先にも、キリーシャから手紙がきた。

なんの前触れもなく、公的連絡手段を使うことも、公的手順を踏むこともなく、いきなり「エレギアちゃんのところへ行くから」という私信がきた。

その数日後には、「やっぱりやめます。ごめんね」という手紙がきて、「騒がしいな……」とエレギアが思っていたら、今度は「私の侍女たちを送るから預かって。そして、まるで私と彼女たちがゴーネであなたのお世話になっているかのように振る舞って」という一方的な指示とともに侍女たちが送られてきた。

しょうがないから、彼女が望むままに振る舞い、次の連絡がくるまで預かりものを預かった。

それからいくらか経った頃、リルニックで宰相位継承問題に絡んだちょっとしたお家騒動が起きた。

そして、それをウルカのディリヤたちが収めた。

……という情報がエレギアとフェイヌのもとへ入ってきた。

「なにやってんだ？　あの赤毛」

「ウルカの狂犬の思考回路はよく分からん」

フェイヌとエレギアは互いに顔を見合わせ、小首を傾げた。

どの国も行っているのと同じように、ゴーネもリルニックにも諜報員を潜り込ませているが、この件にかんしてのみ言うと、ウルカのつがいが用意周到でほとんど情報が回ってこなかった。

エレギアたちがリルニックの一件を知ったのはすべてが片付いたあとだ。

だが、大体のところは予想がついた。

赤毛のけものの行動はすべてユドハのためのもの。裏になにかあるのではと勘繰ったところで、最終的には、ウルカにとって最良の結末がもたらされて終わるだけだ。

事実、この件をきっかけにウルカは自国に有利な条件でリルニックと条約を結ぶことになる。

それからすこし経った頃、キリーシャからまた手紙がきた。

「そちらへ行くって言ったり行かないって言ったり、お騒がせしました、ごめんなさい。すべて片付いたので、侍女たちを返して」

姫君の望むがままに、エレギアは彼女の侍女たちを送り返した。

揉め事がゴーネに持ち込まれることもなく、預かりものを無事に返すことも叶い、ウルカとリルニックの間で板挟みになることもなく万事終えられてエレギアが胸を撫で下ろしていると、隣にいたフェイヌも、「あの娘が来なくてよかったですよ」と、あからさまにほっとしていた。

「お前、随分と昔に、あのお転婆姫に尻尾を引っ張られたり、耳を摑まれたり、肩車をせびられたり、好き放題されてたからな」

幼いキリーシャに無体を働かれていたフェイヌの姿

を思い出し、エレギアはかすかに肩を揺らす。

「………」

当のフェイヌは往時の被害を思い出したのか、無意識に尻尾がきゅっと丸まった。

当時のキリーシャはまだ狼嫌いになる前だったから、フェイヌによく懐き、尻尾を追いかけ、耳に齧りつき、フェイヌは格好のおもちゃにされていた。

「あの時のお前は、キリーシャ姫のなすがままだった。幼い子供には怒らないあたり、お前も優しいところがある」

「そういうあなたは、侍女たちを送り返す時に随分とたくさんの土産を持たせたようですが……？」

「………」

キリーシャの好きな菓子や香辛料、ドレスや宝飾品、絵画、ゴーネの流行品などを預かりものの返却とともに送った。

なんだかんだで、二人とも縁あってキリーシャの幼い頃を知っているから、ついつい甘やかしてしまう。

だからこそ、キリーシャも最初はエレギアを頼ろうとしたのだ。

異国の妹分が、血の繋がった家族以外でまず頼るべき相手として自分たちを思い出してくれたことは光栄だったし、いつまでも変わりなく慕ってくれていることが嬉しくもあった。

突き詰めて言えば、革命を起こしたばかりのゴーネの兄貴分へ、おねだりという体で手紙を出し、気遣ってくれていることが伝わってきたし、彼らにとっての救いにもなっていた。

それが、彼女なりの優しさだった。

無邪気を装った姫君の思いやりに触れると、殺伐とした日々に忙殺されて忘れがちな自分の心を取り戻せた気がした。

革命や粛清、旧派閥の残党狩り、それらに明け暮れる血まみれの日々、その、ふとした瞬間、自分らしさや人間らしさを思い起こさせてくれるきっかけになった。

摩耗していくばかりの自分にも、まだ異国の妹分を思いやれる心が残っていることを教えてくれた。

「なんにせよ、あのこまっしゃくれたお姫さんが笑ってんならそれでいいんじゃないですか？」

「同感だ」

フェイヌの言葉に頷き、エレギアは人間らしい表情で久々に笑った。

フェイヌが窓を開けた。

明け方だけに得られる涼風がゆるやかに寝室に舞いこむ。

エレギアの火照る体には焼け石に水だが、窓辺に立つフェイヌは、目を細めて心地好さそうに風を受ける。

窓に掛けられた紗を通して陽光が降り注ぎ、そのやわらかな光を浴びたフェイヌの耳の毛先がきらきらと金色に輝くのを見るのは悪くない。エレギアは見るともなしに見たその光景に口端を持ち上げた。

「なんです？」

寝床に戻ってきたフェイヌが、薄く笑うエレギアに首を傾げる。

「いいや、なんでもない」

怠い腕を片方だけ持ち上げ、フェイヌの首に回し、引き寄せ、頬を擦り合わせる。

昔は、自分よりずっと小さかったフェイヌ。その幼い頬の輪郭を描くように淡い金の産毛が生えていた。蒲公英の綿毛のようにふわふわとした丸い頬も、いまとなっては無精髭が生えて、骨ばった輪郭だ。

「それに、これだ……」

もう片方の腕をフェイヌの下肢に忍ばせ、腹筋から臍を辿り、臍から下の陰茎まで続く硬い金の毛を撫で梳く。

くすぐったさにフェイヌが獣のように身震いする。その仕草だけは昔から変わらない。

「……なんだ？」

下生えを撫でて遊んでいると、フェイヌが重い体でのしかかり、エレギアの首筋を噛んできた。

「なんだはないでしょうが……」

煽るだけ煽られておあずけをされては、たまったもんじゃない。

「もう散々やっただろうが」

「もう一回やっても変わりません」

「ケツが死ぬ。……っ、フェイヌ……」

「よく言う。イイ具合になってんぞ」

砕けた口調で笑い、フェイヌはエレギアの後ろに指を含ませ、三本の指で内側を開き、わざとらしく濡れた音を響かせる。

熟れた肉はフェイヌの武骨な指に絡みつき、「盛りのついた犬め」と睨みつけるエレギアの視線とは裏腹に物欲しげにひくつく。

「さて、どうします？」

フェイヌはエレギアに問いかけ、選ぶ権利を与えてやる。

「違うだろう、犬。……させてください、だ」

「させてください、ご主人様」

「………」

「ご主人様はなにがご不満で？」

犬の自分は間髪を容れず命令に忠実にお願いしたのに、ご主人様からは色好い返事が得られない。

犬は飼い主の肩を噛んで抗議を示す。

「行儀の悪い犬め……」

狼耳を抓んで叱るが、エレギアはその仕草が嫌いではない。

またぐらでそそり立つ陰茎に血管を浮かせ、赤黒い先端からは先走りを滴らせ、汗を滲ませた肌と獣の呼吸でじりじりと飼い主の許可を待ち、耳は主人の言葉を聞き漏らさぬようエレギアのほうを向き、尻尾は我慢が難しくて焦れったげに波打っている。

狼の血が色濃く出ている双眸は、眼前の己のメスをまっすぐ射貫き、一瞬たりとも目を逸らさない。熱っぽい視線でエレギアだけを見つめ、エレギアのことだけを考え、狼牙を噛み鳴らして必死に我慢している。

エレギアはたっぷりその姿を堪能してから、「よし」と許可を与えた。

「エレギア……っ」

「……っは、ぁ」

圧倒的な質量がエレギアの内側を満たす。

長年のつれあいの、すっかり身に馴染んだそれに体が勝手に開き、力を抜き、いつものように呼吸を重ねて受け入れている。

覆いかぶさってくるオス狼は壁のように圧迫感があって、欲望のままにエレギアの体を貪る。

そのくせ、どこかで本能に支配されることなく理性を保ち、狼の鋭い爪で寝具を掻き、エレギアの体に傷をつけぬようにと肌には触れない。

それがまたエレギアの癪に障る。

だからといって「もっと触れろ、掻き乱せ、肌に爪痕を残せ」とは命じない。

代わりに、エレギアは、情事の重怠さがまとわりつく腰を使って、オス狼に我を忘れさせてやる。張り詰めた背中に腕を回し、太腿の裏に足を回して突き上げるのを手伝ってやる。

　ぎしぎし、がりがり。自制心を強く働かせる飼い犬の口腔の奥から奥歯を噛みしめる音がするから、エレギアは唇を重ね、薄く開かせたそこへ指を差し入れて大きく口を開かせる。

「……が、ぁう」

　腹の底から、低く唸る。

　エレギアの指を噛みそうで、噛まない。

「ほら、こっちだ」

　己の喉元へ誘ってやれば、はじめは遠慮がちに、次第にがぶがぶと甘噛みを始める。

　その痛痒さにも慣れたもので、エレギアは、ひとつずつフェイヌの獣欲を許し、狼としての本能を引きずり出す。

　フェイヌは、エレギアの腰に痣が残るほど強く掻き抱き、陰茎を打ちつけ、種を付けながらも硬さを維持し、眉間に皺を寄せてメス穴を穿つ。

　臍の下から繋がる陰毛や腹筋にエレギアの陰茎の裏筋が擦れて、ぞわぞわとした快楽が生まれる。

「……っは、……ぁ、……っあ」

　昂るがままに息遣いが深くなり、荒くなり、ひときわ大きな声が溢れ出て、エレギアは達する。

　夜半のうちにすっかり空にさせられた陰茎はびくびくと震えるばかりでなにも出さないが、オスを咥えた後ろの快楽は長く続き、エレギアの呼吸を浅く、短いものへと変えていく。

　腰が抜ける感覚につられて、かくんと頭が落ちて、身構える術もなく後ろで得る快楽に翻弄される。

「……、……っは、っ」

　久しぶりの自分本位な快楽の追求に、フェイヌは声を漏らす。

　エレギアは己の頬に汗が落ちてくるのを感じながら、フェイヌの感じ入る姿に見入る。

　理性のあるうちはエレギアを満たすことにのみ喜びを見出す奉仕しかしない。それが狼の血を引く者の習性なのだろう。昔からフェイヌのその性根は変わらない。己のつがいを慈しみ、縄張りに囲い込み、大事に、大事に、愛する。

　だが、今日は数ヵ月ぶりに自宅へ帰ってきたのだ。たまには本能に溺れるのも良いだろう。

エレギアはフェイヌの獣性の邪魔をせぬよう、繁殖と交尾のための存在として振る舞い、すべてを受け入れた。

「は……っ、……っ、く」

フェイヌがつがいの腹のなかで達する。

エレギアはフェイヌの後ろ首に手を添え、首筋を撫で上げ、汗の溜まる短い後ろ髪に触れた。太い首筋に浮く血管や筋、それらがフェイヌの射精にあわせて緊張し、ゆるやかに弛緩する。

「……かわいいもんでもないのにな」

エレギアは己の腹が重くなるのを感じながら、薄く笑む。

エレギアも、フェイヌも、いい歳をした男だ。

フェイヌは金の産毛が愛らしい年頃でもなく、エレギアは己の背負う重圧から逃げたい時には酒を呑み、二人そろえば言葉を交わすよりも体を交え、気の利いた愛の言葉などは互いに口にした記憶すらない。

「これのなにが可愛いんだか……」

射精の余韻に浸るオス狼の無精髭の頬を撫でた。

こんな大男の、一体なにが可愛いのか……。

そして、一体全体、自分のどこに、この男が発情するようなかわいげがあるのやら……。

なにひとつとして分からないままに、分からないフリをしたままで一緒にいる。それがエレギアとフェイヌの在り方なのだろう。そんな答えを導き出したのももう随分と昔のことだ。

昔も今も、隣に立つ男が変わらずにいるというのは、心強いことだ。そんなこと、死んでも声に出して言ってなどやらないが、それはお互い様だ。

「……エレギア」

犬が、低い声で、いとしげに名前を呼ぶ。

「そのかわいげのないモノがおとなしくなるまで付き合ってやる。好きにしろ」

射精したばかりのくせに、腹のなかでこれでもかと主張する陰茎に苦笑して、エレギアは自分の狼の鼻先を噛んだ。

体力の続く限りさんざんヤリ倒して溜まっていたものをすっきりさせた二人は惰眠を貪り、短時間の睡眠で目を醒ました。

昼を過ぎてはいるが、二人ともいまだ寝床にいる。

フェイヌは一度水浴びをして、ソファに運んだエレギアに飲み物と今日到着したばかりの手紙を差し出し、その間に寝具を取り換えて再び二人で寝床に戻った。

「…………」

素肌に触れる敷布の感触を楽しみながら、エレギアは俯せに寝転び、背中に押し当てられるフェイヌの唇を放置したまま手紙を読んでいる。

夕方からはまた二人そろって外出の所用があるが、それまで、エレギアはここで雑事を片付ける予定にしていた。

フェイヌが手紙を運んだのも、エレギアが目を通しておくべき差出人だと判断したからだろう。

だが、手紙を見せるのはもうすこしあとでもよかったかもしれないとフェイヌが思っているのは明白だった。

「こら、やめろ」

片手に手紙を持ったエレギアが、もう片方の手で行儀の悪い尻尾を摑んで動きを止める。

構ってほしげに動く尻尾は、いつもは躾が行き届いていて、大人の狼らしく振る舞い、エレギアの言うことをよくきくのだが、今日は我慢が難しいらしい。

まるで子供のように、ぱたぱた。こればかりは本人も恥ずかしいらしく、尻尾がぱたぱた寝床を叩き続けていても、顔は背けて窓の外を見たり、エレギアの背中を噛んだり、エレギアの足を揉んだり、意味もなく寝床の敷布の端を整えたりして、「俺は別にそんなに構ってほしいわけじゃありません」と誤魔化そうとしている。

だが、その努力も空しく、エレギアが手紙を読み耽る間、放ったらかしにされていたフェイヌの尻尾は、早く俺を見ろ、もう一度交尾したいとエレギアの腕に巻きついて、せがむ。

する。しない。

俺は手紙を読む。俺はあなたを抱きたい。

他愛ない攻防を繰り返す。

互いに、それが嫌いではないのだ。

滅多にこうして戯れることのない二人が、久方ぶりの余暇に浮かれて、情事の名残につられて、幼い頃のように寝床でじゃれあう。

互いにこのじゃれあいを好ましく思うからこそ、エレギアはわざと手紙を読み続けるし、フェイヌは尻尾の動きを止めず、エレギアの背中や尻に牙の痕を残す。

言葉を交わすでもなく、肌を重ねるでもなく、児戯のようなそれを二人は飽きることなく続けた。

「フェイヌ、夕方から外出だ」

「分かってます」

「お前の牙の痕は、軍服の固い生地に擦れると……」

「痛みますか?」

そんなはずはない。

加減はよく知っている。

あなたが許すから、俺は、あなたの体であなたを傷つけない噛み方を覚えさせてもらったんだから。

それに、あなたは俺の噛み痕が肌に残るのが当たり前の状況に慣れてしまって、気にも留めないことを知っている。

フェイヌはそんな瞳でエレギアを見つめ、甘噛みを止めなかった。

「この、駄犬め……」

エレギアは枕をひとつ投げて、足先で肩を蹴った。

「暴力的な飼い主だ」

「我慢の知らん飼い犬だ。……まぁいい、こい、フェイヌ」

「なんです?」

手招かれたフェイヌがエレギアの肩越しに手紙を覗きこむ。

『アンタの趣味は?』

それだけが書かれた、ウルカの狂犬、……ディリヤからの手紙だ。

「これは、政治的ななにかの駆け引きだと思うか?」

「俺の趣味は、阿呆ほど酒かっ食らって、飼い犬と一晩中ヤって翌朝に二日酔いと自己嫌悪と事後特有のケツのアレで後悔することです、って返事でも書いてやればいいんじゃないですか?」

深読みするエレギアに、フェイヌは軽口を叩く。

まさに、それこそ、いまのエレギアの状態なのだが、どこかちょっと抜けているエレギアは「俺はそんなふしだらではない。そもそも、あの赤毛が単なる趣味について尋ねてくるはずがない」と勘繰っている。

「相手はあのウルカの狂犬だ。絶対に裏があるに違いない」

「……さぁ、あの赤毛もなにやら時折イッパシの人間っぽく振る舞っているようですから、時には趣味について考えることもあるんじゃないですか？」

好いた男の一人もできれば、生き方や考え方にも変化があるだろう。

生涯、己を貫いて一切変わらぬ者もいるだろうが、フェイヌから見て、あの赤毛は、己が変わっていくことに葛藤しながらも喜びを得ているように見えた。

かわいげのある生き物に見えた。

狼のユドハと、人間のディリヤ。

半人半狼のフェイヌと、人間のエレギア。

フェイヌとエレギアのほうがユドハとディリヤよりもずっと長く傍にいて、一緒に暮らして、幾度となく生死を共にしているのに、なんだか、あの二人のほうがどんどん先を行っている気がした。

フェイヌとエレギアとは異なる方向へ進む彼らを羨ましいとは思わないが、もし、自分たちが同じ趣味を持ち、楽しみを共有し、好きなものについて語る日があったなら……、そう考える。

なぁなぁのまま続けてきた、この、名もない関係。

淡々としているけれど気心が知れていて、隣にいるのが当たり前で、当たり前すぎて距離感が分からなくなるくらい一心同体。

互いの体の隅々まで知っているのに趣味について話したことは一度もなくて、そういう意味ではもう一歩踏み込みたいけれどお互いに踏み込めないような、いまさらどう踏み込むべきか分からないような、ディリヤとユドハのような甘さが欲しいような、それは自分たちに似つかわしくないような……。

このままでいいような。

あちらにはあちらの、こちらにはこちらの。

それぞれが培ってきたかたちがあるような、ないような……。

フェイヌだけがそう思っていて、エレギアはそう思っていないのかもしれない。それすらも確認していないこの関係を、それでもなぜか確かなものだと思える根拠のない自信があって……。

「フェイヌ」

「はい」

「趣味だのなんだのとつがいを相手に共通項を見つけねばならんとは、まだまだ青いな。ふん、新婚夫婦めが……、あの赤毛もかわいげがあるじゃないか」

こちらはそんなものに構う必要がないほどに腐れ縁だ。

散々ディリヤに負け越しているエレギアは些細(ささい)なことに一方的な勝利を見出して、ふふんと鼻で笑った。

「…………ああもう」

この男の、この器の小さいところがかわいいんだよなぁ……。

フェイヌはどうしようもなく愛しくて、まるで幼い頃のようにエレギアを抱きしめて、抱きしめて、抱きしめて、頬ずりした。

「……髭が痛い」

「すみません」

笑ってまた頬ずりしていたら、エレギアが「まったく、かわいげのない犬だ」と笑って、尻尾を撫でてくれた。

かわいいひとたちについて

歩き慣れた小道を進む。

大股歩きで石畳を踏みしめる。

青々とした木々からは青空と木漏れ日が見え隠れし、この家に住む赤毛の御方と呼ばれる人が好む草花は丹精され、瑞々しく咲き誇る。

庭に面した通廊で擦れ違った使用人にいつものように「今日もいい天気だね」と挨拶をする。

広大な邸宅は、十何年暮らしていてもやはり広大で、いまだに「ああ、天井に近いこんなところにもあんなに綺麗な細工があるんだ」と発見する日もあれば、「そういえば、あそこで遊んで転んだなぁ」と自分の目線よりもずっと低くなった石段を見つけて目を細めることもある。

「よ……っと」

幼い頃は親に手を引いてもらい、時には抱き上げてもらって下りていた階段も、手すりに手をかけて軽々と飛び越えられる。

「あ」

「…………ごほん」

ちょうど、着地した先にアーロンがいて、なにも言わずに咳払いをひとつだけくれた。

「次はしません」

「いつもそう仰いますが、次回こそは是非そうしていただきとうございます」

「でも、アーロンさんはいつも怒らずに内緒にしててくれるから大好き」

アーロンに「ありがとう」と抱擁し、また、軽快に進む。

孔雀を象ったモザイクタイルが美しい噴水を通り抜け、庭の奥へ、奥へ、奥深くへ……。

「おでかけですか？」

「うん、四阿のほうに。ああ、そうだ、南の離れの花が今日も満開で素敵だったよ」

「まぁ！」

庭師と並んで花を眺め、二言、三言、世間話をして別れ、生け垣を飛び越えて近道する。

水盆に活ける花を摘んでいた侍女にそれを目撃されてしまった。

今日は行儀の悪いところを目撃されっぱなしだ。

しー。内緒にしてて。

いつものようにお願いして、「アーロン様に見つからないようにしてくださいましね」「もう見つかったあとなんだ」と言葉を交わし、散歩し慣れた庭を歩く。

ただ歩いているだけでも楽しく過ごせるのは、この性格ゆえだろうが、いつもと変わらぬ日々があるからこそだということも近頃すこし分かってきた。

昨日も、今日も、明日も、明後日も、やりたいことがたくさんあって、やるべきことも山ほどある。

時間があってもあっても足りなくて、なのに昼寝をしたい欲求もすごくて、友達と遊んでいたらあっという間に時間が過ぎて、ちょっとした悪だくみも、腹を抱えて笑うことも、腹が鳴って食事の時間が待ちきれずにいることも、楽しい。

自分は毎日を普通に過ごしているだけなのだが、周りの人たちが自分を見て人生を謳歌していると喜んでくれる。

とはいえ、それなりに些細な悩みもあったりするのだが、きっと、それらも含めて謳歌しているということなのだろう。

自分と会った時に、他人が笑顔になってくれる。

周りにいる人たちの、自分を見守ってくれている瞳が穏やかで、笑んでいて、……叱ってくれる時ですら優しい。

尤も、自分はまだまだ子供だと思われているから、大人たちはどれだけ困難な状況にあっても、政治的な難局に直面していても、家庭にそれを持ち込まないし、深刻な表情を見せたりもしない。

それでも、嬉しいことに、「いま、この国はこういう状況です。これからは以下のことが発生すると予測されます。あなたはいままでどおりに過ごしていてください。状況に変化があれば協力を仰ぎます。今後の対応ですが……」と説明してくれる。

隠し立てせず、知るべきことを知り、置かれている状況を正しく把握できるよう、嘘をつかずにいてくれる。

信用してくれている。

自分の尊敬する人たちに信じてもらえることは誇らしい。その気持ちに応えるために、自分は自分のできることをして、毎日を生きようと思う。

幸いなことに、いま、この国はとても平和だ。

大人たちが自分と同じ年頃の時分は戦争ばかりだったらしいから、自分たち年若い世代が穏やかな時代をのびのびと生きることが、大人たちの喜びでもあるらしい。

同時に、守り続けていくべきものだという思いも強いように思える。

身近に、かっこいいと思える背中があるのはありがたい。それも、一人や二人でなく、何人もいてくれる。考え方や生き方、己の律し方、人生の楽しみ方、皆それぞれに自分を持っていて、信念がある。

時には、大人って頑張りすぎてて窮屈じゃないんだろうか……と思うこともあるけれど、よくよく観察していると、大人は大人で人生を楽しんでいる。

特に、自分ともっとも近しい二人の大人は、何事にも全力で臨み、ひたむきに楽しんでいた。

日々の何気ない時にそれを目撃しては、見ているこっちが「もう！」と思うような甘い場面に行き当たることもあるし、「あんなふうにずっと仲睦まじくいられるつがいを得られる人になろう」という気持ちにもなるし、「自分が好きな人とああいうふうに生きていけたら幸せだろうなぁ……」と思い描くこともある。

「…………」

庭の奥、四阿のずっと手前で立ち止まった。

そこに、一対のつがいがいたからだ。

金狼と赤毛のつがいだ。

自分にとってもっとも近しい二人の大人だ。

石造りの一人掛けの椅子に二人仲良く譲りあって腰を下ろし、肩を寄せている。

今日もとびきり仲良しだ。

昨日よりも今日、今日よりも明日、明日よりも一年後……。毎日、底が見えないほど愛を深めているのが見ているだけでも分かる。

あまりにも仲睦まじい様子に、二人の邪魔をするのも無粋な気がして、風下に移動して草叢にしゃがみこみ、花と虫を観察しながら時間を潰す。

頬杖をついてぼんやり二人を見ていると、金狼族のなかでもひときわ大きな体軀の、その肩に小鳥が止まった。

毎日欠かさず赤毛の手で毛繕いされている立派な鬣に、小鳥が埋もれるように羽を休める。

小鳥を驚かさぬためにか、狼が困り顔で固まっていると、小鳥はもっと鬣に寄りかかり、うっとり目を閉じた。

「巣穴と勘違いしてるのかもな」

赤毛は頬をゆるめ、小鳥と反対側の肩口に凭れかかり、飾り毛に頬を埋める。

身動きのとれない金色の狼は、頬ずりの代わりに赤毛の顎先を指の背でくすぐり、尻尾をつがいの腹に巻きつける。

小鳥の休息の邪魔をせぬよう、二人は言葉を交わすことなく同じ時を静かに過ごし、小鳥のさえずりに耳を傾ける。

金色の狼は、やわらかな風に靡く赤毛を鼻先で撫でつけ、赤毛は狼の尻尾の先まで優しく撫で梳く。

つがいが毛繕いしあう姿を見た小鳥も真似をして鬣を啄み、羽繕いする。そんな小鳥の姿に二人して微笑む。

小鳥は、狼の鬣からすこしの巣材をもらうと、嘴に咥えて飛び立った。

つがいは、そっくり同じ仕草で小鳥が羽搏いた方角へ鼻先を向け、姿が見えなくなるまで見送ると、鼻先を互いのほうへ向け直し、くちづける。

赤毛と金色の毛皮が混じってくちゃくちゃになるくらい額を擦り寄せて、赤毛は狼の頬を大きな口で甘噛みして、狼はぱったぱったと嬉しげに尻尾を揺らし、もう可愛くてたまらないと言わんばかりに己のつがいを抱擁し、己の膝に抱き上げ、懐と大きな背中、両腕で囲い込み、覆い隠すようにしてのしかかる。

「……アレは当分だめだ……」

あのいちゃいちゃはきっと当分止まらない。

話しかける機会を完全に失ってしまった。

まぁいい。ただいまを言いに来ただけだから、またあとで挨拶しよう。

ひょこっと生垣から出てしまいそうな三角耳を自分の手で押さえ、静かにその場を去る。

きっと、自分が姿を見せたら、二人とも両手を広げて抱きしめて「おかえり」と頬ずりしてくれるだろうが、自分もちょっとは大人だから、「おじゃまむし、ってやつだな」と弁えるくらいには、恋だの愛だのを分かっているつもりだった。

「僕も成長したもんだ」

来た道を戻り、尻尾が上下に跳ねるくらいの足取りで軽快に歩く。

屋敷の程近くで、庭に立つイノリメとトマリメを見つけた。

「イノリさん、トマリさん、ただいま帰りました」

「おかえりなさいませ」

声をかけると、二人が笑顔で迎えてくれる。

その二人の足もとで子供の狼が遊んでいた。

帰宅の挨拶を聞きつけて向こうも顔を上げ、耳と尻尾と鼻先を同時にこちらへ向けるなり立ち上がった。

「ララちゃん、ジジちゃん！　おにいちゃんだよ！」

双子の弟を呼び、片膝をついて両手を広げる。

ついつい、赤ちゃんに呼びかけるように呼んでしまうが、この癖だけはなかなか抜けない。

双子の弟は「おにいちゃん！」「おにいちゃんだぁ……！」と笑顔を輝かせてまっすぐ全速力で走ってきた。

「ただいま」

「おかえり！」

「おかえり……！」

全速力で駆けてきた双子は、すこし手前で飛び跳ねて、大好きなおにいちゃんの懐に頭から突っ込む。

「……ぐっ、……二人とも、元気……」

腹筋に走る二つ分の衝撃を真正面から受け止める。

幼い頃は自分もこうして頭から父親に突進していったなぁ、……などとしみじみ思い出す。

「ぎゅうぎゅうして」

「おにいちゃん、ぎゅうぎゅう」

「今日も僕の可愛い弟は可愛いね」

ふわふわの、ぽわぽわ。

ご期待に応えて、綿毛みたいな双子をぎゅうぎゅうする。

「ララとジジはもう大きいから可愛くないよ」

「そうだよ、可愛くないよ」

双子は、自分たちの父親にそっくりの兄の鬣をしっかり摑み、ぷ！　と頰を膨らませる。

「そうかな？　今日も二人は可愛いよ」

「そう？」

「そうなの？」

「そうだよ。僕の可愛い弟だ。……あ、可愛いって言われるのが好きでない？」

「……すきよ」

「うん、すき」

本当は、すき。

でも、かわいいよりも、かっこいいのほうが嬉しい時もある。

だけど、おにいちゃんに「ララちゃん、ジジちゃん」と呼ばれて「かわいい」と頰ずりしてもらうと、赤ちゃんの時に揺り籠から聞いていたおにいちゃんの声や、撫でてくれた手、「かわいいねぇ」と揺り籠の傍で見守ってくれていたにこにこ笑顔、幸せであったかい気持ちを思い出すから、だいすき。

「だいすき」

「……もう一回、言ってくれる？」

「何度でも言うよ。ララちゃんとジジちゃんは、かわいい。今日もとってもかわいい」

いつまで経っても、いくつになっても、とってもかわいい。

アシュは双子の弟をまとめてぎゅっとした。

かわいい息子たちが、庭の芝生で昼寝をしている。

おにいちゃんに全力で遊んでもらった双子は遊び疲れて、おにいちゃんの両脇でくるんと丸まり、尻尾までくったり寛いで眠っている。

一番上の子は背も伸びて、大人の自分たちも折に触れ「成長したなぁ」と目を瞠（みは）ることがあるけれど、大の字になって両脇に弟を抱えて眠る寝顔を見ていると、「変わらないなぁ」とも思う。

「どうしてそんなに僕のことがかわいいの？」

「なぜでしょう、……なぜだか、どうしようもなく、とてもかわいいんです」

かつて、そんなことを問われたディリヤが生真面目にそう答えて抱きしめると、アシュは「もう、しょうがないなぁ」と尻尾をぱたぱたさせて、同じように抱きしめ返してくれた。

尻尾も随分とアシュの言うことをきいてくれるようになったのに、ディリヤとユドハの前では取り繕わず、まっすぐな気持ちのままを表現してくれる。

「不思議なんだ。ユドハとディリヤと一緒にいると自分が子供っぽくなっちゃうんだ」

「まだ十をすこし超えた年齢だ。もうすこし俺とディリヤをお前の親でいさせてくれ。お前の自立心が養われ、一廉（ひとかど）の人物となり、独り立ちすることは親として嬉しいし、いくらでも支えるつもりでいるが、あまり早く独立されてしまうと、それはそれで……」

あっという間に大きくなって親元を離れてしまうアシュを想像したのか、ユドハはアシュとしっかり肩を組み、「お前は賢く、しっかり者だ。親はいつまでもいるものではないが、俺たちが生きている間は、いつでも頼れる存在だと思ってほしい」とまっすぐな気持ちを伝えた。

アシュはもう掛け違えたボタンを自分で直せる。食べ物で汚れた口もとを自分で拭える。一人で風呂に入れるし、眠る前の読み聞かせも必要ないし、内緒で街へ下りて買い物だってできる。

恐ろしい目に遭った時に、尻尾を丸めてぷるぷる震えるのではなく、自分より幼い者や弱い者を守ろうと剣を手に立ちあがる勇気がある。

腕力や武力以外のもので立ち向かう時には学問や仲間の助力が必要であることを理解し、世のなかの誰も彼もみんなが無条件に自分のことを好きじゃないことも分かっていて、それでも、自分を愛してくれる人がいることや、仲間と群れを大切にすることの意味を知っている。

そして、両親や弟、家族や群れの仲間、この国が困っている時には助けたいと考え、実際に行動を起こすほどに成長していることをユドハとディリヤは知っている。

「いくつになっても、かわいいな」

「ああ」

ユドハの慈しみに満ちた言葉に、ディリヤは頷く。

眠る子供たちの傍に腰を下ろした二人は、十年以上も連れ添った互いを見やり、二十年後、三十年後、……そのずっと先の未来を想い描く。

「お前も、いくつになってもかわいい」

「アンタも、昨日も今日も明日も明後日も死ぬまでずっと、きっと、死んだあともかわいい」

かわいくて、いとしくて、はなれがたいけもの。

ディリヤは、いつまで経っても募るばかりの離れがたさを愛にして、金色のけものを抱きしめた。

後記

こんにちは、八十庭たづです。

このたびは『かわいいほん』をお手にとってくださりありがとうございます。かわいいが大渋滞している短編と中編をまとめたシリーズ四作目、担当さんが収録順を素敵に組んでくださいました。自分はひたすら書くばかりで短編の総数や今回収録する話と収録しない話をちっとも把握しきれていなかったのですが、担当さんや制作に携わってくださった方々がその手腕によって美しくも可愛い本に仕上げてくださいました。しかもぜんぶピンク！　かわいい！

収録物の各話に触れるのは難しいですが、『あなたに捧げるもの』は雑誌『小説ビーボーイ』様に初めて掲載ということで感慨深いです。内容は、初見の方がなんの前知識もなく読むことができるものにしました。既読の方でも「久々にはなれがたいけものを読もうと思うけど最初のほうの内容忘れた！」という時などに読み返していただくと大体どんな粗筋か思い出していただける仕様です。便利な一本。

このピンク色の本では、大好きな佐々木先生の大好きな絵を表紙＋挿絵＋扉絵形式で拝見できるという幸せに恵まれました。かわいいがぎゅっと詰まってる。本当に嬉しいです。上がってくる絵を拝見するたび佐々木先生の絵の持つ力に感動して「原稿がんばろ〜！」と元気が出ます。

二〇二一年五月からは鳥海先生の手によるコミカライズが始まりました。大変光栄なことで、どきどきしています。主要人物への鳥海先生の理解、緻密な描写、アシュのおともだちの表情、ストーリーのまとめ方、隅々まで魅せてくださっています。ディリヤの背中がかっこいい……！

ユドハの隣で腹を出して眠るディリヤの可能性に気付けたのは佐々木先生のおかげです。ディリヤの背中の広さに気付けたのは鳥海先生のおかげです。ほかにも「ユドハの横顔はこの角度がかっこいいのか！」といった具合に、いくつもの場面で絵心のない自分では気付けなかったことを知ることができました。改めて、素晴らしい両先生とお仕事をご一緒させていただける幸せを噛みしめています。『はなれがたいけもの』は一冊書きあがるとへとへとで、「もうこんなに書けない」と思うのですが三日もすれば短編が書きたくなる不思議な魅力があります。とはいえ、長編を書いている時は書いている時で「続きはこうしたいな……」と考えたりもするのですが……。なにはともあれ、そうして続きを考えて夢を膨らませられるのも、ご購入くださって、お読みくださって、継続して応援してくださる方がいてこそ。ディリヤとユドハ、アシュたちを可愛がってくださる貴方様のおかげで、この日を迎えることができました。こう書くと今回が最終回のような雰囲気になりますが、『はなれがたいけもの』は五巻を予定しています。コミカライズ版のコミックスも九月に発売を予定していますので、あわせてお楽しみいただければ幸いです。よろしくお願いいたします。私も頑張ります。

末筆ではありますが、各位に御礼を。

株式会社リブレ様、担当様、佐々木久美子先生、鳥海よう子先生、ウチカワデザイン様、ムーンライトノベルズ様、本書の出版・販売に携わってくださった多くの方々、各企業様、八十庭を応援してくださり、拙著をご購入くださった読者様。（順不同）

すべての方に深く感謝申し上げます。本当にありがとうございます。

初出

前日譚………SNSにて発表

あなたに捧げるもの………小説ビーボーイ（2020年春号）掲載

『アシュのかわいいおはなし』
ある日の幸せな出来事………SNSにて発表
アシュの好きな隙間………コミコミスタジオ特典ペーパー（2019年4月）掲載
巣穴へどうぞ、かわいいひと………SNSにて発表

私の悲嘆に暮れた悲しみの心………SNSにて発表

『殿下のつがいの可愛い話』
ユドハの唯一の場所………SNSにて発表
秘密を知るのは殿下だけ………SNSにて発表
殿下の超絶技巧集………SNSにて発表

さがして、みつけて………書き下ろし

かわいげのないひと………書き下ろし

かわいいひとたちについて………書き下ろし

『アシュのかわいいおはなし』
アシュの好きなもののひとつ
わらわはあと千年はここにいる

『殿下のつがいの可愛い話』
他愛もない話
あなたに酔いしれる

＊上記の作品は「ムーンライトノベルズ」（https://mnlt.syosetu.com/）
掲載の「はなれがたいけもの」の同名短編を加筆修正したものです。

『はなれがたいけもの　かわいいほん』をお買い上げいただきありがとうございます。
この本を読んでのご意見、ご感想など下記住所「編集部」宛までお寄せください。

アンケート受付中
リブレ公式サイト　https://libre-inc.co.jp
TOPページの「アンケート」からお入りください。

はなれがたいけもの
かわいいほん

著者名　八十庭たづ

発行日　2021年8月19日　第1刷発行

発行者　太田歳子

発行所　株式会社リブレ
〒162-0825 東京都新宿区神楽坂6-46 ローベル神楽坂ビル
電話　03-3235-7405（営業）　03-3235-0317（編集）
FAX　03-3235-0342（営業）

印刷所　株式会社光邦
装丁・本文デザイン　ウチカワデザイン

Printed in Japan
ISBN978-4-7997-5373-6